MÉMOIRES

SECRETS

POUR SERVIR A L'HISTOIRE

DE LA

RÉPUBLIQUE DES LETTRES

EN FRANCE,

DEPUIS MDCCLXII JUSQU'A NOS JOURS ;

OU

JOURNAL

D'UN OBSERVATEUR,

CONTENANT les *Analyses des Pieces de Théâtre qui ont paru durant cet intervalle ; les Relations des Assemblées Littéraires ; les notices des Livres nouveaux, clandestins, prohibés ; les Pieces fugitives, rares ou manuscrites, en prose ou en vers; les Vaudevilles sur la Cour ; les Anecdotes & Bons Mots ; les Eloges des Savants, des Artistes, des Hommes de Lettres morts, &c. &c. &c.*

TOME VINGT-CINQUIEME.

. . . . *huc propius me,*
. . . . *vos ordine adite.*
Hor. L. II, Sat. 3, V. 81 & 82.

A LONDRES,

CHEZ JOHN ADAMSON.

M. DCC. LXXXVI.

LETTRE

DES Auteurs des Mémoires Secrets, &c. à l'imprimeur de cet Ouvrage.

TANDIS que vous étiez occupé, Monſieur, à l'impreſſion de la ſuite des Mémoires Secrets, &c. pour l'année 1783, il ſe pu-blioit dans nos cantons un ouvrage ayant pour titre : Anecdotes du dix-huitieme ſiecle. Dans ce cadre vaſte & piquant nous comptions voir enchâſſées beaucoup de choſes du miniſ-tere du cardinal de Fleury, de la régence & même de la fin du regne de Louis XIV, époques ſi fécondes en événements, en aven-tures, en révolutions, en vaudevilles, en bons-mots, en ſaillies : point du tout, nous n'y avons trouvé qu'un extrait ſuccinct de nos mémoires, une eſpece d'Ana, à l'uſage des oiſifs, de ces lecteurs frivoles qui n'ouvrent un livre que pour tuer le temps.

Nous n'examinerons point ici d'abord s'il

A 2

est bien honnête de pomper de la sorte toute la plus agréable substance d'un ouvrage pour se l'approprier, sans le consentement de l'auteur & sur-tout du libraire, possesseur du fonds. Depuis quelque temps, la littérature n'est guere qu'un amas de corsaires & de brigands qui se détroussent à l'envi, & il faut s'attendre à ces incursions inévitables.

Nous ne discuterons même point ensuite si l'on n'auroit pas pu apporter un choix plus sévere, un goût plus sûr dans cette collection, y mettre sur-tout plus d'ordre & de méthode : le but du compilateur semble avoir été de gagner de l'argent ; son édition s'est promptement enlevée, il n'y a qu'à le féliciter de son succès.

Mais ce dont nous nous plaindrons, c'est qu'il veuille imiter ce monarque dont nous parle Voltaire dans ses mémoires, qui, prenant les hommes comme des oranges, en exprime le suc, & puis en jette les pelures : Voltaire ajoute qu'il voulut mettre ses pelures en sureté, & nous allons tâcher de défendre les nôtres. Voici ce que dit l'Avertissement :

« Celui qui acquerra ces deux volumes, pour-
» ra se dispenser de l'achat assez dispendieux
» des vingt volumes dont ils sont tirés ; il ne
» sera point obligé sur-tout de parcourir
» beaucoup d'inutilités pour trouver des ar-
» ticles propres à dédommager. »

Il faut distinguer dans notre ouvrage deux
parties, l'agréable & l'utile ; heureux qui
peut réunir les deux ! Mais un auteur estimable cherche toujours la derniere, & certainement Bachaumont, qui le premier imagina
notre collection, ne l'avoit pas négligée. Pour
s'en convaincre il suffit de suivre les éditeurs
dans leur discussion raisonnée qui se trouve en
tête de ces mémoires.

En observant le même plan que Bachaumont, nous avons cherché à l'étendre, c'est-
à-dire en ne négligeant point ce qui pouvoit
amuser, nous nous sommes efforcés d'y joindre
encore plus ce qui pouvoit instruire. En effet,
il s'étoit, comme l'indique le titre, borné à la
littérature. Nous avons cru devoir aussi travailler pour l'histoire. Nous n'avons écarté que
la partie absolument politique, à laquelle sont

A 3

spécialement affectées les gazettes. Celles-ci ne font guere que le théâtre des souverains. Le nôtre est celui de nos femblables. Nous penfons que ce genre d'histoire vaut bien l'autre ; qu'il y a beaucoup plus de fruit à tirer de la lecture des aventures de la fociété , que du récit des fieges , des batailles , des grandes négociations , des cérémonies confignées avec tant de foin dans ces papiers publics.

Voilà qui répond aux reproches du Critique, n'envifageant notre collection que fous le même point de vue que la fienne , il regarde comme inutile tout ce qui ne fait pas rire , ou ne ferre pas le cœur d'effroi , de tendreffe, d'admiration , enfin n'excite pas une émotion quelconque dans l'ame du lecteur. Puifque l'occafion s'en préfente , nous allons lui donner la clef de notre travail , lui découvrir qu'il n'eft rien moins que fuperficiel & qu'également entrepris pour les philofophes & pour les gens du monde , il ne doit être indifférent à aucune claffe de lecteurs.

La chronologie eft la bafe de l'histoire, fans elle tout y eft défordre & confufion. C'eft pourquoi nous datons tous nos articles, & si le compilateur nous eût imité, il ne lui fût pas arrivé de placer dans le même volume, à la page 216, la chanson sur la suppression des fêtes, insérée déjà à la page 20. De ce soin minutieux, au gré de beaucoup de gens n'approfondissant rien, il résulte non-seulement une exactitude qui prévient & les omissions, & les doubles emplois, mais encore plusieurs autres caracteres qui distinguent notre collection; la clarté, la précision, la véracité.

Sans ce qui le précede & ce qui le suit, un article ne seroit souvent qu'une énigme pour le lecteur; c'est cet accompagnement des circonstances qu'on remarque toujours dans nos mémoires : point de fait qui ne soit, pour ainsi parler, coulé à fond. De ces parties qui, isolées, paroissent à notre critique n'avoir aucun intérêt, n'être que des superfluités ou des répétitions, il résulte un ensemble qui ne pourroit exister autrement & qui constitue le mérite réel de nos récits.

La précision est une autre suite de notre mé-

A 4

thode, parce que traitant chaque point séparé-
ment, nous ne pouvons guere y mettre cette
redondance, apanage plus ordinaire des faits
compliqués, où l'historien, pour peu qu'il soit
disposé à la diffusion, sous prétexte de développement, se livre communément à son bavardage.

On regardera sans doute comme plus problé-
matique la véracité que nous faisons dériver de
la forme de notre journal. Nous nous expliquons.

En histoire il est deux sortes de vérités : La
vérité absolue, que l'analiste ne peut offrir &
promettre que dans le petit nombre de faits
dont il a été acteur ou témoin ; & la vérité relative qui provient de la tradition. Or celle-ci
varie souvent comme les témoins, ce qui étoit
vrai la veille, le devient quelquefois moins le
lendemain, & le troisieme jour est une fausseté ;
& de même, au contraire, ce n'est pas une oc-
cupation peu philosophique que de suivre ainsi
la gradation ou le décroissement de la vérité,
de la voir sortir peu-à-peu des enveloppes
dont l'erreur l'avoit défigurée, ou après avoir
brillé un moment de rayons trompeurs, se

diſſiper comme un preſtige & rentrer dans la foule des menſonges dont on l'avoit fait ſortir.

D'après cette comparaiſon que nous regardons comme inutile de pouſſer plus loin, le compilateur ſera peut-être convaincu que ſon travail & le nôtre, quoique ſur le même fond, n'ont rien de commun, & que ſous prétexte de nous réduire & de nous améliorer aux yeux du grand nombre des lecteurs, il pourroit bien nous avoir mutilés & défigurés aux yeux du plus petit nombre, mais du plus ſage, qui cherche, en s'amuſant, à s'inſtruire.

Quant aux fautes légeres, nous convenons qu'il y en a beaucoup ; peut-être quelques-unes de notre compoſition, car nous ne ſommes point infaillibles ; mais certainement la plupart de votre fait, Monſieur, auxquelles nous ne pouvons remédier dans l'éloignement, & c'eſt à vous à vous réformer. Nous aurions reçu avec reconnoiſſance les corrections du compilateur, & nous n'avons garde de prendre pour une marque d'eſtime, une négligence qui ne peut que nous cauſer du tort.]

A 5

Nous avons cru , Monsieur, ne pouvoir vous adresser trop tôt cette explication ou apologie, pour que vous l'insériez, en forme de préface, à la tête des volumes que vous imprimez actuellement.

Nous avons l'honneur d'être , &c.

Lausane , ce 31 décembre 1783.

Notes des Libraires. Cette lettre nous avoit été adressée pour être insérée à la fin du vingt-quatrieme volume de 1783; mais étant arrivée trop tard , nous avons été obligés de la renvoyer à l'année suivante.

MÉMOIRES
SECRETS

POUR SERVIR A L'HISTOIRE DE LA
RÉPUBLIQUE DES LETTRES EN
FRANCE , DEPUIS MDCCLXII,
JUSQU'A NOS JOURS.

ANNÉE M. DCC. LXXXIV.

Vers à deux amants.

BON jour, bon an , santé brillante ,
Au cher couple d'amants heureux ,
Que l'une soit toujours charmnte ,
Et l'autre toujours vigoureux !

Que dans vos ardeurs mutuelles ,
Vos cœurs n'exhalent tous leur, feux :
Gardez-y quelques étincelles ,
Pour le cousin qui fait ces vœux.

A 6

Mais chez vous l'amoureuſe offrande,
A l'amitié n'ôte ſes droits ;
Et vous ſavez, quoiqu'on prétende,
Bien ſervir deux dieux à la fois.

1 *Janvier* 1784. Le ſieur *Pinetti* attire un monde prodigieux & de la plus haute volée. Ses tours ſont auſſi variés que ſurprenants; & s'il n'étoit pas étranger, qu'il s'énorçat plus facilement, dans notre langue, il ſéduiroit infiniment davantage.

On admire ſur-tout une petite *tête d'or*, groſſe comme une noix, qui, miſe dans un verre transparent & fermé d'un couvercle d'argent, devine tout ce qu'on lui demande, & l'indique par des ſignes.

La piece que cet habile eſcamoteur appelle *bouquet philoſophique*, eſt un arbre compoſé de petites branches d'oranges, dont les feuilles ſont fraîches & naturelles. Il le met ſous une bouteille de cryſtal, & en lui jetant de loin quelques gouttes d'une eau de ſa compoſition, les feuilles changent, le bouquet donne des fleurs & enfin des fruits. L'illuſion que produit ce morceau ne laiſſe rien à déſirer

M. *Pinetti* préſente aux ſpectateurs un jeu de cartes neuves; pluſieurs perſonnes de la compagnie en penſent ou en cachent une, après quoi le jeu eſt inféré dans une petite boîte d'argent ouverte dans ſa partie ſupérieure, & dont la partie intérieure eſt terminée en un petit tuyau qu'on introduit dans le goulot d'une bouteille, laquelle préalablement eſt livrée à l'examen des ſpectateurs, & placée enſuite ſur une table iſolée. Au com-

mandement, les cartes fortent du jeu & s'élancent
en l'air.

Il fait fortir d'un œuf un ferin vivant, auquel il donne alternativement la vie & la mort. A
l'aide d'une commotion électrique, qu'il paroît
communiquer avec une bande de papier ordinaire,
il tranche le cou d'un pigeon vivant, fans qu'il
y ait aucune goutte de fang répandu.

M. *Pinetti* exécute cinquante, cent, mille
tours de cette efpece, qu'on ne finiroit pas de
détailler; mais il promet une merveille fupérieure:
il fait l'annonce d'un *ferin organifé*, qui exécutera
les pieces de mufique qu'on lui offrira. L'oifeau
fera ifolé, & ne contiendra rien de ce qui pourroit le faire affimiler à une ferinette.

Au furplus, M. *Pinetti* refte conftamment
en préfence des fpectateurs pendant toutes fes opérations, & il eft difficile de deviner quelle eft
la communication établie entre lui & les différents objets qu'il offre à la curiofité de la compagnie.

1 *Janvier*. Le fchifme établi dans la fociété du *mufée de Paris*, continue & éclate aujourd'hui d'une maniere décidée. Les partifans de
M. *Cailhava* fe font tranfportés rue Sainte-Avoye,
dans le même endroit où M. *Pilâtre de Rozier* a ouvert un *mufée fcientifique* le 11 décembre dernier.
Ils y ont tenu une affemblée publique, fous la
préfidence de ce chef expulfé honteufement de la
rue Dauphine. Ils en ont fait annoncer avec éclat
la relation dans des feuilles publiques.

On voit une lettre datée du *mufée de Paris*,
le 26 décembre, où M. *Court de Gebelin*, préfident honoraire perpétuel de ce mufée, réclame
contre l'annonce envoyée par les fchifmatiques,

où il déclare qu'elle eſt fauſſe & chimérique; que le *muſée de Paris* n'a point tranſporté ſon local; qu'il ſubſiſte toujours où il a été inſtitué en 1780, & que M. *Cailhava* n'eſt aujourd'hui qu'un *intrus* ſur le ſiege de la préſidence, puiſqu'il a donné ſa démiſſion en bonne & due forme, le 7 août dernier, ainſi qu'on le lit dans une feuille de la *Gazette du commerce*.

C'eſt à M. l'abbé de *Fontenay*, rédacteur du *journal général de France*, que M. *Court de Gebelin* adreſſe ſa réclamation.

1 *Janvier*. M. *Duvaucel*, grand-maître enquêteur-général réformateur des eaux et forêts au département de Paris & Iſle-de-France, vient de mourir. C'etoit un grand amateur de filles, qui avoit mangé beaucoup d'argent avec elles, & laiſſé par conſéquent une ſucceſſion en très-mauvais ordre. Il étoit garçon, & eſt pere d'un abbé *Duvaucel*, homme de lettres, prédicateur, qui a déjà fait un grand chemin dans l'égliſe.

2 *Janvier*. On ſuppoſe dans la premiere des *lettres édifiantes & curieuſes*, que M. l'éveque de *Rennes*, durant diverſes retraites qu'il a faites à la *Trappe*, frappé de voir cent cinquante ſolitaires ſe ſuffire avec vingt-cinq mille francs par an, dont ils donnent plus de la moitié aux pauvres, & emploient une autre grande partie à exercer l'hoſpitalité indiſtinctement envers les voyageurs, a des remords ſur l'emploi mondain qu'il fait de ſes gros revenus. Il en fait part à M. l'éveque d'*Autun*, qu'il appelle *le Flambeau de l'egliſe de France*, & le conſulte ſur ce qu'il doit faire. Il le prie de mettre la queſtion en délibération avec MM. de *Narbonne* & de *Touloufe*, autres aſtres de *l'égliſe Gallicane*.

M. d'*Autun* lui répond en ſe moquant de ſes

fcrupules : il lui dit que M. de *Touloufe* les traite
de vapeurs ; qu'il faut laiffer à l'évêque de *Lefcars*
agiter ces queftions oifeufes & chimériques. Quant
à M. de *Narbonne*, il a juré après lui comme un
grenadier. Tous, en un mot, fe réuniffent pour
l'exhorter de continuer à développper fes grands
talents en adminiftration, comme il a fait dans
les derniers états, et comme il projette de faire
encore.

Au furplus, M. de *Narbonne*, plus franc que
les autres, & ne voulant rien prendre fur lui, a
envoyé le cas de confcience à un de fes bons amis,
un vieux profès des *Blancs Manteaux*, âgé de 80
ans, un peu janféniste, peut-être, mais honnête
homme d'ailleurs. C'eft ce *mémoire adreffé par le
révérend pere ✳✳✳, bénédictin des Blancs-Manteaux,
à monfeigneur l'archevêque de Narbonne*, qui forme
la troifieme partie du recueil.

Le favant moine traite fuccinctement la queftion :
*Si les biens eccléfiaftiques font actuellement employés
fuivant le vœu de l'églife* : il y a eu trois âges
en ce genre.

Au premier, tous les biens formoient une maffe
commune, fur laquelle les pafteurs prenoient leur
fubfiftance étroite & indifpenfable, pour fuppléer
au travail des mains, & le furplus fervoit à fecourir les pauvres, les malades, les voyageurs, les
étrangers & les prifonniers. Ceux des pafteurs qui
avoient un patrimoine, ne pouvoient y rien prétendre, qu'en l'abandonnant.

Le fecond âge fut celui où la divifion des biens
de l'églife fut faite en quatre parts. La premiere,
pour l'évêque, la feconde pour le clergé du diocefe,
la troifieme pour les pauvres, & la quatrieme pour
la fabrique de l'églife.

Eft venu le troifieme âge enfin, où les évêques, les chapitres & les moines ont envahi la meilleure part des biens eccléfiaftiques, & les malheureux curés ont pu à peine y trouver leur fubfiftance; la part des pauvres, celle des fabriques ont été totalement envahies. Pour y fuppléer, on a été obligé de mettre des impôts, d'établir une *taxe des pauvres, des charités dans* les paroiffes, des *quêtes pour les rachats des captifs,* & des ordres qui vivent fur ces quêtes.

On a capitulé avec le théâtre, & tandis que l'églife le frappe d'une main de fes anathèmes, elle reçoit de l'autre le quart de fon produit. u

Pour former la part des fabriques, il a fall, louer, à prix d'argent, le droit d'affifter à la meffee hauffer en certains jours le prix des chaifes, comm on tierce aux fpectacles.

Pour fuppléer la part même des clercs féculiers & autres prêtres, envahie par les minift es principaux, il a fallu imaginer *les ordres des mendiants, la quête des prédicateurs, le dedans de l'églife.*

· Enfin on a énormément augmenté les *décimes,* fecours volontaire d'abord, dont on a fait l'impôt le plus onéreux qui exifte.

Le rigorifte termine par une peinture effroyable de l'ufage qu'on a fait de ces biens, par celle du luxe immodéré des évêques, de leur mondanité, de leur corruption.

2 *Janvier.* On devoit jouer hier à la comédie italienne, la feconde reprélentation du *Droit du feigneur.* La piece étoit affichée, le public s'etoit rendu en foule pour la voir, & a trouvé très-mauvais que les comédiens fe miffent en devoir d'en donner une autre. Il y a eu un tapage ef-

froyable ; le parterre les a empêchés de parler ou de
chanter; il a fallu parlementer long-temps. Enfin ,
fur la repréfentation que Mad. du Gazon, la
principale actrice, étoit malade & giffante au lit,
ce qu'on pouvoit vérifier fi l'on vouloit s'en donner la peine , on a exécuté le *Déferteur* au gré des
mécontents.

3 *Janvier.* Au moment où les créanciers du
prince de Guimené fe flattoient de toucher quelque chofe en vertu d'un arrangement pris avec le
roi , pour différentes ceffions qu'il faifoit à fa
majefté , & fur-tout pour celle de *la mouvance de
la* ville & du port de l'*Orient* , des ceffionnaires des
fermiers du domaine d'*Hennebon* & autres domaines
de la couronne dont jouit , à titre d'engagement
dans la province de *Bretagne* , S. A. S. monfeigneur le duc de *Penthievre* , interviennent & lui
conteftent cette mouvance.

Le prince de *Guimené* croyoit être victorieux
par arrêt du 27 octobre 1777 , rendu en la grande
direction en fa faveur, & un autre du 3 juillet
1781 , rendu au rapport de M. *Joly de Fleury* , au
confeil-royal des finances , confirmatif du précédent. On eftimoit à quatre millions la fomme qui
devoit s'accroître à la maffe au profit des créanciers;
mais les réclamants reviennent aujourd'hui contre
ces arrêts, prétendant en avoir le droit , & démontrer que le roi a été mal défendu. Tel eft le
réfultat d'un grand mémoire & d'une confultation qu'ils publient , en date du 25 novembre
1783.

Le procès eft engagé en la grande direction des
finances, au rapport de M. *Bertrand Molleville* ,
maître des requêtes.

3 *Janvier.* On lit dans l'*Almanach Royal* de cette

année , à l'article des substituts du procureur-général du grand-conseil: *Barfcknecht de Ponteils, ancien procureur au parlement.*

En effet, ce substitut , reçu l'année derniere dans ce parquet, avoit éprouvé des difficultés à caufe de ce titre ; fes confreres n'en vouloient point. Enfin l'autorité s'en est mêlée , & il a paffé.

Le grand-conseil a vu avec peine cette note inférée là contre l'ufage & malignement. Il y a une grande fermentation dans la compagnie, & les membres les plus chauds feroient d'avis d'affembler les fémeftres pour en délibérer , & faire mander l'imprimeur d'*Houry* , afin de l'interroger & de favoir qui lui a fuggéré cette méchanceté. D'un autre côté, celui-ci ne manquera pas de fe mettre fous la protection du parlement , ce qui arrête les pufillanimes, par la crainte d'un engagement avec cette cour. On eft curieux de favoir ce qui va arriver.

4 *Janvier.* M. le comte de *Guiche* , novice de l'ordre du Saint - Efprit , a eu la permiffion de venir paffer quelques jours à Paris , pour y être reçu chevalier des ordres du roi. Il a dû repartir hier pour retourner à l'Orient, à raifon de fa commiffion & de fa qualité de membre du confeil de guerre. Il s'eft abftenu d'aller dans le monde & de manger avec qui que ce foit de la marine royale.

A fon retour le Confeil doit reprendre. Il va lentement ; il n'entend guere que cinq ou fix témoins par jour.

4 *Janvier.* M. le marquis de *Fulvy* a fait fur la mort de Mad. la comteffe de *Buffy* , dont on a parlé , les vers fuivants , qu'il intitule : *hommage bien mérité.*

Je pleure l'aimable Mirthé,
 Séduifante fans artifice,
 Obligeante fans vanité,
Sans fiel poëte, & belle fans caprice,
Sur fon tombeau la fincere amitié
 Répandra les plus juftes larmes.
 Dans le cœur de Mirthé, les charmes
 Paroiffoient croître de moitié.
L'Amour, le dieu qui lui prêtoit fa lyre,
 Lui doivent les mêmes regrets :
L'un, pour plaire, en reçut fes plus jolis fecrets;
Et fa beauté, de l'autre affermiffoit l'empire.

4 Janvier. Par une bizarrerie fort finguliere,
ou plutôt par un hommage rendu à *Paris*, comme
au centre du goût & des arts, les héritiers du
comte *Soderini*, qui avoit à Rome une collection précieufe de tableaux & de deffins des plus
grands maîtres, l'avoient fait tranfporter ici,
dans l'efpoir fans doute qu'ils y feroient mieux
vendus. On en avoit dreffé un catalogue rai-
fonné, & la vente étoit indiquée au 18 décembre 1783

Les poffeffeurs de cette collection, malheureufement ont obfervé que ces tableaux expofés pendant quelques jours aux curieux, ne faifoient
pas l'impreffion qu'ils attendoient; ils ont craint
que la vente n'allât mal, & ils fe font déterminés
à ne pas la faire.

On attribue ce refroidiffement des amateurs à
la mal-adreffe du rédacteur du catalogue, qui
avoit trop vanté cette collection; à la médiocrité

des tableaux , ne répondant pas au mérite de leurs auteurs , tels que *le Guide*, *le Carrache*, *le Poussin* , &c. & encore plus à la mode, à la frivolité du siecle , qui nous fait préférer les bambochades , les caricatures , les Flamands polis & brillants, aux productions des plus grands maîtres.

5 Janvier. On a donné aujourd'hui au théâtre italien : *Le Conciliateur à la mode* , ou *les Etrennes du Public* , divertissement nouveau , en un acte , mêlé de vaudevilles & d'ariettes. Cette bagatelle, qui auroit dû sans doute avoir lieu plutôt , a vraisemblablement été retardée par le *brouhaha* du jour de l'an arrivé à ce théâtre. Rien de plus médiocre. Cet ouvrage amphigourique , sans sel, & qui n'avoit de succès que par quelques plaisanteries grossieres , n'est point digne de son Auteur , M. *Patrat*. Un éloge de *Carlin* , est ce qu'il y a de mieux sans contredit.

5 Janvier. Il paroît décidé que M. de *Néville* quitte la direction de la librairie pour passer à une intendance. Les libraires sont dans l'enchantement. On doute cependant que les arrêts du conseil de 1777 , contre lesquels ils réclament depuis ce temps , soient retirés , tant que subsistera M. le garde-des-sceaux , qui y est fort attaché & les regarde comme le principe d'une excellente administration en cette partie.

6 Janvier. Extrait d'une lettre de Londres , du 25 décembre 1783..... Il y a toujours un peu de vrai & beaucoup de faux dans tout ce qu'écrit Me. *Linguet*. A en croire la réclamation fastueuse de son *prospectus* , contre les contre-façons de ses annales multipliées , dit-il, jusques à l'extravagance, on jugeroit que depuis dix - huit mois environ qu'il eſt ſorti de *France* pour la derniere fois, il a continué ſon journal, qui a eu la plus grande vogue chez l'étranger, & a excité les ſpéculations mercantilles de tous les corſaires de la littérature. Voici le fait.

Me. *Linguet* n'a publié que cinq ou ſix numéros depuis qu'il eſt ici ; ſavoir, le 72eme. finiſſant la troiſieme année de la ſouſcription, & ne contenant qu'une longue déclamation contre le ſieur *Le Queſne :* Les 73, 74 & 75, remplis uniquement de la *relation de ſa détention à la Baſtille :* Les 76 & 77, où il entre dans une analyſe tardive & détaillée juſqu'à la ſatiété des *œuvres de Voltaire,* qu'il conſidere, & comme poëte, & comme hiſtorien, & comme philoſophe.

Soit défaut de matériaux & de correſpondances ſoit preſſentiment du dégoût des *Anglois* & autres étrangers pour ſon journal, ſoit que tournant toujours un regard de tendreſſe vers ſa patrie, Me. *Linguet* craignit de s'en exclure tout à-fait, & voulut encore en ménager le gouvernement : il n'a rien publié que depuis qu'il a eu permiſſion de faire de nouveau circuler en *France* ſon journal, qui va recommencer véritablement. Il a compoſé depuis le Nº. 78, où il traite du *Congrès* & des *Ballons.* Le 79eme. eſt en route, & vous en jugerez.

Les contrefacteurs, ſéduits par le titre, par le nom de ce célebre fugitif, & par une matiere neuve & intéreſſante, ont effectivement multiplié les éditions de ſa *relation de la Baſtille,* dont ils ont fait un ouvrage iſolé ; mais aucun n'a touché au journal. . . . Voilà la ſolution du problême.

7 *Janvier.* On peut fe rappeller une plaifanterie faite il y a plus d'un an, à l'occafion de la
banqueroute du prince de *Guimené.* C'étoit une
lettre prétendue écrite par Mlle. *Guimard* & fes
confœurs de l'opéra, au prince de Soubife. Il en
paroît une d'un genre différent, adreffée au même
feigneur, par les créanciers de l'illuftre banqueroutier, qui ne rient pas, & s'impatientant de
ne point voir venir d'argent, jettent les hauts
cris, & difent même à M. le maréchal, non-
feulement des vérités dures, mais des injures
groffieres.

8 *Janvier.* Outre une affemblée générale des
actionnaires de la caiffe d'efcompte, indiquée,
fuivant l'ufage, au 15 de ce mois, pour fixer le
dividende; il y en a une autre extraordinaire ar-
rêtée avant pour le 10, afin d'y entendre le rapport qu'y doivent faire les commiffaires de cette
compagnie, nommés dans la féance du 26 novembre.

8 *Janvier.* Extrait d'une lettre de Mâcon du
3 janvier.... L'adminiftration des états du *Mâ-
connois* a délibéré d'établir dans cette ville une
école gratuite de deffin, fous la protection de
M. le prince de *Condé*, notre gouverneur. Il eft
queftion de fe procurer un profeffeur capable de diriger cette école en faveur des arts méchaniques,
& l'on n'a cru pouvoir mieux faire que de fuivre
les errements donnés par M. *de la Tour*, qui forme
un pareil établiffement à *Saint - Quentin.* Le concours eft ouvert à l'inftar du fien, & c'eft à l'école-
mere de *Paris* qu'eft renvoyée la décifion.

8 *Janvier.* Rien de plus vrai que l'évacuation
du Château de *Vincennes.* On préfume avec affez
de raifon que l'ouvrage de M. le comte de *Mi-*

rabeau fur les *lettres de cachet & les prifons d'état*, n'a pas peu contribué à déterminer M. le baron de *Breteuil*. Il a vraifemblablement reconnu la vérité des plaintes que l'illuftre prifonnier y porte contre le geolier royal, M. de *Rougemont*. Cependant il eft confervé dans fa place, ainfi que l'état-major; mais il en réfultera toujours un *déficit* de bénéfice confidérable pour ce lieutenant de roi.

9 Janvier. Comme par le nouvel arrangement avec les fermiers-généraux, ils ont confenti à laiffer l'adminiftration maîtreffe d'opérer dans les traites & droits d'entrée, les changements qu'elle eftimera les plus fages & les plus utiles; on continue toujours cette opération, & l'on efpere que dans le cours de cette année, toutes les gênes qui exiftoient dans l'intérieur du royaume pour la libre circulation des marhandifes, feront fupprimées. C'eft un M. de *Commercy* qui s'occupe de cette befogne.

9 Janvier. M. le duc de *Chartres* s'eft fait tant d'ennemis par fes nouveaux bâtiments, que le libelle nouveau contre lui eft couru avec fureur, & conféquemment fe vend très-cher. Il n'a que deux cents pages, & coûte 12 livres. On en parle affez hautement dans toutes les converfations; chacun en cite des traits; & comme l'ouvrage eft traité ironiquement, c'eft-à-dire, en forme d'apologie, cette tournure prête à la gaieté. Au refte, il y a beaucoup de faits & d'anecdotes, & l'auteur paroît avoir fouillé affez avant dans la vie de fon héros.

9 Janvier. MM. le marquis de *Vaudreuil* & le comte de *Bougainville*, ont ordre d'être rendus à *l'Orient* au plus tard demain 10, pour y être entendus par le confeil de guerre.

10 *Janvier*. On attribue au marquis de *Vilette*, la *lettre envoyée au maréchal de Soubise par les créanciers de sa fille & de son gendre*. La voici.

« Enfin, M. le maréchal, vous voilà de retour à l'opéra. Votre conscience est donc en repos sur toutes les atrocités commises par vos enfants, & vous pouvez impunément égayer votre vieillesse au milieu de vos courtisanes.

» Les gémissements, les larmes, les cris de la douleur, le tableau de la misere de tant de familles défolées ne viendront point troubler la joie de vos festins & de votre sérail.

» Si vos remords ne font pas aujourd'hui le tourment secret de votre existence, tremblez que des hommes réduits au défespoir & animés d'une juste indignation, ne viennent sur le théâtre même de l'opéra, vous préfenter l'image terrible de la vérité.

» Si l'on a pardonné à votre stupide & barbare ambition d'avoir mis la *France* en deuil à *Rosback*; si l'on conçoit plus de mépris que de haine pour les chimériques promesses & l'impuissante altesse de votre cardinal; si l'on se souvient à peine de l'orgueilleuse bêtise de votre fille & de votre gendre; au moins, avoit-on le droit d'espérer qu'un maréchal de France, un ministre d'état, un pere de famille, donneroit aux siens le précepte & l'exemple d'un généreux sacrifice, & qu'il se hâteroit de réparer de toutes ses forces l'injure faite à l'honneur de sa maison. Pourquoi votre fille est-elle encore un sujet de scandale? Pourquoi n'a-t-elle pas enfeveli dans un cloître sa honte & son repentir? Pourquoi chercher encore à repaître de vaines paroles & de faux serments

des

des citoyens honnêtes & malheureux , dont vous avez tout à craindre , puifqu'ils n'ont plus rien à perdre.

» Il eft temps de prendre un parti , M. le maréchal , fongez que le prince eft inexorable aux méchants. Si vous avez droit à fa clémence , nous avons les mêmes droits à fa juftice. Il eft , à fon âge , le modele des vertus. Songez qu'il exifte auprès de fon trône un miniftre ; que fa probité & fon mérite perfonnel ont rendu l'objet de la vénération publique ; il fera notre interprete auprès de fon maître & de notre pere. Il daignera foutenir notre caufe , & nous allons la porter à fes pieds. »

10 *Janvier*. L'auteur de l'eftampe de *Voltaire & Jean-Jacques aux champs Elyfées* , qui a eu tant de fuccès, vient de mourir. C'étoit le fieur *Mairet* , graveur, éleve de *le Bas* , qui n'étoit pas encore de l'académie , mais très-digne d'y occuper une place. Son burin étoit correct , fa maniere douce & agréable : il fembloit avoir en vue celle de l'élégant *Bartolozzi* , & perfonne n'étoit plus près de ce charmant original. Du refte , beaucoup d'intelligence & de goût lui euffent inceffamment procuré une grande célébrité.

11 *Janvier*. Extrait d'une lettre de Befançon, du 4 janvier 1784..... Sans doute il eft bien fingulier , tandis que le parlement fatigue le roi de remontrances fur remontrances , réclame fans relâche contre les vexations exercées dans la province fous l'autorité de fa majefté , lui peint avec une mâle énergie les calamités & la mifere des peuples de fon reffort , voudroit lui faire craindre que leur amour ne fe relâchât enfin , foit préci-

fément le moment où la *Franche - Comté* , qui
n'avoit point encore rendu cet hommage à aucun
de nos rois , faffe dreffer une ftatue à *Louis XVI* ,
& foit la premiere qui donne l'exemple. Affurément nous fommes pleins de vénération pour les
vertus perfonnelles du monarque. Nous n'igno-
rons pas , nous fommes même perfuadés qu'il
veut le bien , qu'il le fait dès qu'on le lui montre.
Mais il y a loin de ces fentiments aux tranfports, à l'ivreffe , à l'enthoufiafme , qui décer-
nent les triomphes & élevent les monuments.

Il faut tout dire : il y a quatre ans que la
ville de *Dole* avoit arrêté d'ériger cette ftatue.
On en peut juger par l'infcription françoife ,
conçue en ces termes , & qui fe rapporte à cette
époque : *A Louis XVI, âgé de vingt-fix ans.* Elle
eft auffi fimple que noble , & c'eft celle qui a
été préferée par la cour. La modeftie du roi
n'a pas voulu des deux autres en vers que
voici :

Louis, de fon domaine a banni l'efclavage ,
A l'Amérique, aux mers il rend la liberté:
Ses loix font des bienfaits, fes projets font d'un
Sage ;
Et la gloire le montre à l'immortalité.

L'auteur de ce quatrain eft M. *Philippon de la
Madeleine* , auteur auffi de l'infcription adoptée. Un
M. *Fourquet* , *de Dole* , en avoit compofé une autre,
qui avoit le mérite d'une plus grande précifion ,
mais d'une adulation outrée, que *Louis XVI* lui-
même a dédaignée :

Du plus augufte des Rois,
Vous qui contemplez l'image,
Voyez-y tout à la fois,
Un Pere, un Héros, un fage

On affure que c'eft ce mot de *Héros* qui a fur-
tout déplu à un monarque qui ne s'eft pas encore
trouvé dans le cas de mériter ce titre, en fe mettant à la tête de fes armées, & y déployant fes
qualités martiales.

Au furplus, la cérémonie de l'inauguration a
été très-modefte. L'intendant l'a preffée pour faire
fa cour & démentir les affertions du Parlement.
Un peuple mécontent n'érige pas de ftatues; un
peuple dans la mifere n'a pas de quoi fubvenir à
ces monuments, fouvent plus de luxe que d'amour.

Nota. L'académie de *Dijon* avoit été confultée
pour l'infcription, & en avoit envoyé plufieurs
qui n'ont pas réuffi.

11 *Janvier.* On n'a appris que depuis peu la
mort, en pays etranger, de *M. Peroneau*, dont
l'académie même ignoroit le deftin, puifqu'il fe
trouve encore fur la lifte de l'almanach royal, 1784.
La vie errante qu'il avoit toujours menée, habi-
tuoit à ne le point voir, & à fe paffer de fes ouvrages. Il n'avoit point expofé au falon dernier, ni
même en 1781. L'inconftance de fon caractere
l'avoit empêché de fe fixer nulle part, quelque
avantage qui s'y préfentât pour lui. On voit de
fes ouvrages en *Italie*, en *Efpagne*, en *Angleterre*,
en *Allemagne*, en *Ruffie*, en *Pologne*, à *Hambourg*,
en *Hollande*, où il a terminé fa carriere, & dans
les principales villes de *France*.

C'étoit un peintre de portraits au paftel. Son

deffin étoit correct, fes attitudes d'un choix noble, la difpofition de fes draperies bien prife, mais fa touche lourde & fans effet. Il avoit auffi le coloris mauvais. Ce qui cependant fans doute fait l'éloge de fon talent, c'eft que le plus célebre peintre de portraits de nos jours dans cette maniere, M. *de la Tour*, l'avoit choifi pour faire le fien.

11 *Janvier.* Il a commencé à geler dans ce pays-ci, fans interruption, à peu-près depuis le 7 décembre, ce qui a d'abord occafionné la malpropreté des rues affez habituelle, & prefque inévitable en pareil cas. Le 17 il a commencé à tomber de la neige, & le 28 elle a été fi abondante & fi continue, qu'il s'en eft trouvée huit pouces de hauteur. Une forte gelée, venue pardeffus, a rendu très-difficile le défoncement de cet amas de glaces. Cependant la riviere étoit baffe depuis long temps ; elle pouvoit fe prendre aifément ; il étoit effentiel de pourvoir à la fubfiftance de la capitale & même de *Verfailles.* En forte que, dans une circonftance où l'on auroit eu befoin de doubler, tripler, quadrubler, décupler les bras des balayeurs & les voitures, il a fallu en détourner une partie pour tranfporter les vivres par terre. Il eft arrivé un faux dégel, fuivi de nouvelles gelées ; *Paris* eft devenu un cloaque, la communication a été abfolument interrompue entre les habitants, & pendant quelques jours, il n'y a eu fur pied que les gens qui étoient forcés par le befoin, par leur métier, ou par leur devoir. Des bras, des jambes caffées, d'autres accidents ont été la fuite de cette intempérie de la faifon.

Au milieu de cette efpece de calamité publique, il eft des gens qui ont trouvé encore à en tirer parti , à rire & à s'amuser. D'abord les courses en traîneaux ont eu lieu tant qu'on a voulu ; ensuite il s'est offert un spectacle plus nouveau & plus piquant pour les amateurs. On alloit voir à la halle , les poissardes en bottes, en culottes, leurs cotillons retroussés jusqu'au nombril , exerçant leur métier dans cette espece de mascarade , & redoublant de quolibets & de propos grivois.

Au reste , malgré les clabauderies de nos sybarites, qu'incommode un pli de feuilles de roses, on doit applaudir au zele avec lequel la police a veillé aux deux points les plus essentiels , la subsistance & la sureté. Les vivres font toujours venus en abondance, & l'on n'apprend pas que les assassins & les voleurs aient fait plus de coups de main en ce temps si favorable pour eux que dans un autre.

12 *Janvier*. Extrait d'une lettre de l'Orient , du 6 janvier…. Le roi ayant coutume d'envoyer tous les ans à l'empereur de la *Chine*, des marchandises & quelques raretés de son royaume , on ajoute cette fois aux curiosités ordinaires , douze ballons aérostatiques de taffetas, avec des bouteilles d'acide vitriolique & tous les instruments , ustensiles & instructions nécessaires , adressés aux anciens missionnaires qui font à *Pékin*, dans le palais même de l'empereur.

Tout cela est embarqué fur un navire qui doit partir pour la *Chine* dans le courant de février,

12 *Janvier*. On a donné hier sur le théâtre de l'opéra une nouveauté intitulée : *l'Oracle*, *ballet d'action*. Quoique cette pantomine ait été assez bien reçue du public , elle ne suppose pas un grand génie de la part du compositeur, le sieur *Gardel*, l'aîné , puisqu'il n'a fait que suivre de

fcene en fcene, de point en point , la jolie piece
de Sainte Foix. Il a été feulement obligé de gâter
le fujet en allongeant , & de fuppléer à l'expreſ-
ſion du dialogue par l'addition de deux fcenes.
Quant à l'exécution , Mlle. *Guimard* renouvelle
aujourd'hui le preſtige de Mlle. *Gauſſin* autrefois, & elle paroît, ainſi qu'elle , n'avoir que 15
ans dans le rôle de *Lucinde*. Celui de *Charmant*
eſt exécuté avec autant de graces & plus de vérité par le ſieur *Nivelon*.

Le ballet eſt terminé par une fête très-agréable,
qui laiſſe aux autres coryphées de la danſe la
liberté de déployer leurs talents.

1 2 *Janvier*. Extrait d'une lettre de l'Orient ,
du 6 janvier. . . . . . Quoiqu'il ne ſoit pas permis
aux membres du conſeil de guerre qui ſe tient
ici de rien dire concernant leurs aſſemblées , cependant par les témoins & leur rapport , on tire
des inductions. On croit que les dépoſitions ſont ,
pour le plus grand nombre , en faveur des officiers-généraux & des chefs de diviſion , dont
on examine la conduite , & notamment contre
le comte de *Graſſe* , qui les accuſe.

Le baron d'Arros , entr'autres, l'un des matelots
du général, prouve par témoins qu'il s'eſt battu
non loin de la *ville de Paris* , encore demi-heure
après qu'elle ſe fut renduë.

13 *Janvier*. Il a faut tout paru deux écrits
contre le régime actuel de l'ordre de Saint-Maur ,
l'un intitulé : *Appel comme d'abus des cenſures
faites par l'aſſemblée de Saint-Denis* ; l'autre ,
*Lettre des ſupérieurs majeurs de la congrégation de
Saint-Maur* , qui ont mérité ſon attention. Il
prétend qu'ils ſont dans le cas des quatre com-
poſes dans le même eſprit , publiés au nom de

dom *Monjo* & de ses adhérents , supprimés par
arrêt du conseil , du 12 juillet 1783 , comme
contraires au respect dû à l'autorité du roi , au
maintien du bon ordre & à la tranquillité que
sa majesté entend maintenir dans la congrégation de Saint-Maur. Cependant il n'a pas voulu
requérir cette suppression détruisante , & il a cru
plus sage, plus honnête & plus avantageux , afin
d'éclairer les membres aveugles d'une faction ex-
pirante , de publier un *mémoire & consultation* ,
dont s'étoit chargé Me. *de la Croix* , avocat excellent , non pour traiter profondément de pareilles
matières , mais pour les mettre à la portée des
gens du monde , les rendre l'objet des conversa-
tions & gagner d'autant les suffrages du public.

13 *Janvier*. Sans doute la tournure de donner
au public la *Vie privée du Duc de Chartres* , sous
la forme d'une apologie , étoit une idée heureuse ,
adroite & plus piquante qu'une satire directe , si
elle eût été bien remplie. Mais ce pamphlet , de
134 pages seulement , est plus que médiocre ; beaucoup de bavardage , des anecdotes connues , point
de détails curieux dans les morceaux où les faits
du héros sont liés à l'histoire publique. Par exemple , le combat d'*Ouessant* fournissoit une ample
matière à une narration intéressante , si l'écrivain eût été instruit. Mais tout prouve que ce
n'est qu'un libelliste obscur , ignorant , guidé par
un intérêt sordide , car la vengeance ne semble
pas même avoir animé sa plume , sans énergie
& sans vigueur.

13 *Janvier*. Le *Macbeth* de M. *Ducis* , attendu
depuis deux mois , a été enfin joué hier. Cet auteur , encouragé par ses succès inouïs , a cru pouvoir faire passer désormais toutes les folies , toutes

les abfurdités , toutes les barbaries du poëte Anglois, qu'il paroît avoir entrepris de tranſporter ſucceſſivement ſur notre ſcene tant qu'on voudra bien l'y ſouffrir. On ſait que cet étranger eſt *Shakeſpéar* , c'eſt-à-dire , le plus ſublime & le plus bas, le plus hardi & le plus extravagant de tous les tragiques. A en juger par le peu d'accueil que *Macbeth* a reçu hier , on feroit tenté de croire que l'on commence à ſe laſſer de tant d'horreurs puériles & dégoûtantes. On aſſure qu'à la répétition du dimanche , M. *Ducis* , effrayé lui-même de l'amas de monſtruoſités & de platitudes dont ſon ouvrage eſt rempli , avoit en quelque ſorte perdu la tête & étoit devenu fou , avec ſon héros , de remords d'avoir ſi cruellement outragé le goût , la raiſon & le bon ſens. Cependant , comme certains morceaux ont été fort applaudis , & que le parterre n'a point témoigné ſon indignation d'une façon marquée , qu'il n'y a eu que de la froideur de ſa part , ſon amour-propre lui a perſuadé qu'avec des corrections , des retranchements & des mutilations , & ſur-tout à l'aide d'une forte cabale , il pourroit faire aller la piece & peut-être lui procurer le triomphe. En conſéquence la ſeconde repréſentation eſt remiſe à ſamedi , & il faut voir ce qui en réſultera.

14 Janvier. Les petits ſoupers & les nuits de l'hôtel de Bouillon. Lettre de M. le comte de ✷✷✷✷✷ à milord ✷✷✷✷✷ , au ſujet des récréations du marquis de Caſtries & de la danſe de l'ours , anecdote ſinguliere d'un cocher qui s'eſt pendu à l'hôtel de Bouillon , au ſujet de la danſe de l'ours.

A la confuſion de ce titre on peut juger du pamphlet , qui n'eſt pas mieux ordonné , très-vuide & d'une très-grande platitude en outre , quant au ſtyle.

On avertit dans un *avis* que les *petits foupers*
avoient déjà été imprimés au mois de juin 1782,
mais que le ballot , arrivé fans encombre aux
portes de Paris , y avoit été faifi. L'éditeur de
cette rapfodie ne s'eft point laffé & a fait faire
une feconde édition , qui certainement ne fera
pas fuivie d'une troifieme.

La princeffe de *Bouillon*, la princeffe d'*Henin*,
la ducheffe de *Lauzun* , le duc de *Bouillon*, le duc
de *Chartres* , le comte de *Genlis* , le prince de
Guimené , le chevalier de *Coigny* , le marquis de
Caftries , le chevalier *Jerinhim* ou *Jardinié* , enfin
le pere *Fortuné* , théatin , font les perfonnages
dont il eft fpécialement traité , mais très en bref,
puifque l'ouvrage en gros caracteres n'a que
93 pages. Il eft en forme de dialogue entre le
comte & un inconnu. L'envoi en eft daté de *Paris*,
le 30 Mai 1782.

14 *Janvier. Dans le mémoire & confultation
pour le régime actuel de la congrégation de Saint-
Maur , contre les appellants comme d'abus des
élections faites au chapitre de l'abbaye de Saint-
Denis en 1783 ,* Me. de *la Croix* fait d'abord un
éloge mérité de l'ordre des bénédictins. Il entre
enfuite dans le détail de fon régime , & dans l'hif-
torique des troubles qui l'agitent depuis quelque
temps en France. Il tire parfaitement au clair tout
ce qui s'eft paffé en 1781 , dans la province de
Normandie , lors de la diete provinciale convo-
quée à l'abbaye du *Bec*, où le vifiteur de la province , homme entêté & impérieux , parvint à
fubftituer l'arbitraire & le defpotifme à la regle,
par un vice d'élection qui a infecté tout ce qui
s'en eft fuivi , & conféquemment celles faites
même au chapitre général de *Marmoutiers*. De-là,

un premier appel comme d'abus au parlement en 1781 , qui fut rejeté, & un *arrêt du conseil* du 29 juin de la même année , qui enjoignoit aux oppofants *de reconnoître les supérieurs nommés dans le chapitre général & de leur obéir.* Les oppofants fe conformerent aux volontés du fouverain.

Heureusement , le clergé de *France* affemblé par extraordinaire en 1782 , prit en confidération le fort d'une congrégation auffi précieufe à l'églife & à l'état. Et après un examen férieux du fujet des conteftations qui s'étoient élevées dans fon fein, repréfenta au roi que la religion de fa majefté avoit été furprife , & que l'affaire méritoit d'être difcutée plus profondément. Intervint enfuite l'*arrêt du conseil* du 24 juin 1783 , & tout ce qui s'en eft fuivi, c'eft - à - dire , un renverfement abfolu de ce qui avoit été fait par le chapitre de Marmoutiers.

Dom *Mouffo* & fes adhérents n'ont pas voulu acquiefcer aux nouveaux arrangements. M. l'abbé *Mey* , avocat confultant , le plus grand canonifte de nos jours , leur a prêté fa plume pour critiquer les délibérations du chapitre de 1783 , & conféquemment les élections , ce qui replonge l'ordre dans un autre chaos. Ces réfractaires aux arrêts du confeil , avoient interjeté appel *ad apoftolos* de tout ce qui fe feroit , & depuis la clôture du chapitre, l'ont porté devant le parlement , d'où eft venue la *réponfe du roi* à cette cour : " Que fon in- » tention étoit de maintenir par lui - même la » paix & l'ordre dans la congrégation de *Saint-* » *Maur* , dont l'inftitut eft utile à la religion & » aux progrès des lettres , & de veiller à fa con- » fervation par la fageffe des mefures qu'il avoit

» prifes. » Mais comme fa majefté n'a point dé-
pouillé le parlement de la connoiffance de l'affaire,
que d'un jour à l'autre elle peut y être app-llée ;
Me. de *la Croix* a cru devoir faire connoître aux
magiftrats & au public : « 1. Que le chapitre
» de 1781, fur lequel s'appuie le régime ancien,
» ne peut point être regardé comme canonique ;
» que par conféquent la nomination de dom
» *Mouffo* & des autres fupérieurs étoit vicieufe. Que
» celui de 1783, a tous les caractères de la ca-
» nonicité, & que conféquemment l'élection des
» fupérieurs actuels leur a imprimé les pouvoirs
» attachés à leur dignité. »

Après avoir réfuté ainfi les écrits qui attaquent
les nouvelles élections, dans un bout de confultation du 20 décembre 1783, il eft d'avis de
n'en plus parler, & d'attendre le repentir des
coupables.

14 *Janvier.* On croit que le confeil de l'*Orient*
s'avance beaucoup, car le comte de *Graffe* a reçu
ordre de s'y rendre auffi.

14 *Janvier.* On a parlé de l'attachement de
M. *Deflon* à la doctrine du fieur *Mefmer*, concernant le *magnéifme animal* ; du zele avec lequel il l'a défendu au fein de la faculté, & des
perfécutions qu'il avoit courageufement effuyées
pour ce nouveau chef de fecte.

On a dit que ces deux perfonnages s'étoient
brouillés depuis, mais fans en connoître la raifon.
Il paroît que le docteur *Deflon*, ayant, pendant
que le docteur *Mefmer* étoit à *Spa*, l'été de 1782,
effayé de traiter quelques malades par le *magné-
tifme animal*, obtint des fuccès dont la renommée excita la jaloufie du dernier. Ce fut la caufe
de fon étonnante lettre à la faculté, où il accufoit

fon difciple de l'avoir trahi, d'en impofer au public, de n'avoir jamais reçu les inftructions fuf-
fifantes pour pratiquer les fecrets de la doctrine du
maître.

M. *Mefmer* revenu à Paris, & convaincu fans
doute de la néceffité d'arrêter une divifion funefte, a été le premier à rechercher M. *Deflon*.
Celui - ci après fix mois de follicitations, a confenti de retourner à fon école, à condition que
M. *Mefmer* l'inftruiroit de bonne foi & à fond
de cette théorie qu'il lui avoit tant vantée, & qui,
felon lui, devoit changer tout le fyftême des con-
noiffances humaines; qu'il renonceroit au projet
d'avilir fon fecret en le communiquant au premier
venu pour cent louis, fuivant qu'il l'avoit annoncé par une foufcription ouverte : au contraire,
qu'il formeroit à fa méthode de traiter les maladies, des médecins, feuls propres par leurs lumieres acquifes à l'exercer.

D'après cette convention, M. *Deflon* s'eft de
nouveau rendu le coadjuteur & l'apôtre de M. *Mef-*
mer. Mais le dernier n'effectuant pas fes promeffes,
& le premier le fommant de les remplir, il en
fut congédié. Malheureufement pour M. *Mefmer*,
tous les malades que M. *Deflon* lui avoit amenés
déferterent aufli : ce qui a de nouveau rallumé
fa jaloufie & provoqué fon défaveu de ce médecin pour fon eleve & le participant de fa doctrine.

M. *Deflon* a pris le parti d'abandonner pour
jamais ce maître, mais non fes principes; d'élever autel contre autel, & de rendre compte au
public de toute cette querelle dans une lettre du
28 décembre, inférée au *journal de Paris*, du
10 de ce mois.

15 *Janvier*. M. *Cardonne*, fecrétaire interprete

du roi , garde des manufcrits de fa bibliotheque ,
cenfeur & profeffeur royal pour les langues turque
& perfane au college royal , eft mort à la fin
de décembre. C'étoit un érudit dont les ouvrages font peu connus. On prétend qu'il laiffe en
manufcrit un *recueil de fables Indiennes* , qu'il avoit
traduites , & qui n'eft pas indigne d'être tranfmis
au public par l'impreffion.

1 5 *Janvier*. Perfonne ne doute aujourd'hui que
les bruits répandus fur madame la comteffe d'*Artois*
avec un éclat fi fcandaleux , ne foient une calomnie , mais provenue fans doute d'une cabale affez
puiffante pour n'en pas craindre les fuites. Quoiqu'il en foit, on affure que le roi & M. le comte
d'*Artois* redoublent d'attention envers elle depuis
ces bruis infames. Voici au furplus ce qui y a
donné lieu , & l'ihftoire plus conftatée du garde
d'*Artois* arrêté. Le fieur *Defgranges* (c'eft fon
nom) eft fils d'un maître de poftes de *Barbéfieux*,
près Angoùlême. C'eft un très-beaux cavalier.
Lorfque M. le d'*Artois* fut à Bordeaux , il con-
duifit lui-même fon alteffe royale. Elle le remarqua,
fut touchée de fon zele , & voulut fe l'attacher en
le faifant entrer dans fes gardes. Au bout de quelque temps le fieur *Defgranges* s'eft vu avoir beaucoup d'or, des diamants, des bijoux, prendre une
forte de train, & il y a plus de trois ans que,
lorfqu'il étoit à Angoùlême , fur les difficultés
qu'on faifoit de le recevoir dans les maifons de la
nobleffe, à raifon de fa baffe extraction, fes camarades difoient: *Vous avez tort , les grandes dames
de la cour ne font pas fi délicates que vous.* Madame la comteffe d'*Artois* le protégoit, & il s'en
eft prévalu pour accréditer des bruits faux, qu'il
regardoit comme honorables pour lui. Quoi

qu'il en foit , M. le comte d'*Artois* venoit de le faire capitaine de cuiraffiers & fon gentil-homme ordinaire , peu de temps avant fa détention.

15 *Janvier*. *Bibliotheque des dames de la cour, avec de nouvelles obfervations*. Décembre 1783.

Traité de l'amitié à l'ufage des fouverains, par la reine de *France*.

Traité fur le plaifir, dédié à la reine.

L'art de bien vivre avec fon mari , & de le rendre toujours amant, par Madame.

Les charmes de la Vérité, dédiés à *Madame*, par mefdames de *Lifparre*, de *Laval* & d'*Elears*.

Traité du danger d'aimer trop fon mari, dédié à madame la comteffe d'*Artois*.

La Bonté perfonnifiée, dédiée à madame la ducheffe de *Chartres*.

Des Inconféquences de l'humeur, traité dédié à madame la ducheffe de *Bourbon*. (1).

Le Catafalque vivant, dédié à madame la princeffe de *Conti* 2.

La Matiere préférable à l'efprit, dédié à madame la princeffe de *Lamballe*, par le marquis de *Clermont*, revu par la *Vauberlicie*.

La Liberté des mœurs, par le prince *George de Heffe*, & le marquis de *Montefquiou*.

Les Minuties, brochure , par la princeffe de *Chimay* (3).

---

(1) On fait que cette humeur eft caufe de fa féparation d'avec fon mari & fon beau - pere.

(2) Tout le monde fait que fon mari n'a jamais voulu coucher avec elle.

(3) Elle eft dame d'honneur de la reine,

(39)

La Politesse Françoise, dédiée à la comtesse d'Ossun (1).

L'Enfant du plaisir, dédié à la comtesse de *Balby* (2), par ✻✻✻.

La Nécessité de faire la barbe, dédiée à la duchesse de *Lorges* (3).

Traité sur l'ambition, dédié à Mad. *Adélaïde*, par Mad. la duchesse de *Narbonne* (4).

Traité sur la maussaderie, par la duchesse de *Laval*.

Les Effets de l'eau-bénite, dédiés à Mad. de *Luxembourg* (5).

La prude galante, ou *l'utilité des portes de derrière*, dédiée à la comtesse de *Blot*, par le maréchal de *Castries* (6).

La Passade, dédiée à la même, par M. le comte d'*Artois*.

J'ai donné dans la boue, livre dédié à la comtesse *Diane*, par le marquis d'*Autichamp* (7).

(1) Madame la comtesse d'*Ossun* est d'une rusticité sans exemple.

(2) Il faut se rappeler la querelle de M. le comte de *Balby* avec sa femme. Elle est aujourd'hui dame d'atour de *Madame*.

(3) Elle a de la barbe comme un homme.

(4) On sait que cette femme intrigante a beaucoup d'ascendant sur l'esprit de la princesse.

(5) On assure que madame la maréchale de *Luxembourg*, à vote, met de l'eau bénite dans son bidet pour éviter les tentations.

(6) On sait que, depuis long-temps, le maréchal de *Castries* est attaché à cette dame.

(7) C'est le bruit général de la cour qu'il a fait un enfant à cette dame.

Une jolie mine mene à tout, dédié à la duchesse de *Polignac*, par le marquis *de Vaudreuil*.

L'Empire des femmes, dédié à Mad. de *Châlons*,
par le duc de *Coigny*.

L'Argent au deſſus de tout, conte dédié à la
baronne de *Talleyrand*.

Traité ſur les corps opaques, dédié à la marquiſe
de *Montmorin* (1).

Le Libertinage, traité dédié à la marquiſe de
Fougieres, par le public.

L'Ami des hommes, dédié à la vicomteſſe de
Laval, par MM. de *Fitzjames*, de *Jaucourt* & de
Luxembourg.

Les Regrets du temps, à Mad. de *Roucery*.

Traité ſur le commérage, dédié à la marquiſe
d'*Eſtourmel*.

La Belle & la Bête, dédié à la comteſſe de
Crenay, par M. de *Megrigny*.

Traité ſur le tortillage, par la comteſſe d'*Har-
ville*.

Hiſtoire des treize Cantons, par Mad. de *la Suze*.

Notre mere Sainte-Egliſe, dédiée à Mad. de *la
Roche-Aymon*, par l'évêque de *Tarbes*.

L'Amour fraternel par Mad. de *Grammont* (2).

La Coquetterie, par Mad. de *Simiane* (3).

Nouvelle invention de ratelier poſtiche, dédiée à
Mad. de *Montmorin*, par M. de *Viomeſnil*.

---

(1) Cette dame eſt extrêmement épaiſſe.

(2) On prétend qu'elle a couché avec le duc de
Choiſeul ſon frere.

(3) La plus jolie femme de la cour.

La Femme Homme, dédiée à Mad. la duchesse de *Luynes*.

La Statue ambulante, dédiée à madame de l'*Ascuse*.

Observations sur les Précieuses ridicules, par la marquise de *Bourbon - Busset*.

Traité sur le Patélinage, par Mad. d'*Ararey*.

Traité sur l'Esprit, par la marquise d'*Andlau* (1).

Traité sur la fausseté, dédié à la vicomtesse de *Tavannes*.

La Bourgeoise de qualité, dédiée à Mad. de *Civrac*.

Traité sur la physionomie, par la duchesse de *Lausun*.

La Cavale débridée, à Mad. de *Modene*, par les *Cassecols*.

Traité sur l'audace, dédié à la comtesse de *Grammont*.

L'abus de la galanterie, par mesdames de de *Matignon*, de *la Châtre*, d'*Oudenarde* & *Dudreneuc*.

16 *Janvier*. On craint fort que le marquis de *Vaudreuil*, le lieutenant - général de la marine, ne se trouve compromis désagréablement dans le jugement du conseil de guerre de l'*Orient*. Il étoit le second de l'armée navale, & on l'inculpe de n'avoir pas fait tout ce qui dépendoit de lui pour secourir son général, & défendre le pavillon amiral. On sait que les *Vaudreuil* ont

---

(1) Elle est fille de M. Helvetius, auteur du livre de l'esprit.

fait en conséquence tout ce qu'ils ont pu pour empêcher que ce conseil de guerre n'eût lieu. Depuis
il y a eu différents mémoires de donnés par eux à
ce sujet. Enfin, le comte de Vaudreuil, le plus
accrédité de cette famille aujourd'hui, a eu dernièrement une prise à cette occasion avec le
maréchal de *Castries*. Elle a été si vive, que celui-ci
se trouvant trop pressé, lui a dit : *Mais vous*
oubliez, Monsieur, que vous parlez à un maréchal
de France & à un ministre du roi! —— Je ne puis
l'oublier, lui a répondu M. de Vaudreuil, puisque
c'est moi qui les ai faits ; ce seroit à vous à vous
en souvenir. —— Je rendrois le bâton tout-à-l'heure,
& remettrois le porte-feuille au roi, si je croyois
n'être monté à ces honneurs que par un canal
aussi peu glorieux, a repliqué le ministre. Depuis
ce temps ils se boudent & l'on travaille à les
raccommoder. Du moins, telle est l'anecdote fort
accréditée parmi les courtisans.

16 *Janvier*. On a donné hier sur le théâtre
lyrique, la première représentation de *la Cara-*
vane, paroles mauvaises & musique foible. Voilà
quel a été le résultat en bref du jugement des
connoisseurs. Les premières sont de M. *Morel*, &
la seconde de M. *Grétry*. Il y a du reste beaucoup
de beaux habits, de riches décorations, un
charmant spectacle, & les yeux ont de quoi se
satisfaire.

17 *Janvier*. M. le comte de *Grasse* a eu ordre
de se rendre à *Rennes*, d'autres disent à *Nantes*,
à portée du port de l'Orient, pour qu'il y puisse
aller plus facilement de cette ville, ou de l'autre,
& donner au conseil de guerre, sans le troubler &
sans intriguer, les instructions dont il auroit
besoin.

17 *Janvier*. Le travail de M. *Bourboulon*, suivant ce qu'en rapportent les actionnaires de la caisse d'escompte, est moins un morceau d'éloquence, qu'un tableau savant & profond de la situation de la compagnie, à l'occasion d'une dispute élevée dans son sein sur la cause de l'engorgement. Les uns l'attribuoient à la finance, d'autres à la banque, d'autres au commerce. Par le dépouillement qu'a fait le calculateur, il a démontré que la finance étoit celle qui avoit principalement contribué au discrédit où l'on venoit de tomber, & qu'en derniere analyse, c'étoit elle qui avoit le plus profité de la caisse, c'est-à dire, le roi, par les secours qu'il en avoit tirés. On ne sait quand ce mémoire qu'on avoit tant exalté, & qu'on avoit promis de rendre public, paroîtra. On craint que, par la raison qu'on vient de dire, le gouvernement ne s'y oppose. Quoi qu'il en soit, il a senti par-là la nécessité de ne point laisser tomber une caisse aussi utile, & de-là tous les efforts qu'il a faits pour la relever.

Au surplus, les diverses assemblées de cette compagnie, tenues depuis peu, pour arrêter son régime intérieur, ne sont pas encore finies. Un parti violent, opposé au sieur *Panchault*, l'instituteur de la caisse, voudroit bien l'expulser de l'administration. En conséquence, chaque membre a fait sa motion de n'y point admettre quiconque auroit été entaché par la moindre apparence de faillite, au moins jusqu'à ce qu'il eût fait parfaitement honneur à ses affaires. La cabale du sieur Panchault a senti où les adversaires en vouloient venir, & s'efforce d'empêcher la motion de passer.

17 *Janvier*. Tandis que M. *Brisot de Varville* établit à *Londres* un *Lycée*, ou assemblée & cor-

respondance pour la réunion & communication
des gens de lettres de tous les pays , avec le
tableau périodique de l'état actuel des arts & des
sciences en *Angleterre* , l'établissement de M. de
la Blanslerie , qui lui a servi de modele, s'écroule
& tombe. Avant - hier , cet agent qui luttoit
depuis long - temps contre les efforts de M. le
comte d'*Angiviller* , a déclaré que son puissant
adversaire l'emportoit enfin , & que l'assemblée
actuelle étoit la derniere. Il a ajouté qu'il lui étoit
interdit de donner plus de publicité à cette défense,
en la faisant insérer dans les journaux, gazettes , &c.

17 *Janvier*. Hier on donnoit à l'opéra la douzieme représentation de *Didon* , où Mlle. *Saint-
Huberty* continue à jouer avec une supériorité
au - dessus de tous les talents connus en ce genre.
Ses partisans avoient apporté une couronne de
lauriers, on l'a fait passer de main en main jusqu'à l'orcheftre , qui l'a remise au batteur de me-
sure : celui - ci l'a posée sur le théâtre aux pieds
de l'actrice , & le parterre n'a pas eu de cesse qu'on
ne l'ait mise sur sa tête ; mais la modestie de mademoiselle *Saint Huberty* ne lui a pas permis de la
garder.

17 *Janvier*. On est sur-tout fort mécontent que
dans la promotion on ait oublié M. le duc de
Charost, seigneur qui a bien servi , & d'ailleurs
estimable par ses projets patriotiques. On trouve
très - mauvais au contraire , qu'on ait fait lieutenant - général le marquis de la *Grange* , de la
même promotion que M. de *Charost* , mais tout-
à-fait décrié, sur-tout à raison d'un procès qu'il a
eu derniérement, si criant qu'on lui en a donné
le surnom de *Voltaire* (*Vole - terre.*)

18 *Janvier*. Les actions de la caisse d'escompte

ne perdent point, mais ont singuliérement baissé
de prix. Le capital en est aujourd'hui de 3500 liv,
& elles ne se vendent que 3750 livres.

18 *Janvier*. Dimanche dernier 11 janvier M. le
premier président est allé à *Versailles* porter au roi
des représentations de son parlement au sujet des
évocations en général, & spécialement de quatre
qu'il vient d'attribuer à son conseil : celle des
Quinze-vingts, celle de la *librairie*, celle des
bénédictins & celle de l'*évêque de Noyon*.

18 *Janvier*. Quoique M. *Ducis*, en élaguant
de beaucoup sa tragédie, n'y ait fait d'autre
changement réel que d'y substituer une absurdité
de plus, en y faisant intervenir l'ombre du monarque assassiné, repoussant du trône *Macbeth*,
lorsqu'il veut s'y asseoir. Les vigoureux battoirs
qu'il avoit placés au parquet, l'ont servi si bien,
que la troupe moutonniere des spectateurs a suivi,
& qu'on a demandé l'auteur à grands cris. Il a
daigné se montrer ; mais pour conserver la dignité
académique, c'est d'une loge seulement qu'il s'est
fait voir. On a voulu que le sieur *Larive* vînt aussi
recevoir sa part des applaudissements, & il a paru
avec des battements de mains incroyables. En
sortant on n'a pas manqué de dire que la piece
avoit été aux nues ; & voilà un triomphe.

18 *janvier*. Voici comme on raconte la détention du sieur *Desgranges*. Il étoit à l'opéra. Un
exempt vint lui dire que M. *le Noir* auroit quelque chose à lui communiquer. Il trouve cela très-
mauvais. Cependant il promet de s'y rendre après
le spectacle. Il va au foyer, y rencontre un de ses
amis, avec lequel il devoit souper. Il lui apprend qu'il
est obligé de passer d'abord chez M. *le Noir*; il
lui propose d'y venir avec lui. Celui-ci y consent :

ils vont à la police, & tandis que M. *Desgranges*
entre dans le cabinet, son camarade l'attend dans
le salon qui précede. Au bout de quelque temps
il voit arriver M. le baron de *Breteuil*. Ce ministre reste environ un demi-quart d'heure dans
le cabinet, & puis ressort. M. *le Noir* le reconduit.
En revenant, il demande à l'étranger ce qu'il veut?
Celui-ci répond qu'il est venu avec M. *Desgranges*,
avec qui il doit souper & l'attend. M. le lieutenant-
général de police lui apprend que son ami est parti.
Il va chez lui, ne le trouve point & se rend au
souper; il n'y étoit pas. Il retourne le lendemain
matin chez M. *Desgranges*, & ne le rencontre pas
davantage. Il apprend qu'il n'est pas venu coucher. Il se doute alors de l'aventure & répand
la nouvelle.

On varie seulement sur le lieu de la détention
de M. *Desgranges*. Les uns le mettent simplement
à la *Bastille*, d'autres à *Pierre-scize*, d'autres aux
isles *Sainte-Marguerite*, d'autres enfin aux Caban-
nons de *Bicêtre*, avec le garde-du-corps qu'on
dit y être depuis long-temps, pour une aventure
de cour très-connue sous *Louis XV*.

19 *Janvier*. Vendredi dernier, aux chambres
assemblées, quelqu'un de messieurs ayant rendu
compte que la lettre de cachet contre M. de *****
subsistoit toujours, il a été arrêté que M. le premier président interposeroit de nouveau ses bons
offices auprès du roi, pour obtenir sa liberté.

19 *Janvier*. Extrait d'une lettre de *Pau*, du
10 Janvier.... Vous avez raison de regarder comme
un trait d'adulation de l'intendant, voulant faire
sa cour, l'erection de la statue de *Louis XVI*.

Assurément nous le portons bien tous dans notre cœur, & son image y est empreinte, mais nous

n'aurions jamais choifi cette époque pour lui décerner un de ces témoignages de reconnoiſſance & d'admiration qui perdroit tout ſon prix, s'il étoit donné ſans quelque grand motif. D'illeurs cette ville a moins qu'un autre lieu de ſe louer de la *France* Avant ſa conquêt-, *Dole* étoit la capitale de la province. Elle avoit le parlement, la chambre des comptes, l'univerſité, un fameux collège. Elle n'eſt plus la capitale, elle n'a plus rien que le collège, abſolument tombé. On pourroit donc mettre à la ſtatue pour inſcription plus réelle : *Lrexit la Corée.*

Quant au ſculpteur, c'eſt un artiſte de cette ville, qui n'eſt pas ſans talent, mais qui n'a pas le génie & l'exécution qu'il faudroit pour élever un grand monument

20 *Janvier.* On penſe ſérieuſement à rendre navigables les rivieres de *Bretagne* ; & la communication de *Saint-Malo* ſera ouverte l'année prochaine. On doit s'occuper auſſi de la riviere de *Carhaix*, qui tombe dans la rade de *Breſt.* Il eſt également queſtion de faire un port à *l'iſle aux bois*, riviere de *Pontrieux*, évéché de *Treguier* & de *ſaint-Brieux.* Le port eſt tout fait, mais les approches en ſont difficiles.

20 *Janvier. Recueil de lettres de la communauté de Vienne, adreſſées à ſon paſteur, le cardinal Migazzi, avec des réponſes & documents pour la poſterité.* Tel eſt le titre d'une brochure imprimée à *Francfort*, peu intéreſſante en elle-même, mais qui excite la curioſité, depuis que par la *gazette de Vienne* on a ſu que le cardinal archevêque déſavouoit ſes réponſes inſérées dans le recueil, ſous le nom ſuppoſé de *Gabriel milder.* On y voit au ſurplus que la fermentation occaſionnée

par les changements que l'empereur a faits dans
ſes états, dans l'adminiſtration relative au clergé,
n'eſt pas éteinte; & celui de *France* adopte &
recherche avec avidité ce pamphlet médiſant &
calomnieux, du moins qualifié tel par le prélat,
dont au ſurplus l'anathême lui ſert merveilleuſement
de véhicule dans l'empire.

20 *Janvier.* Les nouvelles lettres dont on a
parlé il y a pluſieurs mois, continuent à être d'une
rareté exceſſive, & portent le titre de *ſuites des*
lettres ſecretes ſur l'état actuel de la religion &
du clergé de France, à M. le marquis de ***,
ancien meſtre-de-camp de cavalerie, retiré dans ſes
terres. On ſe rappelle les quatre premieres. Celles-
ci, au nombre de huit, ſont datées de 1782 &
1783. Elles ont quatre-vingt-deux pages, &
ſont infiniment plus piquantes que les autres. Mais
il y a une clef qu'il faut avoir pour en mieux
ſentir le ſel & les fineſſes. On en parlera plus en
détail.

21 *Janvier.* Puiſque le mauvais goût prévaut
& que les repréſentations de *Macbeth* continuent,
il faut donc ſe déterminer à diſſéquer ce monſ-
tre dramatique, dont M. *Ducis*, en voulant lui
donner des proportions raiſonnables, n'a peut-
être fait qu'augmenter la difformité, par le mé-
lange des formes de la tragédie moderne avec
les irrégularités & la barbarie de la tragédie
angloiſe.

Dans le premier acte, *Macbeth* eſt annoncé
comme vainqueur des ennemis de l'*Ecoſſe*, ſa patrie. On fait le récit de ſes victoires, & il arrive
bientôt avec éclat & avec pompe; mais dès qu'on
le voit, il commence à ne pas répondre à l'idée
qu'on s'en eſt formée. On remarque un prince
foible,

foible, crédule, fournois, & méditant quelque projet finiftre qui l'empêche de jouir de fa gloire &
de fon bonheur. Bientôt on lui annonce que *Duncan*, fon roi, auquel naturellement il auroit dû
commencer par aller rendre compte de fes exploits,
vient au devant de lui, eft arrivé dans fon château, & fe propofe d'y paffer la nuit. *Macbeth*
fe rend auprès du monarque, qui ne paroît pas.

Le fecond acte commence par une longue fcene
entre *Macbeth* & *Frédégonde*, fa femme. Le premier fait part à celle-ci d'un reve qu'il a eu, &
Frédégonde lui répond fur le même ton, par le
récit de fa converfation avec des magiciennes.
Il réfulte de l'un & de l'autre que *Macbeth* doit
monter fur le trône. La femme ambitieufe profite
de la crédulité de fon mari pour l'exciter à accélérer l'événement, en profitant d'une circonftance
auffi favorable qu'il l'a de fe défaire du roi. Il
réfifte, il fe défend même avec une force de
fentiment & d'éloquence qui lui ramene le fpectateur tenté de le croire toujours vertueux. Sur
ces entrefaites, on apporte un billet, par lequel
on annonce que les rebelles ont conçu le projet
de venir inveftir le château d'*Invernefs*, où eft
le roi, & de s'en défaire; nouvel incident qui
devroit confirmer *Macbeth* dans fes bonnes réfo-
lutions. *Frédégonde* les détruit à l'inftant par la
fuppofition groffiere qu'on a deffervi fon époux
auprès de *Duncan*, que fa difgrace eft certaine
& qu'il va être opprimé. En forte que celui-ci
l'appellant dans le moment à fon fecours, le héros y vole; mais c'eft pour l'affaffiner.

Seyward, montagnard d'*Ecoffe*, ouvre le troifieme acte. Il a nourri & élevé, comme fon propre fils, fans qu'on fache pourquoi ni comment,

Malcolm, fils de *Duncan*, qui ne fe doute pas de fa noble extraction. Il forme le projet de la ré-véler à *Macbeth*, comme le plus propre à faire reconnoître & appuyer les droits de cet héritier du trône. Point du tout, *Macbeth* égaré, troublé, déchiré de remords, vient fe trahir lui-même devant ce perfonnage dans l'obfcurité de la nuit. Il eft obligé de renoncer à la confidence qu'il vouloit faire, de prendre un autre moyen pour couronner *Malcolm* & venger *Duncan*. Cependant *Frédégonde* conçoit de la défiance de *Seyward* & de fes enfants. Elle en fait part à fon mari, qui les mande & les interroge. Il reconnoît dans *Malcolm* les traits de *Duncan*. On croit que de ce moyen il va réfulter le nœud de l'intrigue, ce qui formeroit toujours duplicité d'intérêt & d'action: mais *Macbeth* ne donne aucune fuite à ces foup-çons qui auroient dû, au contraire, l'agiter beau-coup, & l'auteur a préféré de fubftituer à ce moyen naturel, des vifions dont il tourmente par inter-valles le prince maniaque.

Seyward pourfuit fon deffein, & prend le parti de révéler à *Malcolm* fes deftinées; ce qui a lieu au quatrieme acte. Il a beaucoup de peine à dé-terminer ce jeune prince, qui préfere la vie dou-e & tranquille au foucis du trône, & fur-tout aux efforts qu'il doit tenter pour y monter & venger fon pere. A la fin il fe rend & fe difpofe à ce devoir facré. Mais au moment où il va le remplir, il eft arrêté, ainfi que *Seyward*. Cependant on veut procéder au couronnement de l'ufurpateur, fon mal le prend, il faut différer. *Frédégonde* cher-che à lui rendre l'efprit, à le fortifier, à le cui-raffer contre les remords. Pendant ce temps, il a tranfpiré quelque chofe du crime de l'ufurpateur:

Il se forme une révolte, & l'époux & la femme quittent la scene pour l'appaiser.

Au cinquieme acte, *seyward* dans la captivité a une entrevue avec *Macbeth*, qui veut le poignarder. Nouvel accès de la frénésie qui le prend à la vue d'une écharpe que le montagnard a eu l'adresse, on ne sait comment, de tremper dans le sang du Roi. Le poignard lui échappe : le vieillard en profite pour lui reprocher son forfait; il l'accable de malédictions, il jette tour à-tour dans son ame le trouble, le repentir, la terreur, le désespoir. Lui-même il se trouble & remet à *Macbeth* un billet, la seule preuve de la naissance de *Malcolm*. Il demande la mort. Cette scene, très belle, amene le dénouement. *Frédégonde* a vaincu les rebelles; elle leve le fer sur *Malcolm* qu'on lui amene désarmé. *Macbeth* lui arrache ce jeune prince, crie aux siens que c'est le sang de leur roi, leur montre le billet de *Duncan*, chasse de devant lui *Frédégonde*, ordonne de l'enfermer & se tue pour expier son noir parricide.

22 Janvier. Extrait d'une lettre de Lyon, du 17 janvier 1784.... *Parturiunt montes, nascitur ridiculus mus.* C'est ce qui vient de résulter du ballon de cette ville, annoncé depuis si long-temps & avec tant d'emphase.

Les premieres expériences de M. *Joseph Mongolfier* l'aîné, ont été finies le 29 décembre, & peut-être les choses auroient-elles mieux été sous sa direction. Mais il nous est arrivé un garçon physicien de *Paris*, qui a tout gâté. C'est le sieur *Pilâtre de Rozier*, le directeur du musée scientifique de la rue Ste. *Avoye*, qui a quitté ses souscripteurs & les laisse depuis un mois béant aux corneilles. A la vue de ce premier navigateur aérien,

l'enthoufiafme de nos provinciaux s'eft exalté, les
idées fe font agrandies, les têtes ont tourné, &
il a occafionré beaucoup de changement dans la
machine. Depuis cette époque, cent cinquante
ouvriers travailloient jour & nuit à ce magnifique ouvrage. C'eft, ou plutôt c'étoit, *fuit illion
ingens*; un cône renverfé, tronqué au fommet,
hexagone de cent pieds de diametre. Elle devoit
être montée par foixante perfonnes ; mais le fieur
Filâtre voulant des Argonautes auffi intrépides
que lui, n'étant pas content du marquis d'*Arlande*, fon premier compagnon, avoit imaginé
de ne prendre qu'un nombre de bras fuffifant pour
manœuvrer, & d'embarquer en marchandifes le furplus du poids ; c'eft-à-dire qu'il avoit réduit l'é-
quipage de fon bâtiment à fix matelots, & du
refte comptoit porter cinquante quintaux de marchandifes de différentes efpeces.

Ce premier bâtiment aérien devoit fe nommer
le Fleffelles, du nom de notre intendant. M. *Pilâtre* en devoit être le capitaine, & M. de *Montgolfier* en fecond. Grande difpute de cet honneur
entre eux. Le premier vouloit le céder à M. de
Montgolfier, qui l'avoit refufé en difant qu'il fe
feroit gloire d'être fon matelot. Le fecond avoit
répliqué : *Hé bien, mon maître, vous ferez témoin
que je foutiendrai la gloire de votre pavillon jufqu'au dernier échantillon de votre équipage.* En effet,
le projet étoit d'aller à *Paris* ou à *Marfeille*,
fuivant la direction du vent.

Le magafin étoit une galerie très-folide &
très-légere, de foixante-fix pieds fur quatre de
large. Il y avoit une efpece de corridor fervant de
communication à tous les voyageurs. Le feu ne
devoit être alimenté que par du bois ; & quoique

la machine fût construite en toile, en coton, en papier & en laine, on se flattoit d'avoir prévenu tous les accidents du feu.

On prétendoit en outre que cette machine ne coûteroit pas la moitié de celle M. *Charles* & feroit remplie en quinze minutes.

Le sieur *Pilâtre* avoit fait construire par le sieur *Castel-Nuovo*, neuf thermometres de comparaison, trois barometres selon la méthode de M. *Changeux*, & M. *Saussure* s'est rendu exprès de *Genève* à *Lyon*, avec deux hygrometres de son invention. Les porte-voix, les bombes, les lunettes & tous ces préparatifs, annonçoient des projets d'expériences détaillées & fort intéressantes.

Des dames demandoient en grace d'être choisies pour servir de matelots. Du reste, un concours de spectateurs immense; des étrangers venus de très-loin. M. de *Flesselles* avoit tous les jours une table de cent maîtres, & cela lui a coûté énormément. Aussi l'on dit que M. de *Calonne* lui a fait donner une pension considérable. L'Académie, du reste, avoit été invitée de présider aux expériences.

On avoit fait élever une estrade de cent pieds en carré, où reposoit la machine, afin que tout le monde pût jouir complétement du spectacle.

Le 1., les expériences ont commencé: mais les travaux se sont trouvés mal faits; des coûtures ont manqué; on n'a pu remplir le ballon.

Le 15, la seconde expérience a eu lieu avec le plus grand succès. Toute la machine a été gonflée également en dix-sept minutes, & a produit le spectacle le plus majestueux.

Le 16, devoit se faire la plus curieuse, puisque c'étoit le jour du départ des voyageurs. Mais le feu a pris à la machine, & a prouvé qu'elle n'étoit rien moins qu'incombuſtible. On travaille à la réparer; on y met une ardeur incroyable ; l'infatigable *Pilâtre* n'en veut pas démordre & feroit trop honteux de retourner à *Paris* comme il eſt venu, ainſi que M. le comte de *Dampierre*, officier aux gardes, qui a quitté ſon régiment ſans congé, couru les riſques de manquer à ſon ſervice & d'être caſſé. M. le comte de *la Porte* arrivé à *Lyon* auſſi exprès, & le prince *Charles*, fils aîné du prince de *Ligne*, dont le pere a payé la place 50 louis.

22 *Janvier*. Dimanche, M. de *Calonne* eſt entré au conſeil, & a obtenu ainſi le caractere de miniſtre. On prétend qu'il a cette obligation au parti des *Vaudreuil*, qui, le ſachant déjà brouillé avec le marquis de *Caſtries*, a été bien-aiſe de ſe ménager ainſi en lui une voix de plus.

23 *Janvier*. L'académie royale de peinture, dans ſon aſſemblée du 10 de ce mois, a reçu académicien M. *Guibal* de *Lunéville*, premier peintre & directeur de la galerie de S. A. S. le prince régnant de *Wurtemberg & Teck*.

Cet artiſte eſt auteur de l'*Eloge du Pouſſin*, qui a remporté le prix à l'académie royale des ſciences, belles-lettres & arts de *Rouen*. Ainſi, c'eſt en outre un homme de lettres.

23 *Janvier*. C'eſt M. *Lantier* qui devoit nous donner la premiere nouveauté en comédie, & l'on attendoit ſa piece des *Coquettes rivales*. Il cede ſon tour à M. *Rochon*, qui a une comédie piece en cinq actes & en vers, ayant pour titre l'*Amant jaloux*, Les comédiens qui l'ont reçue par accla-mation, ſont empreſſés de la jouer.

24 *Janvier*. Extrait d'une lettre de *l'Orient*, du

20 Janvier.... Voici toute la filiation du conseil de guerre; car, quoique les membres en soient fort discrets, tout transpire.

Il paroît qu'il avoit été fait différents rapports aux conseils de marine, extraordinairement assemblés dans les ports, à l'occasion de la conduite tenue par l'armée navale du roi, au combat du 12 avril 1782, à la hauteur de la Dominique.

Sur ces rapports, ordre du roi, du 29 août 1783, pour juger si les ordres transmis par les signaux du général ont été fidélement exécutés; si les ordonnances, qui font une loi aux matelots de s'occuper plus de la défense du pavillon de S. M. que de la conservation de leur propre vaisseau, n'ont point été violé; enfin, si chaque commandant d'escadre, de division, de vaisseau, de frégate ou d'autre bâtiment, a tenu en cette occasion la conduite que lui prescrivoient les ordonnances, attendu qu'il est important pour le maintien de la discipline, que les coupables, s'il en existe, soient punis suivant la rigueur des loix, & pour l'honneur des officiers inculpés, qu'ils soient loués, si leur conduite a été irréprochable.

En conséquence, conseil de guerre extraordinaire, convoqué pour le 20 septembre 1783.

Ordre du Roi, du 3 novembre 1783, nommant le sieur *Siumiant*, greffier de la prévôté de la marine à *ouest*, greffier du conseil.

Et le sieur *bourgoin*, greffier du Châtelet, autre greffier du conseil.

Le 12 novembre 1783, le conseil a nommé rapporteurs, MM. *d'Arbaud de Jouques & de Chernfay*. L'information commencée le onze mars 1783, composée de 304 témoins, n'a fini que le 17 janvier 1784.

24 *Janvier*. Extrait d'une lettre de *Lyon*, du 19 janvier.... Quoique la machine aéroſtatique eût été très-fatiguée par les expériences précédentes, par la gelée, la pluie, la neige & ſur-tout le feu, qui en avoit embraſé une partie, elle a été réparée avec un zele & une promptitude inconcevables. La machine s'eſt remplie aujourd'hui avec ſuccès, mais lentement, puiſque l'opération a duré plus de deux heures. Cependant au moment où l'on s'attendoit à ſon départ, le ſieur *Pilâtre* a fait une objection. Il a prétendu que le nombre des voyageurs étoit beaucoup trop conſidérable, qu'il falloit le réduire à trois. Aucun n'a voulu quitter ſon poſte. On s'en eſt rapporté à l'intendant, qui a regardé comme infiniment préférable de ſatisfaire tous les illuſtres voyageurs, & de faire plutôt quelques ſacrifices ſur l'aſcenſion & le voyage projeté. En effet, les cordes ont été coupées ſur le champ ; la machine s'eſt élevée à une hauteur eſtimée de cinq cents toiſes, puis eſt revenue rudement deſcendre, après quinze minutes de marche, dans une prairie peu éloignée du lieu de ſon départ, non ſans éprouver le violent accident d'une fciſſure de quatre pieds & demi.

Vous voyez qu'à l'appareil près, cette expérience eſt moins que rien aujourd'hui, & ne vaut pas même celle de *la Meute*. Bien des gens eſtiment que la difficulté ridicule, élevée par le ſieur *Pilâtre* au moment du départ, n'étoit qu'une tournure concertée avec M. de *Fleſſelles*, pour ménager l'amour-propre de ce navigateur, qui ſembloit devoir aller juſques à *Paris* dans ce char aérien...... Ainſi je ne m'en dédis pas encore : *Parturiunt montes, naſcitur ridiculus mus.* C'eſt une expérience ratée, relativement à l'importance qu'on y avoit miſe.

24 *Janvier.* Les actionnaires de la caisse d'escompte n'ont pas fini leurs débats & se sont encore ajournés aujourd'hui 24 , pour la continuation de leur assemblée.

24 *Janvier.* Hier , le bruit général de l'opéra étoit que M. le maréchal prince de *Soubise* entretenoit Mlle. *Zacharie* , nouvelle danseuse d'environ quinze ans , cousine & élève de Mlle. *Guimard.* On disoit que celle-ci , pour perpétuer son empire sur ce magnifique seigneur , s'étoit substituée le jeune tendron. Cette nouvelle indignoit le public , qui avoit pris part à la première douleur du prince de *Soubise* , & le croyoit vivement affecté de la banqueroute de son gendre & de sa fille. On veut qu'il donne deux mille écus par mois à Mlle. *Zacharie.*

25 *Janvier. Florestan* , capitaine de vaisseau , a rendu au pacha d'*Egypte* le service signalé de sauver de la tempête le navire qui portoit ses richesses. Il est à sa cour & en est retenu pour assister à une fête que le pacha veut lui donner.

Florestan est peu disposé à la joie. Il a perdu un fils unique , entraîné par son ardeur de voyager & de combattre sur mer. Il sait qu'il a fait naufrage ; & du reste il n'en a aucune nouvelle.

Saint-Phar , c'est le nom du fils , est devenu , durant ses courses , amoureux de *Zelime* ; il l'a épousée ; & comme il la ramenoit en *France* pour la présenter à son pere , ils ont été faits esclaves l'un & l'autre. *Husca* les amene avec quantité d'autres au Caire , pour les vendre.

Le pacha est enchanté de *Zelime* , & l'a achetée , malgré les larmes & les offres de *Saint-Phar* de payer sa rançon. Il résout de l'enlever , de tuer le barbare , ou de périr.

C 5.

Almaïde , favorite du pacha, furieuse de se voir
délaissée pour l'étrangere , seconde l'entreprise de
saint - Phar ; mais il est arrêté & amené aux
yeux du pacha. *Florestan* présent reconnoît son fils;
il lui obtient sa grace & *Zelime*.

Tel est le fond romanesque & trivial de *la Ca-*
ravane du Caire , opéra en trois actes représenté
d'abord devant leurs majestés à *Fontainebleau* le
3° octobre , & qu'on joue actuellement aujour-
d'hui à *Paris* avec une grande affluence , malgré
la méchanceté du poëme & la médiocrité de la
musique. Voici maintenant le cadre heureux dans
lequel il est enchâssé & qui en fait le succès.

D'abord M. *Morel* convient dans sa préface que
le sujet est assez indécent , & que mettre sur la
scene les mœurs de l'*Asie* & l'intérieur d'un serail,
c'est s'exposer aux reproches des gens d'un goût
délicat & austere : mais il s'autorise de l'exemple
du *marchand de Smyrne* à la comédie françoise &
de l'*acte Turc* de l'*Europe galante* sur le théâtre
lyrique. Au reste , si ce spectacle est admissible
quelque part , c'est sur - tout à l'opéra , & l'auteur
en a tiré grand parti pour y produire beaucoup
d'effet aux yeux. Il faut avouer que ce sens y est
complétement satisfait.

Au premier acte , le théâtre représente une halte
de caravane & une campagne sur les bords du Nil.
On voit plusieurs groupes de voyageurs, les uns
libres , les autres esclaves , qui témoignent alternativement leur joie & leur tristesse : les premiers,
d'arriver au terme de leur désir ; les autres , au
comble de leurs maux. On conçoit que cette op-
position prêtoit infiniment au musicien & à une
variété de motifs agréables ou intéressants. Le
marchand dans une tente occupé à calculer le

produit de la vente future, jette du comique dans le début. Il est bientôt troublé par une horde d'Arabes qui viennent attaquer les voyageurs & piller la caravane. *Saint - Phar* se distingue dans le combat & obtient sa liberté; mais il la refuse & veut que *Zelime* soit délivrée à sa place ; ce à quoi refuse de consentir *Husca*, son maître.

Au second acte, un ballet des sultanes, qui présentent à leur maître le sorbet, les parfums & des fleurs, n'est qu'un prélude du spectacle qu'offre le *Bazard* ou la *Foire du Caire*. On y voit les personnages du premier acte, des boutiques brillantes, des cafés, des orchestres. On distingue l'assemblage & le costume de toutes les nations, des marchands d'esclaves, &c.

Le pacha arrive avec sa garde. *Husca* & d'autres marchands font passer devant lui les esclaves. Les unes dansent, les autres chantent; il en est qui jouent des instruments. Enfin arrive *Zelime* cachée sous un voile : elle fait la conquête du pacha.

Un salon d'audience préparé pour une fête, l'entrée du pacha & sa suite, le commencement de la fête à laquelle préside la favorite, le bruit & le désordre de l'enlévement, *Zelime* entourée des gardes, *Saint - Phar* enchaîné, varient le spectacle du troisieme acte, terminé, suivant l'usage, par un ballet général.

15 *Janvier*. Les noms des voyageurs embarqués dans la machine aérostatique de *Lyon*, sont : M. *Montgolfier* l'aîné, M. *Pilâtre de Rozier*, le prince *Charles*, fils aîné du prince de *Ligne*, le comte de *la Porte d'Anglefort*, lieutenant - colonel d'infanterie & chevalier de Saint Louis, le comte de *Laurencin*, chevalier de Saint - Louis,

C 6

le comte de *Dampierre*, officier aux gardes françoifes, & le fieur *Fontaine*, de *Lyon*, coopérateur
très-zélé : en tout fept voyageurs.

26 *Janvier*. M. le comte de *Mirabeau*, l'auteur du livre *des lettres de cachet & des prifons d'état*,
s'attribuant avec raifon quelque part dans la deftruction du dongeon de *Vincennes*, a imaginé
d'en perpétuer le fouvenir par une eftampe, dont
le deffin a été préfenté au roi dimanche dernier, 18 de ce mois. On dit qu'il a été agréé
de fa majefté, & qu'on va le graver. La compofition reffemble beaucoup à celle de l'eftampe qui
eft à la tête de la relation de Me. *Linguet*, concernant fon féjour à la Baftille.

26 *Janvier*. Dans les premieres lettres fur le
clergé actuel, on en peignoit l'ignorance, l'iner-
tie, le défordre, on pleuroit fur les maux de
la religion & fur la perte des mœurs. L'auteur
des nouvelles entre dans les détails de la maniere dont s'eft opérée la révolution, & fuit le
plan & les intrigues de certains prélats novateurs,
qui trouvant leur ambition mal appuyée fur un
fantôme religieux qui s'éclipfe de jour en jour,
ont eftimé plus fage de l'établir fur la bafe folide
d'un économifme politique. De-là, la diftinction
entre les évêques attachés aux anciens principes,
& qu'on appelle *évêques évangélifes*, & ceux de
la doctrine moderne, qualifiés d'*évêques adminiftrateurs*.

C'eft fur-tout à l'archevêque de *Touloufe* qu'on
attribue ce plan vafte & profond, dont le développement fait l'objet de la lettre cinq. On y repréfente l'archevêque d'*Aix* comme fon fecond.
Le premier point étoit de fe ménager la feuille
des bénéfices, le moyen effentiel pour propager

leur fyftême. Malheureufement , un prélat qui joignoit l'énergiedu caractere à la franchife des fentiments, étoit déjà annoncé au public pour fuccéder à M. de *la Roche-Aymon* ; fes concurrents travaillent d'abord à écarter ce rival , qu'on fent être l'archevêque de *Lyon*.

On montre dans les fixieme & feptieme lettres , comment ayant réuffi , l'archevêque de Touloufe auroit bien défiré fe fubftituer au difgracié ; mais craignant d'exciter la jaloufie du comte de *Maurepas* , il imagine d'élever à ce miniftere au moins une créature dont il foit fûr ; & l'évêque d'*Autun* eft le mannequin qu'il choifit. Après un concordat qu'il lui fait figner conjointement avec l'archevêque d'*Aix* , il met en mouvement l'abbé de *Veri* auprès de la comteffe de *Maurepas* , & celleci détermine fon mari à propo'er au roi M. d'*Autun*.

La huitieme eft confacrée à convaincre le marquis incrédule , aux yeux duquel on décompofe tout entier M. de *Marbœuf* , & on lui prouve qu'aucun motif 'oit de concurrence , foit de faveur , foit de juftice , n'ayant parlé pour lui , il n'y a que l'intrigue qui ait pu lui faire donner la feuille.

La neuvieme lettre contient un tableau trifte & révoltant de la diftribution des graces eccléfiaftiques , égayé par la peinture des *audiences de Monfeigneur* ; anecdotes curieufes fur l'adreffe avec laquelle les prélats triumvirs tiennent en lifiere la raifon de M. de *Marbœuf* , fujette quelquefois à des écarts.

La fuivante , qui devoit être la derniere , eft confacrée à des réflexions intéreffantes pour la religion & la vérité. C'eft une péroraifon où l'auteur releve l'efpérance des fideles , & leur fait entrevoir des jours plus heureux par la deftitution future du miniftre de la feuille, trop avili, trop méprifé pour pouvoir la conferver encore long-temps.

Dans les onzieme & douzieme lettres, l'écrivain reprend la plume à l'occafion du fameux mandement de l'archevêque de *Touloufe* du 2 novembre 1782, & de l'efpece de *Code de difcipline* qu'il y a joint à l'ufage des curés & eccléfiaftiques de fon diocefe. Il fait voir qu'on y trouve l'homme d'efprit, le moralifte, le légiflateur & le philofophe; tout, excepté l'évêque qui édifie. Il en faut penfer autant du mandement de l'archevêque d'*Aix*, du 28 décembre 1782, à l'occafion des portions congrues; logogriphe théologique, où perfonne n'entend rien, au moyen duquel il a cru faire bruit, & ne s'eft rendu que ridicule.

Il faut avouer que ces lettres font charmantes; malgré leur méchanceté, elles n'ont aucun ton d'aigreur ni d'amertume : elles font pleines de légéreté & de gaieté. Le perfifflage fent l'homme de cour le plus aimable. D'ailleurs les anecdotes dont elles font femées, annoncent bien que l'ouvrage n'a pu être compofé que par quelqu'un très-verfé dans les intrigues de *Verfailles*. Le perfifflage du fieur de *Beaumarchais*, qui a amufé dans le temps, n'eft que du bavardage auprès de celui-ci du meilleur ton.

27 *Janvier*. M. le comte de *Rochambeau* a écrit le 31 décembre, aux officiers-généraux & meftres-de camp, qui ont fervi en Amérique pendant la guerre derniere, pour les inviter à fe raffembler chez lui le 7 de ce mois.

Ce jour il a fait part à ces meffieurs des inftituts de la fociété de *Cincinnatus*, à laquelle le roi a

permis que ces messieurs s'associassent, conformément à l'invitation qui leur en a été faite par le
général *Washington*, les généraux & les délégués
de l'armée Américaine. Il leur avoit communiqué
préalablement la lettre du général.

Les auteurs de l'association n'ont pas voulu la
borner à une distinction honorifique pour eux.
Ils ont désiré qu'elle fût utile aux veuves &
enfants de leurs camarades qui ont péri pendant
la guerre. Ils ont en conséquence arrêté de contribuer, dans une proportion graduelle, à leur
soulagement. Les officiers François ont acquiescé
avec empressement à cette cotisation.

Ils doivent former un fonds de 60,000 livres,
qu'on enverra au général *Washington*, pour en
faire la distribution conformément au vœu de la
société. La contribution est ainsi qu'il suit:

Le comte de Rochambeau . .	6,000 liv.
Le chevalier de Chatellux . .	4,000
Les maréchaux-de-camp, chacun .	2,000
Les brigadiers, chacun . . .	1,500
Et les colonels, chacun . . .	1,000

27 *Janvier*. On a déjà donné la suite des
Lettres curieuses & édifiantes Elles sont au nombre
de six, depuis la date du 6 novembre jusqu'au 15
décembre 1783. On y a joint aussi un second
mémoire du vieux *Blanc-manteau* prétendu. On
creuse dans cette collection la premiere idée des
scrupules de M. l'évêque de Rennes, & le but du
mémoire est, après avoir démontré dans le précédent *que les biens ecclésiastiques ne sont pas actuellement employés suivant le vœu de l'église primitive
& des saints canons, d'examiner aujourd'hui si le
souverain, dans ses états, a le droit de ramener
l'usage de ces biens à leur destination primitive,*

& fi ce n'eft pas un devoir de la fouveraineté.
Les citations , les raifonnements folides dont il
eft appuyé , rendent cet écrit très - redoutable au
clergé.

27 *Janvier*. Il y a une grande fermentation
dans le parlement contre l'abbé *Sabatier de Cabre*,
confeiller de la feconde chambre des enquêtes , qui
paffe pour être l'efpion de M. de *Calonne*, & qu'il
a été queftion d'expulfer en conféquence. Il étoit
déjà fufpecté de ce métier , & l'on peut fe rappeller que , dans la converfation familiere de
l'abbé de *saint-sauveur* , on l'appella *la petite
Pofte des Enquêtes*. Il faut attendre que l'anecdote foit éclaircie pour en parler plus pertinem-
ment.

27 *Janvier*. On parle d'un grand différend
élevé dans le fein de la comédie françoife ,
entre Mlle. *Sainval* cadette & Mad. *Fleris*. On
fait l'antipathie qui regne depuis long - temps
entre les deux familles , dont eft réfulté l'expul-
fion de la premiere *Sainval*. Il paroît que les
Dugazon voudroient faire expulfer la feconde.
Quoi qu'il en foit, on parle d'une lettre imprimée
de la part de madame *Fleris*, très - longue &
très - détaillée. C'eft une efpece de *Factum* , qu'on
attribue à Mad. *Gerbier*, dont l'actrice veut bien
de temps en temps ranimer la trifte & froide
exiftence.

28 *Janvier*. La guerre entre les deux *Mufées de
Paris* , dont chacun s'attribue le titre exclufif,
dure encore , & l'on attend avec impatience de
favoir ce qu'il faut en croire. De-là , deux chefs
dont il s'agit de déterminer l'intrus. Quel concile
littéraire le décidera ? On voit une lettre du 18 de
ce mois, adreffée à l'abbé de *Fontenay*, le rédac-

teur du journal-général de *France*, où un M. de
l'*Aulnay*, avocat, répond à M. de *Gebelin*. Il
défend contre les fchifmatiques la perpétuité de
la préfidence en la perfonne de M. *cailhava*, qui
avoit donné, il eft vrai, fa démiffion, mais fut
invité de la reprendre dans l'affemblée - générale
du 12 août dernier ; donc ce font les membres
enrôlés fous fa banniere, & qui l'ont fuivi, qui
conftituent & compofent le véritable mufée de
Paris.

28 *Janvier*. Il paroît que M. le baron de
Breteuil a grande envie de fe fignaler dans les
diverfes branches de fon département, qu'il n'en
néglige aucune, & qu'il met dans toutes la plus
grande activité. Il a été rendu le 3 de ce mois
un *Arrêt du confeil, portant réglement pour l'académie royale de mufique*, dont les difpofitions font
importantes & méritent d'être connues, quand
elles feront plus fixes & mieux dévéloppées. En
général, il en eft de fujettes à inconvénients & qui
n'ont pas été difcutées avec la maturité néceffaire,
Le miniftre ne pouvant entrer lui - même dans
ces détails indignes de fon génie, & dont il ne
s'eft jamais occupé, s'en eft rapporté à gens qu'il
en a cru bien au fait, & qui travaillant plutôt pour
eux ou leurs créatures, que pour le bien de la
chofe, l'ont trompé. On croit que ce réglement eft
émané d'un comité tenu entre les fieurs de *la Ferté*,
commiffaire du roi, ayant l'infpection de ce
fpectacle fous le miniftre ; *Morel*, *factotum* de
celui - ci, & *Suard*, homme de lettres qui s'eft
immifcé dans le tripot lyrique, fans avoir jamais
rien compofé pour ce théâtre, & voudroit s'en
rendre le defpote.

28 *Janvier*. Quoique par l'expofition feule du

fujet de *Macbeth* , un lecteur tant foit peu au fait du théâtre françois, fente facilement combien il eft vicieux, & en faififfe même déjà les défauts principaux , il n'eft pas hors de propos d'en approfondir davantage quelques-uns. Ce feroit un trop grand travail de les difcuter tous , ils font innombrables.

Le premier & le capital, parce que c'eft celui fur lequel repofe toute la charpente de la piece, c'eft de lui avoir établi pour bafe un rêve, des prédictions de forcieres , dans un fiecle où l'on ne croit plus ni aux rêves , ni aux forciers ; ce qui lui donne un air de conte de *peau-d'ane*, & difpofe merveilleufement à rire , au lieu de pleurer.

Le fecond, c'eft après avoir prévenu le fpectateur en faveur du principal perfonnage, de *Macbeth*, repréfenté en récit comme un héros , le libérateur de fa patrie, de ne le montrer, de ne le faire parler & agir que comme un prince fans caractere , irréfolu , le jouet d'une femme ambitieufe & atroce. C'eft fur-tout au moment même où l'on fe flatte qu'il eft encore vertueux , qu'il a repouffé le noir deffein que lui a fuggeré *Frécégonde*, d'affaffiner le roi ; c'eft , difons-nous, de lui faire commettre ce forfait, dont il a développé toute l'horreur avec une éloquence de fentiment vraiment attendriffante, & cela , fans qu'aucun incident nouveau ait pu l'y déterminer. C'eft de peindre ce fameux coupable moins bourrelé que fou de remords : ce qui n'e une forte de ridicule abfolument difparate avec les couleurs lugubres dont tout le refte eft empreint. C'eft de le mettre toujours fur la voie du repentir , fans qu'il fe repente , commettant au contraire de nouvelles horreurs, jufques à ce qu'enfin, au moment où il devroit redoubler de fureur & de carnage, puifqu'il fe voit prêt de perdre la couronne pour laquelle il a commis tant de crimes, une grace efficace en triomphe, pour amener un dénouement tout-à-fait poftiche.

Le caractere de *Frédégonde* offre un troifieme défaut, non-feulement en ce qu'il eft un monftre inacceffible fur la fcene, mais en ce que l'y admettant, il manque de ces grands traits qui devroient du moins étonner & confondre le fpectateur. Son éloquence n'a point affez d'énergie pour conduire fon époux au régicide, & elle en manque encore plus pour lui ôter les remords, du moins pour l'étourdir, l'entraîner par fon afcendant irréfiftible.

Du perfonnage de *Seymard*, il réfulte un quatrieme défaut, très-grand auffi, puifque ce perfonnage eft la cheville ouvriere de l'intrigue, du nœud & du dénouement de la piece. En effet, il n'eft point affez connu : on ne fait proprement ce qu'il eft, ni d'où il vient. On ignore comment il a reçu l'avis d'une confpiration contre *Duncan* ; comment & pourquoi ce monarque lui a confié fon fils. Il entre dans le château ; il en fort de jour, de nuit, à toute heure, avec une facilité incroyable, lorfque le myftere & le filence en devroient garder toutes les avenues.

Mais le comble des autres défauts, c'eft celui, en voulant tranfporter l'intérêt fur le fils de *Duncan*, d'avilir ce jeune prince au point de le rendre prefque infenfible, & à la découverte de fa naiffance, & à celle de l'affaffinat de fon pere, & à la vengeance qu'il devroit refpirer. Ce caractere, créé par M. *Ducis*, fuffit pour prouver qu'au lieu d'améliorer *Shakefpear*, il l'a gâté. Il feroit trop long d'entrer dans le parallele des deux pieces, dont tout l'avantage feroit en faveur de l'Anglois.

En comparant auffi les morceaux de celui-ci, imités par M. *Ducis*, avec la traduction de monfieur de *la Place*, on préfere la derniere, plus élégante, auffi nerveufe & purgée de toute la bouffiffure de *fhakefpear*.

29 *Janvier*. On prétend que le roi qui, jufqu'à préfent, n'avoit pas aimé le grand opéra, & lui préféroit la gaieté de l'opéra comique & des petits fpectacles, y a pris goût l'année derniere au voyage de *Fontainebleau*. On attribue ce changement du monarque fur-tout au jeu & au chant de madame de *Saint-Huberty*, & l'on a vu que fa majefté lui avoit donné des marques de fon contentement.

On ajoute que le roi a obfervé que les poëmes étoient bien mauvais, & l'on réalife aujourd'hui l'idée qui lui étoit venue, d'encourager par des prix les écrivains d'un talent diftingué à fe livrer à la compofition des poëmes lyriques. Par un article de l'arrêt du confeil du 3 janvier, il eft dit qu'il fera établi trois prix. Le premier d'une médaille de la valeur de 1500 livres, pour la tragédie lyrique, reconnue la meilleure au jugement des gens de lettres invités au nom de S. M. à en faire l'examen. Le deuxieme, d'une médaille de la valeur de 500 liv. pour la tragédie du même genre qui obtiendra le fecond rang. Le troifieme, d'une médaille de la valeur de 600 livres pour le meilleur opéra-ballet, paftorale, ou comédie-lyrique.

Les formes prefcrites pour le concours, le choix des gens de lettres à qui l'examen des poëmes

fera confié, le temps où les ouvrages pourront
être envoyés au concours , & celui où fe fera la
diftribution des prix , feront fixés par un réglement particulier , dont les difpofitions feront ren-
dues publiques.

L'amour-propre de certains auteurs attachés au
théâtre lyrique, eft déjà révolté de cette efpece
d'examen , auquel ils craignent d'être affujettis ,
& c'eft un des articles de l'arrêt du confeil qui certainement fouffrira le plus de difficultés. Peut-être
même jugera-t-on impoffible de l'exécuter, quoiqu'au premier coup-d'œil il femble tendre à perfectionner les poëmes.

29 *Janvier*. Dans la *Suite des lettres curieufes*
& édifiantes , on trouve un détail effrayant de la
milice eccléfiaftique. On la fait monter à 300,000
deffervants, évêques , curés , chanoines , vicaires ,
habitués , féminariftes , moines. Il y a près de
15,000 couvents, 12,000 prieurés, 13,000 chapel-
les, 1,300 abbayes, 40,000 paroiffes au moins , &
l'on calcule que l'entretien de tout cela coûte
au moins deux cent-foixante-dix millions.

Une anecdote ou bon mot qu'on y lit , mérite auffi d'en être extrait C'eft ce que dit un des
moines diffidents , lors du chapitre-général
de *Saint-Denis* , à MM. de *Narbonne* & de *Bor-*
deaux : Vous tirez aujourd'hui , Neffeigneurs , fur
la prétraille & la moinaille ; prenez garde, on ti-
rera un jour à mitraille.

On y voit encore que la lettre de cachet contre
dom d'*Apres* a coûté beaucoup d'argent à monfeigneur de *Narbonne* ; qu'il auroit bien voulu
faire mettre auffi à la Baftille dom *Lieble* , le
bibliothécaire de *Saint - Germain* , dont on a
parlé , qui a paffé pour fournir les matériaux des

pamphlets & pour l'auteur des remontrances du
parlement ; mais que ce moine eſt la créature
du garde - des - ſceaux , & qu'on n'a oſé y
toucher.

29 Janvier. M. l'abbé de *Mably* , curieux ſans
doute de s'illuſtrer ſur ſes vieux jours , ou plutôt
de faire parler de lui , avoit déjà excité contre lui
toute la horde Voltairienne & philoſophique , en
traitant avec un mépris ſouverain le chef de cette
ſecte dans ſon *Traité de la maniere d'écrire l'hiſtoire.*
Aujourd'hui rival de l'abbé *Rainal* , il ſe met à
dos tout le parti des prêtres & des dévots, par les
Principes de morale , ouvrage où il ſemble , non-
ſeulement tolérer , mais encourager les lieux de
proſtitution. Toute la Sorbonne eſt en l'air , & il
eſt queſtion de ſévir contre lui & contre ſon
cenſeur , car l'ouvrage eſt imprimé avec approbation & privilege

30 Janvier. Au premier avril prochain com-
mencera une école pour le théatre lyrique , qu'on
déſire depuis long-temps , & abſolument eſſentiel.
C'eſt une diſpoſition du nouveau réglement , à
laquelle tout le monde applaudit. Cette école ſera
tenue par d'habiles maîtres de muſique, de clavecin,
de déclamation , de langue françoiſe & autres,
chargés d'y enſeigner la muſique , la compoſition,
& en général tout ce qui peut ſervir à perfectionner les différents talents propres à la muſique du
roi & à l'opéra.

Il doit intervenir ſur cette inſtitution , dont
l'objet & le régime ſont encore trop vagues, un
réglement particulier.

30 Janvier. Quoique mardi dernier *la Caravane* ne fut qu'à ſa quatrieme repréſentation ,! ce
ce jour-là même les comédiens Italiens , toujours

alertes, en ont joué la parodie, sous le titre du *Marchand d'Esclaves*, en deux actes en vaudevilles. Il est vrai qu'elle n'a pas coûté beaucoup d'invention, puisqu'on y a suivi exactement l'opéra.

Le dénouement seul, autre parodie du ballon de M. *charles*, parfaitement bien imité, a procuré quelque succès à cette plate facétie, dont le meilleur couplet est celui qu'il occasionne, sur l'air: *J'ai perdu mon âne.*

> De telles venues
> Ne nous sont pas inconnues,
> Car l'on voit de temps en temps
> Des peres & des dénouements,
> Qui tombent des nues.

On a demandé l'auteur, & le sieur *Rosiere* est venu chanter un couplet de remerciement, sans doute préparé tout exprès, où il déclare qu'il a composé ce chef - d'œuvre avec un compere. Celui-ci est le sieur *Radet*.

30 *Janvier.* C'est le 14 janvier dernier que Mlle. *Sainval* cadette, a écrit à sa troupe pour se plaindre des vexations de Mad. *Vestris*, qui ne lui laisse à jouer que trois ou quatre rôles doux, tendres, pleureurs, & ne l'avertit jamais qu'à l'instant pour la doubler dans les autres ; ce qui la met dans l'impossibilité de se préparer & de le faire. En conséquence, ne pouvant plus supporter d'être la très-humble esclave de cette camarade, mademoiselle *Sainval* demande sa retraite pour pâques. Elle finit par insinuer que sans doute le projet de Mad. *Vestris* est de se défaire des deux sœurs. Cette insinuation maligne, & l'affectation de Mlle. *Sainval*, de répandre des copies de sa lettre

parmi ſes partiſans , ont fait juger à ſa rivale que ſon deſſein étoit de la perdre dans l'eſprit du public, qu'elle avoit eu beaucoup de peine à ramener depuis la retraite de l'aînée. En conſéquence, Mad. *Veſtris*, ayant eu le 19 communication de cette lettre par la troupe, y a fait une réponſe en date du 24 janvier.

Dans cette réponſe, très-longue, de ving-deux pages , ſimple, claire , bien faite , modérée , Mad. *Veſtris* ſe diſculpe non-ſeulement des reproches de la cadette, mais encore de toutes les imputations dont la retraite de l'aînée l'avoit fait charger. Elle appuie ſa défenſe ſur des faits à la connoiſſance de tous ſes camarades, & conſignés dans les regiſtres de la comédie.

Le lundi 26 , madame *Veſtris* a envoyé ſa lettre manuſcrite à ſa troupe, qui en a paru ſatisfaite & y a applaudi. Alors elle a fait apporter un ballot d'exemplaires imprimés de cette lettre, qu'elle a diſtribués à tous ſes camarades préſents : coup de théâtre qui a fait changer la ſcene. On lui a reproché de révéler ainſi , ſans y être autoriſée par le conſiſtoire comique , ce qui ſe paſſoit dans ſon ſein.

Du reſte , le public qui aime à être inſtruit & en dernier reſſort , eſt le juge ſuprème des juſtices mêmes, fait bon gré à Mad. *Veſtris* de ce *Factum*, qui la juſtifie complétement , ſi les faits ſont vrais & reſtent ſans contradiction.

Il faut attendre la réplique de Mlle. *Sainval*. Quoi qu'il en ſoit, il réſulte déjà de cette querelle entamée , une grande fermentation entre les partiſans des deux actrices & les amateurs du ſpectacle en général, & les plaiſants s'apprêtent à rire aux dépens de qui il appartiendra.

3 I

31 *Janvier*. Jufqu'à quand le nom de *Mi-rabeau*, fi refpectable & fi décrié, fera-t-il retentir les tribunaux d'une façon injurieufe à ceux qui le portent? C'eft aujourd'hui la dame de *Riquety de Mirabeau*, époufe du marquis de *Cabris*, qui y eft traduite par la dame de *Lombard de Saint-Benoit*, marquife de *Cabris*, douairiere. Elle y trace le tableau le plus diffamant de la vie de fa bru, & fe plaint d'y être forcée pour repouffer les horribles calomnies de celle-ci. On eft fur-tout fâché de voir figurer dans ces aventures romanefques & fcandaleufes, fon frere, le comte de *Mirabeau*, cher aux lettres & à la patrie, depuis fon eftimable ouvrage fur les *Ordres du roi illégaux & les prifons d'état*.

On a parlé dans le temps des mémoires de la jeune marquife de *Cabris*, réclamant & fon époux & fa fille. Elle a perdu à *Graffe* & à *Aix*; mais elle eft revenue contre au confeil, & a fait caffer les jugements & arrêts le 15 août 1783. La conteftation eft renvoyée pardevant le lieutenant du Châtelet de *Paris* & par appel au parlement.

C'eft à cette occafion que fa belle-mere, à qui la curatelle de l'époux interdit & l'éducation de fa petite-fille ont été confiées, a cru devoir prévenir les magiftrats & le public par un mémoire préparatoire & par une confultation en date du 10 décembre dernier. Ils font de Me. *Robin de Mozas*, jeune avocat dont le talent commence à fe développer dans ce *factum* intéreffant.

31 *Janvier*. Depuis long-temps on n'avoit eu à Paris un hiver auffi rigoureux que celui-ci, fur-tout par fa durée. Il gèle depuis deux mois prefque confécutivement, & une neige abondante couvre & les toits & les rues. Il eft d'ufage que

Tome XXV. D

les princes devant leur palais, & les grands seigneurs devant leur hôtel, fassent allumer les
feux pour chauffer les porte-faix, les savoyards,
les fiacres, tous les malheureux qui, par leur état
ou les circonstances, sont obligés de rester dans
les rues. A ces secours trop foibles, M. *le Noir*
en a joint d'autres, qu'il a sollicités du ministere.

On a averti tous les manœuvres & journa-
liers qui sont sans ouvrage, de se présenter à
l'hôtel de la police avec confiance & qu'ils y trou-
veront du travail & du salaire,

On a établi dans de vastes salles des célestins,
des capucins du fauxbourg Saint-Jacques & des
grands augustins, des poëles toujours allumés,
où l'on emploie à des ouvrages moins durs les
femmes, les enfants, les vieillards & les infirmes.

Enfin on a distribué à messieurs les curés & commissaires de police, des sommes d'argent, pour
fournir du bois, du charbon, du pain aux pauvres honteux & autres qui se présenteront.

On doit rendre justice à l'excellence du cœur
du roi, qui, de sa main, a écrit au contrôleur-
général, lui exposant les demandes du lieutenant
de police ; qu'il autorisoit le ministre des finances
à faire donner tous les secours qui seroient nécessaires pour secourir les pauvres, & lui a dit de
vive voix : *qu'il n'y avoit aucune dépense qui ne*
dût être retranchée, s'il le falloit pour celle-là,

La reine, de son côté, a envoyé à M. *le Noir*
cinq cents louis pris sur les fonds de sa cassette,
en déclarant que jamais dépense ne fut plus agréable
à son cœur.

31 Janvier. L'auteur par amour, est une co-

médie nouvelle en trois actes & en vers, jouée
hier aux italiens pour la premiere fois & la derniere, si le vœu public étoit exaucé. Elle est très-
médiocre & beaucoup au - dessous du conte du
Connoisseur de M. *Marmontel*, dont elle est tirée.
L'histoire de la chûte d'une piece est la seule ti-
rade qui ait été applaudie.

31 *Janvier*. M. de *Sancy*, le censeur de l'ouvrage de l'abbé de *Mably*, est déjà suspendu de
ses fonctions. Il a cependant fait voir que cet
auteur avoit abusé de sa bonne foi, en ne se
conformant pas aux corrections exigées, qu'il lui
avoit promis d'exécuter. Mais il s'avoue coupable
de négligence, en ne voyant pas si les épreuves
étoient conformes à sa censure.

Quant à l'abbé de *Mably*, il a vu l'archevêque
de *Paris*, il se demene beaucoup; & l'on espere
que l'affaire se civilisera.

1 *Février* 1784. M. de *la Lande* est un astronome assez renommé aujourd'hui, mais qui n'est
cependant pas infaillible; ce qu'on a vu par plusieurs erreurs grossieres dans lesquelles il a donné
& induit le public. Il n'en est pas moins intolé-
rable; il décide & tranche despotiquement. Il
avoit d'abord prétendu que l'homme ne pourroit
jamais se soutenir en l'air, assertion démentie
depuis l'invention des machines aérostatiques. Il
assure aujourd'hui qu'elle ne seroit jamais que de
pure curiosité, par l'impossibilité démontrée de
les diriger. Un poëte s'est permis à cette occasion de le plaisanter par l'épigramme suivante :

Dans le char aérien de *Pilâtre* & d'*Arlande*,
Doit s'élever, dit-on, l'astronome *la Lande* :
C'est fort bien fait à lui de visiter les cieux ;
Peut-être à son retour il en parlera mieux.

D 2

1 *Février.* M. *Pilâtre de Rozier* est enfin revenu, & après une interruption de près de six semaines, a repris son cours hier. Quoique claqué, fêté, couronné à *Lyon*, il a paru un peu sot devant ses écoliers, d'être arrivé par une voiture ordinaire en simple mortel, lui qui devoit descendre ici comme un dieu. Il donne pour excuse à présent que la machine n'avoit été destinée dans l'origine que pour élever des fardeaux, & qu'elle a complétement réussi à cet égard, puisqu'au lieu de huit milliers qu'elle devoit peser, suivant le projet de la souscription, avec son lest, elle en pesoit plus de seize. Mais pourquoi en a-t-il voulu changer la destination? Pourquoi a-t-il souffert que toutes les lettres de *Lyon*, tous les papiers publics, retentissent de son projet, sans le démentir? Pourquoi cette machine consacrée aux masses pesantes, n'en a-t-elle point été chargée, & n'a-t-elle enlevé que des hommes? Pourquoi s'est-il vanté lui-même de ce voyage par sa réponse à M. de *Montgolfier*, qu'on a rapportée? Au surplus, plusieurs lettres de *Lyon* font mention que les voyageurs, dans leur courte ascension, n'ont pas laissé que de courir des risques, & que leur descente, ou plûtôt leur chûte, n'a pas été aussi douce que l'ont annoncé les enthousiastes ou les charlatans de l'opération, puisque M. *Montgolfier* en a eu le visage écorché, & un de ses compagnons une dent cassée. On veut que ce soit M. le comte de *Laurencin* qui, affligé de voir tomber beaucoup de neige le dimanche 18, veille du départ, avoit reçu le quatrain suivant, commun à tous les autres navigateurs aériens:

Fiers assiégeants du séjour du tonnerre,
    Calmez votre colere:
Eh! ne voyez-vous pas que Jupiter tremblant,
Vous demande la paix par son pavillon blanc.

Le comte de *Laurencin* avoit répondu gaiement
que fes compagnons & lui s'étoient chargés d'aller
prendre les articles de la capitulation. C'eft ce
nouveau *Titan* qui a été terraflé.

2 *Février*. Lorfqu'il fut queftion en décembre
dernier de *l'édit d'emprunt*, M. de *Calonne* paffa
chez le premier préfident, lui dit que l'intention
du roi étoit qu'il ne fouffrît pas de difficultés à
l'enrégiftrement, d'autant qu'il n'étoit qu'un re-
virement de l'emprunt de deux cents millions
qu'on venoit de fermer à cent. M. *d'Aligre* lui
promit de faire tout ce qui dépendroit de lui
pour remplir le défir du roi, & du refte fe con-
fondit en proteftations de zele & d'attachement
envers le contrôleur-général.

M. de *Calonne* a depuis appris non - feulement
que M. le premier préfident n'avoit pu empêcher
les repréfentations fur cet édit, qui ont eu lieu,
mais qu'il avoit beaucoup contribué à les provo-
quer de concert avec le préfident de *Fleury*, M.
le Fevre d'*Amecourt* & autres membres, jaloux
de la place du contrôleur-général, ou prévenus
contre lui, & il a fenti la néceffité de détruire
ce foyer d'intrigues dans le parlement qui, s'il ac-
quéroit plus de force & de confiftance, pourroit
lui devenir très-funefte. En conféquence, foit qu'il
en ait inftruit le garde-des fceaux ou le roi même,
foit que M. le premier préfident en ait reçu des reproches de S. M., du chef de la juftice, ou de
M. de *Calonne*, n'importe par quelle voie, fur
laquelle on varie, le chef du parlement a fu que
l'abbé *Sabatier de Cabre* étoit le traître qui, dans
une lettre à M. de *Calonne*, l'avoit inftruit de
ce qui s'étoit paffé dans le fein de la compagnie à
cette époque, des divers avis qui avoient été

D 3

ouverts, & s'étoit même permis de fouiller dans
les intentions en entrant dans le détail des motifs qui déterminoient chaque *Opinant*. M. d'*Aligre*,
bien certain du fait, en a instruit M. de *Bon-
neuil*, président de la chambre dont est l'accusé.
Il y a eu une assemblée à son sujet, dans laquelle on est convenu de ne point communiquer
avec lui, jusqu'à ce qu'il se fût lavé de l'imputation.

Après cette délibération, la premiere fois que
l'abbé *Sabatier* a paru à la chambre, tout le
monde a déserté ; un seul est resté qui, interrogé
sur cette désertion, lui a répondu que c'étoit qu'on
le regardoit comme un *J. F.* avec lequel on ne
vouloit plus fraterniser. Il est allé trouver là-dessus
son président pour avoir une explication ; ce qui
l'a mis dans le cas de voir successivement M.
d'*Aligre*. Ne pouvant plus douter de sa disgrace,
il s'est rendu chez M. de *Calonne*, qui lui a donné
une lettre justificative, où il nie que l'abbé *Sabatier* lui eût jamais écrit sur ce qui s'étoit passé
à l'occasion de l'édit d'emprunt. Muni de cette
piece, l'abbé l'a montré à sa chambre, sur laquelle
cette preuve négative n'a pas paru opérer une
grande impression, mais elle a empêché qu'on ne
passât outre. Le vendredi 3 janvier, où il y avoit
assemblée de chambres, l'abbé *Sabatier*, quand
son avis est venu d'opiner concernant l'objet de sa
délibération, a profité de la circonstance pour
péroré avant, longuement & avec beaucoup de
pathos, à l'occasion des bruits injurieux qui cou-
roient sur son compte. On lui a repondu que ce
n'étoit pas ce dont il s'agissoit, & qu'on agite-
roit, s'il le demandoit, cette matiere une autre
fois.

Dans le cours des opinions, M. d'*Espréménil* est revenu sur le même objet, & a dit que depuis trop long-temps on calomnioit le ministere & la magistrature en pareille matiere ; qu'il falloit né-cessairement remonter à la source de ces bruits. Qu'en conséquence il étoit d'avis qu'on fît une enquête très-severe sur ce qui concernoit l'accu-sation inventée contre l'abbé *sabatier de cabre*. Celui-ci, qui depuis son discours avoit paru très-rassuré, très animé, a pâli à ce propos, a voulu parler pour écarter une motion qu'il redoutoit sans doute. Les partisans du ministere, les gens mous, les timides ont exagéré les inconvéniens de l'enquête. Ils ont dit qu'au surplus on ne pou-voit s'en occuper qu'autant que l'abbé *sabatier* porteroit plainte lui-même. Et après avoir ter-miné la délibération qui occupoit en ce moment, ou plutôt après l'avoir renvoyée au mardi, on a levé la séance.

1 *Février.* On peut se rappeller qu'un citoyen ano-nyme a fondé un prix annuel de 600 liv. pour l'en-couragement des sciences & des arts, à décerner par l'académie des sciences. Cette compagnie, sur le rapport de ses commissaires concernant la machine aérostatique inventée par MM. de *Montgolfier*, leur a décerné ce prix comme à des savants à qui l'on doit un art nouveau, qui fera époque dans l'his-toire des inventions humaines.

3 *Février.* Dans l'arrêt du conseil du 3 jan-vier, portant réglement pour l'académie royale de musique, en dix-sept articles, ceux concernant le nombre, la qualité des sujets & leurs appointe-mens semblent les plus invariables.

Le nombre des places des premiers sujets du chant est fixé à sept ; savoir, deux premieres *basses-tailles*, deux premieres *hautes-contres*, & trois *premieres actrices*.

Les places dites de *remplacement*, seront du même nombre & dans les mêmes genres.

Les places des *doubles* seront à trois ; savoir, une *haute-contre* & deux *actrices*.

En tout, dix-sept sujets.

Le corps des premiers sujets de la danse, sera composé d'un *maître des ballets*, d'un *aide*, de trois *premiers danseurs*, de trois *premieres danseuses*, de trois *remplacements* en *danseurs* & *danseuses*, & de six *doubles*, dont trois hommes & trois femmes.

En tout, dix-sept sujets.

Les appointements des premiers acteurs & acactrices seront fixés pour toujours à 9,000 liv., & ceux des *remplacements* à 7,000 liv., & ceux des *doubles* à 3,000.

Sur les appointements des premiers & des doubles du chant & de la danse, il sera fait annuellement une retenue proportionnelle pour fournir à chacun, au bout d'un certain temps, un fonds qui lui sera rendu, & dont les détails économiques seroient fastidieux ici.

On voit avec peine l'extinction des feux, objet d'une grande émulation, imaginé par le sieur de *vismes* avec beaucoup de succès. « Entend » néanmoins S. M. (est-il dit dans l'article XI) » que ceux des sujets qui ont droit au partage » des bénéfices qui pourroient résulter de recettes » plus avantageuses, dues en partie à leur zele » & à leurs travaux, ainsi qu'à leur économie » dans les dépenses, continueront d'en jouir à » l'avenir, de même que ceux qui seroient par la » suite admis au même partage, suivant l'état qui » en sera arrêté tous les ans. »

Quant aux articles concernant la discipline
intérieure de l'opéra, ils font judicieux & féveres
pour forcer les bons fujets à jouer & les empêcher
de porter chez les étrangers des talents dont ils
doivent compte à ceux qui les paient.

3 Février. On a commencé depuis quelques
jours la vente de la bibliotheque du duc de *la
Valiere*. La plupart des princes étrangers, la plus
grande partie des poffeffeurs des grandes bibliotheques, &c. ont donné des commiffions pour l'achat
des livres qu'ils défirent. L'empereur même a envoyé fon bibliothécaire à cet effet.

La *Bible de Mayence*, imprimée en 1462, par
Jean Fauft, en deux volumes *in-folio* fur vélin,
a été vendue 4,685 liv. Il y a eu trois enché-
riffeurs jufqu'à 4,000 liv.

Un feul volume, imprimé par le même, intitulé *Catholicon Joannis de Janua*, a été pouffé
jufqu'à 2,000 liv. C'eft un dictionnaire latin qui
eft dans toutes les bibliotheques ; mais cette édition de *Mayence*, en 1460, eft fort recherchée.
Comme il y a beaucoup de ces livres de fantaifie,
on eftime que la vente de cette riche bibliotheque
pourroit bien monter à 500,000 liv.

3 Février. Malgré les fréquentes affemblées de
la caiffe d'efcompte, les actionnaires n'ont encore
rien terminé. Il doit s'en tenir une aujourd'hui,
qu'ils efperent être définitive.

Les débats occafionnés par la motion dirigée
contre le fieur *Panchault*, ont été fi vifs, qu'il
a fallu que M. le contrôleur-général s'en mêlât &
interposât fon autorité. On eft convenu fur cet
article que n'étant pas compris dans les ftatuts,
il pourroit avoir lieu à l'avenir, mais fans effet
rétroactif pour ce jour.

D f.

Le sieur *Pourra* a fait une autre motion qui
a excité beaucoup de fermentation. Il a prétendu
qu'il falloit exclure de l'administration les étrangers. On a jugé qu'elle étoit comprise implicite-
ment dans les statuts. Cependant il n'a encore
été arrêté rien de définitif à cet égard.

4 *Février.* Le procès des deux actrices n'est
point terminé. Madame *Vestris* ayant jugé à propos
d'envoyer sa lettre à Mlle. *Clairon*, qui est dans
ce pays-ci, en a reçu une réponse très-favorable,
mais qu'elle n'a pas eu permission de faire imprimer. On dit que les *Sainval* y sont traitées
avec le dernier mépris.

4 *Février.* Le contrôleur général a fait passer
aux intendants des provinces les mêmes ordres
de bienfaisance de la part du roi pour les malheu-
reuses victimes, faute de travail, de l'intempérie
de la saison, & les curés, en conséquence,
administrent dans les bourgs & villages, des secours à tous ceux qui en ont besoin.

4 *Février.* Le sieur *Blanchard* revient sur le tapis.
Il annonce qu'à l'aide d'un globe, à l'instar de
MM. *Charles* & *Robert*, il compte enfin prendre
l'essor dans son vaisseau volant. Ses ailes & ses
mouvements pour la direction sont faits & approu-
vés. Un foible moteur les fait agir dans tous les
sens avec assez de force pour le porter en avant,
à droite, à gauche, le tenir à telle hauteur
qu'il lui plaira, le laisser descendre à volonté, sans
déperdition d'air inflammable.

C'est au 28 février que l'expérience aura lieu
dans un emplacement qu'il indiquera. Après avoir,
par des évolutions multipliées dans tous les sens,
prouvé l'excellence de sa méthode, il se rendra
dans un château qu'il aura indiqué auparavant

comme le terme de fa courfe, où une perfonne de qualité fe propofe de lui donner une fête.

Un phyficien doit accompagner le fieur *Blan-chard*, & fe propofe de faire des obfervations. pendant que celui-ci s'occupera de fes évolutions & de fa direction. Ce phyficien, certain des moyens qu'emploie le fieur *Blanchard* pour fe ga-rantir d'une chûte rapide, au cas que le ballon vînt à faire explofion, le preffe fortement pour monter au plus haut poffible.

Comme ce méchanicien a déjà promis quan-tité de chofes qu'il n'a pu tenir, on n'a pas en-core beaucoup de confiance en lui. Cependant on lui a permis d'ouvrir une foufcription à 3 livres le billet, & les amateurs pourront aifément voir le méchanifme de fa machine, à commencer du 5 de ce mois.

5 *Février*. Dans l'affemblée du 3 de ce mois, tenue par les actionnaires de la caiffe d'efcompte, on s'eft fans doute concilié, & l'élection des nou-veaux adminiftrateurs au nombre de treize, a eu lieu ce jour-là. Ce font MM. *Bandard de Sainte-James*, *Coltin*, *de Serilly*, *Julien*, *le Coulteux du Moley*, *le Normand*, *Lullin*, *Marquet de Greves*, *Pache de Montguyon*, *Rilliet*, *Tourton*, *Van den Yver* & *Harmenfen de Polny*.

5 *Février*. Le projet de la fuppreffion des traites pour réduire tous les droits d'entrée en un feul, & fupprimer ceux de l'intérieur du royaume, dont s'occupoit M. *d'Ormeffon* avec tant d'ardeur, quoique le principe de fa chûte par la réfiliation du bail des fermes qu'il croyoit néceffaire pour l'effectuer, n'occupe pas moins M. de *Calonne*. C'eft un M. de *Cormerui* qui a la direction de ce projet & y travaille depuis plus de dix ans. Comme

D 6

les fermiers - généraux, redoutant ce changement, refuſoient de donner à M. de *Cormerui* tous les renſeignements dont il avoit beſoin , par la communication de leurs regiſtres , ils ont reçu ordre de le faire , de lui ouvrir les dépôts de leurs archives qui ſont à Saint - Lazare , & une quantité conſidérable de commis ſont employés à en faire le dépouillement. M. de *Cormerui* aſſure que ſon plan ſera en état d'être exécuté cette année. La principale difficulté conſiſte à balancer les intérêts du roi , de maniere que la recette , ſous la nouvelle forme , moins onéreuſe à la liberté du commerce, & moins gênante pour les particuliers , ne diminue cependant pas les revenus, trop eſſentiels à conſerver en ce moment dans la même abondance , & ſes partiſans aſſurent qu'il réuſſira.

6 *Février*. On répete à force l'opéra de *Chimene* , paroles de M. *Guillard*, muſique de M. *Sacchini*. Celui ci , malheureuſement a la goutte & ne peut ſuivre les répétitions. On ne compte pas moins donner ce ſpectacle par extraordinaire le lundi 9. Les amateurs en ſont fort contents en général , & ne doutent pas de ſon ſuccès.

6 *Février*. La reine a auſſi envoyé 12,000 livres à l'archevêque de *Paris*, avec la deſtination d'être employées au ſoulagement des pauvres de la campagne de ſon dioceſe. Malheureuſement ce n'eſt qu'une goutte d'eau. On a calculé qu'il n'en réſultoit qu'une répartition de 36 livres par village.

6 *Février*. L'abbé *Pommyer* vient de mourir. Cet événement n'auroit fait aucune ſenſation il y a un an , mais le rôle que ce conſeiller de grand'chambre a joué dans les aſſemblées au ſujet de la réforme de la juſtice ; l'opiniâtreté qu'il a miſe à ne point ſe départir des épices exceſſives

auxquelles il avoit porté les honoraires de fa
charge; le ridicule qu'ont verfé fur lui les libelles
répandus à cette occafion par des anecdotes fcandaleufes & reconnues très - vraies; l'efpece d'exé-
cration dans laquelle il étoit tombé; tout cela
l'avoit rendu malheureufement trop fameux. On
affure que la populace a fuivi & honni fon convoi.

6 Février. M. le duc de *Charoft*, fi eftimable
par fa bienfaifance, par fon amour des arts &
par fes autres qualités, fi aimé généralement,
plus afin de contenter fes parents & fes amis,
que fenfible perfonnellement à l'oubli fait de lui
dans la promotion nombreufe des officiers de
terre, mife en lumiere depuis peu par M. de
ségur, a fait toutes les démarches néceffaires en
pareil cas; mais il n'a décidément reçu aucune
fatisfaction. Le miniftre lui a répondu que l'intention de fa majefté étoit de ne déroger à la
regle qu'elle avoit établie pour les époques de la promotion, qu'en faveur des officiers qui avoient fervi.

6 Février. Dans l'affemblée des chambres du
3 février, M. d'*Eprémefnil* a remis de nouveau
en délibération la motion qu'il avoit déjà faite le
vendredi au fujet de l'abbé de *Cabre*. Il a voulu
piquer celui-ci d'émulation, en l'invitant de former une plainte qui ne pouvoit tendre qu'à fa
décharge; mais l'accufé fe regardant comme affez
blanchi par la lettre de M. de *Calonne*, a per-
fifté dans le filence, & les partifans du miniftere
ont continué à s'en prévaloir pour écarter la motion.

7 Février. Quoique le gouvernement depuis
plufieurs années, dépenfe environ cent mille écus
par mois pour étayer *Paris* dans toutes les parties
du fauxbourg *Saint-Germain*, excavées par la
fouille des carrieres, il arrive de temps en temps

des crevasses. C'est ainsi que depuis peu il s'en
est formé une dans la rue de *Mezieres*, & une autre dans la place de *Sorbonne*. On ne parle point
de ces accidents, de crainte d'effrayer le public, & heureusement aucun n'a encore été fu-
neste.

7 Février. Le froid & la neige continuent,
ce qui redouble les embarras & la vigilance de
M. le lieutenant général de police. A peine se
réserve-t-il cinq ou six heures de sommeil par
nuit. On ne se rappelle point avoir vu un hiver de
cette espèce. Il est bien à craindre que le bois ne
vienne à manquer. Le mardi 3 février il n'y en
avoit plus que soixante-dix mille voies. Ce jour-
là six mille ont été enlevées, & il a été mis des
gardes dans les chantiers pour en empêcher les
trop grandes levées à la fois. Beaucoup de gens
commencent à faire usage du charbon de terre,
au moins mélangé avec le bois.

La propreté des voies publiques est regardée
aujourd'hui comme impossible. On calcule qu'il y
a sur la surface de cette capitale quarante-huit
lieues de rues à nettoyer. On voit qu'il en résul-
teroit une multitude de bras, de voitures & de
chevaux, effrayante seulement à l'imagination,
& une dépense encore qui feroit tort aux objets de
charité plus pressants. Ce sont tous ces soins qui
occupent M. *le Noir*, & rendent cette époque de
son administration la plus difficile qui eût encore
existé sous aucun de ses prédécesseurs, & sans
doute occasionnent le bruit que pour récompense
il aura bientôt une autre département.

Dans les campagnes, les seigneurs de paroisse
ont été invités à seconder, autant qu'il seroit en
eux, la bienfaisance du souverain. Quelques-uns

n'ont pas attendu cette invitation & l'ont prévenue. Celui de *Pantin* (M. le comte de *Sanois*) a fait publier au prône, & afficher que tous les infirmes, malades, vieillards ou autres de ses vassaux qui manqueroient de bois, eussent à s'adresser au curé, qui leur administreroit de sa part des *bons* pour le boucher, le boulanger, le marchand de vin, &c.

MM. les bénédictins de *saint Denis*, renommés pour la bonne chere qu'ils faisoient en poisson, ont arrêté de le retrancher de leur table, de se contenter de légumes & de consacrer l'argent de cette économie à secourir les malheureux.

8 *Février.* Extrait d'une lettre de *Montargis*, du premier février.... Ce n'est point un conte ; le directeur de notre papeterie se flatte de l'invention d'un nouveau *papier uniquement fait avec de l'herbe.* Je vous en adresse un échantillon : il assure qu'il parviendra à le rendre aussi blanc que celui sur lequel je vous écris. Mais il faut attendre qu'il ait tenu ce qu'il promet & se méfier de toutes ces découvertes prétendues.

8 *Février.* Lorsqu'on a commencé à parler de la machine aérostatique de MM. de *Montgolfier*, on a aussi beaucoup vanté une invention nouvelle des Anglois pour marcher au fond de la mer, & l'on a célébré *Coxe*, son auteur

Un M. *Fréminet*, publie aujourd'hui deux lettres, dans lesquelles il dispute cette découverte aux Anglois, & prétend démontrer les défauts & le danger de leur machine ou cloche, dont l'évènement, suivant lui, a confirmé l'inutilité. Quant à la sienne, il n'en a trouvé la construction dans aucun auteur ancien ou moderne. Les principes dont il se sert, sont le fruit de son imagination , de fon travail , & lui appartiennent. Après avoir tenté avec fuccès des expériences dans la *Seine* , à *Paris* , il les réitera au *Havre* dans la mer, en 1774 , & à *Breft* en 1776.

M. *Fréminet* , en conféquence , follicite actuel-lement le privilege de retirer les bâtiments & effets naufragés fur les côtes de *France*.

9 Février. Il paroît que depuis la paix , le commerce de la *France* avec les peuples des *Etats-unis* n'a pas été avantageux , qu'il a même éprouvé des pertes confidérables; du moins c'eft ce qui eft arrivé à celui de *Marfeille*. Le gouvernement craignant que nos négocians ne fe dégoûtent & ne laiffent les Anglois reprendre des liaifons plus étroites avec leurs anciens fujets, a fans doute en conféquence invité la chambre du commerce de *Marfeille* à publier un imprimé ayant pour titre : *Obfervations fur le commerce avec les treize Pro-vinces-unies de l'Amérique, pendant l'année* 1783. Elles tendent non-feulement à démontrer les avan-tages que peuvent fe promettre les négocians qui feront des expéditions pour les *Etats-unis* , mais encore à établir entre les commerçans des deux pays une confiance folide , fans laquelle les fpé-culations pourroient être fauffes.

9 Février. Les rieurs continuent à s'égayer fur la machine aéroftatique de *Lyon* , annoncée avec tant d'emphafe , & qui a eu fi peu de fuccès. Elle a donné lieu à l'épigramme fuivante , marquée au coin des la naïveté:

Vous venez de Lyon : parlez-nous fans myftere ;
Le globe--- Il eft parti. — Le fait eft-il certain ?
Je l'ai vu. — Dites-nous : alloit-il bien grand train ;
S'il alloit ! Ah , Monfieur ! il alloit ventre à terre.

9 *Février*. C'est le 19 janvier que la réception à l'affociation de *Cincinnatus* a eu lieu, tant pour ceux des officiers Américains qui fe trouvent à Paris, que pour les François à qui cette marque d'honneur a été déférée par l'armée Américaine.

Les premiers s'étant raffemblés chez le marquis de *la Fayette*, ce général les revêtit des *aigles*, marque diftinctive de l'affociation, & fut auffi-tôt après, à leur tête, complimenter les amiraux, chefs-d'efcadre & généraux des armées françoifes, auxquels le major *l'Enfant*, député par l'armée Américaine, & portant des ordres des *Cincinnati*, préfenta les aigles, portant fur leur poitrine les emblêmes relatives au caractere de *Cincinnatus*, avec ces devifes : *Cincinnia relinqui ad fervandam rempublicam & virtutis præmium.*

M. le comte de *Rochambeau*, chez lequel étoient raffemblés tous les officiers de fon département, les revêtit des aigles, & termina la cérémonie par un feftin, où l'on porta les fantés du général *Washington*, de l'armée des Etats-unis, &c.

Le comte d'*Eftain*, le même jour a reçu les aigles.

M. de *Vaudreuil* a reçu à l'*Orient*, les aigles qui lui étoient expédiées, le même jour que la réception a eu lieu à *Paris*.

9 *Février*. Les colporteurs nous annoncent un nouvel ouvrage venant de *Laufane*, qui a pour titre : *Du Gouvernement des mœurs*, avec cette épigraphe : *Non fi male nunc, olim fic erit*. On l'attribue à M. *Polier de Saint-Germain*, magiftrat de la même ville, âgé de près de 80 ans, mais dont l'âge a plutôt mûri qu'altéré le génie.

19 *Février*. L'efpoir du dégel s'eft évanoui

encore, & la gelée a recommencé vivement, avant que les toits & les rues aient pu être dégagés, en forte que Paris continue d'être un cloaque, malgré tous les foins qu'on fe donne pour le nettoyer. La neige durcie, entaffée le long des maifons, forme comme deux murs qui rétréciffent de beaucoup le paffage & redoublent le froid du dehors & de l'intérieur. Dans les campagnes c'eft pire, & les voitures ont beaucoup de peine à arriver. Tout refte ainfi engorgé : le foin, la paille ont finguliérement augmenté de prix ; les légumes & les autres comeftibles font auffi d'une horrible cherté ; le pain même n'eft plus à fi bon compte. Mais c'eft le bois fur-tout qui commence à manquer. En confequence, le bureau de la ville a rendu le 7 une ordonnance pour qu'il n'y eût plus dans les chantiers que des demi-membrures, c'eft-à-dire, pour que chaque particulier ne pût emporter à la fois [qu'une demi-voie de bois. En outre, on eft affujetti à plufieurs formalités pour le bon ordre, mais qui retardent & allongent d'autant la diftribution. Cette précaution ne peut concerner les boulangers, dont au contraire on a voulu affurer la confommation.

Ce qu'il y a de fâcheux encore, c'eft qu'au moment où le charbon de terre commençoit à prendre & à fuppléer au bois, il manque auffi.

On ne conçoit pas comment le prévôt des marchands, inftruit par la difette de bois qui a commencé à fe manifefter dès l'année paffée, n'a pas pris plus de précautions pour celle-ci. On a beau dire que la rivière a été long temps fans être navigable, c'étoit une raifon de plus pour profiter du temps où elle l'a été, & l'on voit par une ordonnance du bureau de la ville du 16 janvier dernier,

que ce n'eſt qu'à cette époque qu'elle a commencé
de s'en occuper ſérieuſement, c'eſt-à-dire, quand
il a été trop tard.

Il paroît que le parlement a voulu ſe faire rendre
compte de l'état des choſes, & que ſur l'expoſé
qui lui a été fait, que deux cents mille cordes de
bois étoient arrêtées au plus à la diſtance de dix
lieues de la capitale, il s'eſt contenté de cette
foible excuſe, & n'a pas mandé & réprimandé,
comme il auroit convenu, M. de *Caumartin*,
dont on voit avec grand plaiſir finir la prévôté. Il
eſt ſeulement à ſouhaiter pour lui que la diſette
n'augmente pas aſſez pour faire tourner en mou-
vemens populaires les murmures des mécontents,
qui déjà le maudiſſent aſſez hautement.

Il n'en eſt pas de même du lieutenant-général
de police, qui, après avoir aſſuré la conſomma-
tion des vivres qui le concerne, par le nombre
néceſſaire de voitures arrêtées de toutes parts pour
cet objet, s'occupe auſſi des détails de l'intérieur,
ſoit pour le nettoyement des rues, autant qu'il
eſt poſſible, & la liberté des communications,
ſoit pour le ſoulagement de tous les malheureux,
dont la dureté du temps augmente chaque jour la
multitude.

M. *le Noir* ne pouvant par lui-même tout
voir & tout ſavoir, conſulte les magiſtrats les plus
ſages de chaque quartier, propres à l'aider de leurs
lumieres. C'eſt ainſi qu'il a invité M. de *Fays*,
conſeiller honoraire de la cour des aides, l'ami
& le compagnon de M. de *Malesherbes*, renommé
pour l'auſtérité de ſes mœurs, pour ſon patrio-
tiſme, pour l'excellence de ſes vues, & pour ſa
charité, à l'aider dans le meilleur uſage à faire
des bienfaits du roi.

M. *le Noir*, en outre, fe répand de temps en temps dans la ville, & voit fi fes ordres pour la fureté, la propreté, les travaux publics & le foulagement des pauvres font bien remplis par les fubalternes fous fes ordres.

10 *Février*. La premiere repréfentation de *Chimene* a eu lieu hier, comme elle étoit annoncée. Quoiqu'il y eût beaucoup de chofes à dire fur la maniere dont M. *Guillard* a agencé le poëme, l'excellence de la mufique en a couvert les défauts. D'ailleurs, contre l'ordinaire, l'exécution de la part des premiers fujets a été parfaite, prefque en totalité. Mais Mad. *Saint-Huberty* fur-tout a foutenu la haute réputation qu'elle s'eft acquife depuis *Didon*, de la plus grande actrice de l'Europe.

11 *Février*. Extrait d'une lettre de *Montgeron*, du 1e février...... Malgré la rigueur de la faifon nous avons vu chaffer ici dans la plaine M. le prince de *Conti*. Cela ne nous a pas furpris. Il couroit rifque de faire caffer les bras & les jambes à fes valets de chiens, à fes piqueurs, à fes gentilshommes, à toute fa fuite; ce font-là jeux de prince, ils n'ont rien de mieux à faire : mais quel a été notre étonnement de voir avec S. A. monfieur le premier préfident d'*Aligre*, qui depuis plufieurs années a demandé au roi la permiffion de ne faire le fervice de la grand'chambre que trois fois par femaine pour fa fanté. Et tandis que le préfident d'*Ormeffon* effuie pour lui toute la fatigue, tout le poids du jour, il couroit ainfi par monts & par vaux, & faifoit le jeune homme, le fainéant & le prince. Et 'a compagnie ne met pas aux mercuriales un chef qui fe comporte auffi indécemment!... O honte! ó aviliffement!...

11 *Février*. Depuis la lettre de Mad. *Vestris*, répandue à *Paris* & dans la province avec la plus excessive profusion, contre Mlle. *Sainval* cadette, on étoit fort surpris de la voir rester dans le silence; on commençoit à lui donner le tort & à croire qu'elle n'avoit pas de bonnes raisons à fournir pour sa défense: mais ses partisans assurent aujourd'hui que dans la crainte de ne pas avoir la liberté de la presse avec la même facilité que son adversaire, elle a pris la tournure de faire faire un *Mémoire à consulter & Consultation*, & qu'il va paroître incessamment.

11 *Février*. On ne laisse point tranquille l'évêque de *Rennes*, & les autres prélats administrateurs. On assure qu'il va se répandre bientôt une nouvelle facétie contr'eux Cet acharnement confirme le soupçon que le ministere le fomente, afin de préparer les coups qu'on veut porter sur le clergé. En effet, on assure qu'un ballot des dernieres *Lettres curieuses & édifiantes* ayant été saisi, M. le baron de *Breteuil* se les a fait apporter à *Versailles*, & y en a fait lui-même une distribution à ses amis, dans ses bureaux & aux gens de la cour.

12 *Février*. L'ouvrage du *Gouvernement des mœurs* n'est point une capucinade, un sermon, un traité de morale; l'auteur y déploie des vues plus étendues, & envisage son objet du côté de la politique. C'est le développement raisonné des principaux ressorts qu'il seroit à désirer qu'on mît en jeu pour réformer les mœurs générales & leur imprimer un mouvement plus uniforme au vœu de la société, au bonheur public & particulier. On fait voir que ces ressorts secrets & puissants sont à la portée de tous les hommes, sans qu'ils

s'en doutent ; mais fur-tout dans la main du prince , qui ne s'en apperçoit pas toujours , & l'on invite les ames honnêtes & patriotiques à porter leur attention & leur activité fur ces objets , au moins auffi intéreffants que les ballons & que la plupart des queftions dont s'occupent les fociétés littéraires & favantes.

La fineffe & la profondeur des vues nouvelles que préfente cet effai ; la fageffe de fa marche, toujours guidée par le bien public , & auffi éloi-gnée du rigorifme que de l'indifference ; les graces fimples & naïves de fon ftyle ; le ton d'aménité & de philanthropie qui y regne ; ce ton qu'on n'imite point & qui va toujours au cœur , parce que c'eft le cœur qui l'infpire : tout rend ce livre digne d'occuper une place dans les bibliotheques choifies & fur-tout d'être lu & médité par les légiflateurs.

12 *Février.* On vient en effet d'envoyer à toutes les portes cocheres un *Mémoire à confulter pour la Dlle. Saintval cadette , comédienne ordinaire & penfionnaire du roi ; contre la dame Veftris , auffi comédienne ordinaire & penfionnaire du roi.*

Son objet eft 1°. de juftifier les plaintes que Mlle. Saintval a portées contre Mad. Veftris. 2°. De la laver de l'imputation que lui fait celle-ci.

Suit une *confultation* de Me. *Tronfon du Coudray,* en date du 4 février , qui eftime être dû à fa cliente des réparations pour les accufations ca-lomnieufes que la dame *Veftris* s'eft permifes contre elle , & qu'en outre Mlle. *Saintval* a droit de demander aux tribunaux la fuppreffion de la lettre de la dame *Veftris.*

On peut juger par l'éclat qu'acquiert la querelle, combien elle devient intéreffante pour les amateurs du théâtre & du fexe confacré à ce genre de plaifir.

13 *février*. Les partifans de Me. *Linguet* ceux-mêmes les plus zélés, les enthoufiaftes les plus aveugles conviennent que fon journal eft aujourd'hui abfolument dénué d'intérêt. Le clergé lui reproche d'abandonner fa caufe & de ne plus injurier vigoureufement, comme il faifoit autrefois, les philofophes. En général, on voit qu'il adule tant qu'il peut les nouveaux miniftres, & l'on juge que ne tirant pas de fon travail le lucre accoutumé, il défireroit rentrer en France.

13 *Février*. On commence à plaider depuis quelque temps au palais la caufe de madame de *Valory*. L'abbé *Noyou*, dont il a été queftion dans cette affaire & auquel on attribue les mémoires pour cette dame, fi violents contre les avocats, s'étant montré à l'audience, a été tellement hué par ceux-ci, qu'il a été obligé de difparoître.

13 *Février*. Extrait d'une lettre de *l'Orient*, du 6 février.... Voici la fuite des opérations du confeil de guerre. Le 23 janvier 1784, le confeil de guerre arrête que le comte de Graffe fera mandé pour être entendu.

Le 31 janvier, le confeil de guerre défend aux aux parties d'imprimer des mémoires, conformément aux intentions du roi, & leur déclare qu'ils ne feront reçus que manufcrits.

Continuation d'information, commencée le 23 janvier & firie le 3 février, compofée de vingt trois témoins.

Le confeil arrête le 4 février, en vertu d'une lettre miniftérielle, que fi les mémoires des parties contiennent des expreffions fortes, & ne font

pas dans un ftyle convenable, elles feroient obli-
gées de les changer.

En conféquence, la requête du comte de *Graffe*
rejetée.

14 *Février*. Le comte d'*Arci*, appellé jufqu'à
préfent le chevalier d'*Arci*, eft généralement regardé comme fils naturel du comte de Touloufe,
quoique ce prince ne l'ait pas reconnu légalement.
En conféquence, il a joui dans le monde d'une
confidération & de faveurs telles qu'il ne les auroit jamais obtenues autrement. Ce'ft ainfi qu'il
fut admis dans l'ordre de Malte par un bief
portant, qu'il eft *fils naturel de feu le féréniffime
prince comte de Touloufe*. Il auroit fans doute été
loin, fi aux talents & à l'efprit qu'il avoit, il eût
joint une meilleure conduite. Mais malgré tous
les fecours qu'il a reçus du duc de *Penthievre* &
de la cour, malgré le rôle important qu'il a joué
pendant plufieurs années qu'il étoit publiquement
l'amant de madame de *Langeac*, qui menoit à
fon gré le duc de *la Vrillière* & fon département; il fe trouve aujourd'hui dans un état de
dénuement abfolu. Le duc de *Penthievre* l'a totalement abandonné, fur-tout depuis qu'il a mis
le comble à fes fottifes en époufant une fille....
Abymé de dettes, il eft réduit pour fe fouftraire
à la pourfuite de fes créanciers, à vivre dans le
Temple, où il a paru fe jeter dans la dévotion,
pour mieux toucher fon augufte frère. Le duc
de *Penthievre* n'a point été dupe de fon hypo-
crifie. En forte qu'il ne lui refte plus qu'une reffource,
celle de la réclamation de fon état & de fon nom.

Des 1783, il avoit préparé un mémoire à
confulter ou, d'après les faits & anecdotes relatifs à fa naiffance, il demande:

I.

1. Si par les circonstances qu'il a exposées, il n'est pas dans le cas de se faire reconnoître fils naturel du comte de Toulouse?

2. S'il est encore fondé à réclamer son état, & quelle voie il doit prendre pour le recouvrer?

Dès le 26 août, une *consultation* signée de sept jurisconsultes lui étoit favorable, appuyée encore par une seconde du 6 novembre. Cependant, sentant l'importance de l'affaire, craignant les suites d'un éclat que redoutoit le duc de *Penthievre*, lié par la parole qu'il avoit donnée à ce prince de ne rien publier ou divulguer à cet égard, il a hésité long-temps encore ; mais pressé vraisemblablement par la faim, il rend ce mémoire public depuis huit à dix jours.

14 *Février*. Ce sont MM. *Thomas, Gaillard, Arnaud, de Lille, Suard, Champfort & le Miere*, tous membres de l'académie françoise, qui ont été invités par le ministre, au nom du roi, à se charger de l'examen des poëmes lyriques destinés à concourir aux prix fondés par S. M. Ces messieurs ont accepté.

M. *Suard*, l'un d'eux, est chargé de faire les fonctions de secretaire du comité.

Il est à remarquer que ce *Suard* n'a jamais fait d'opéra, non plus qu'aucun des autres juges, & que plusieurs n'ont même jamais fait des vers.

Quoi qu'il en soit, les concurrents dont les ouvrages auront été mis en musique, seront tenus d'envoyer leurs poëmes avant le mois de décembre prochain. On fera connoître par la voie des journaux les titres des ouvrages couronnés & le ministre remettra les prix aux auteurs.

Les juges seront obligés de donner leur avis motivé.

Tome XXV. E

Ces meffieurs jouiront de leurs entrées aux loges & amphithéâtre, & ils font invités à fe trouver aufli aux répétitions des ouvrages nouveaux, pour contribuer par leurs obfervations au fuccès de la mife de ces ouvrages au théâtre.

15 *Février*. Le fujet du *cid* eft abfolument étranglé dans l'opéra. Deux actes entiers de la tragédie font fautés ; l'action qui en fonde tout l'intérêt eft paffée. *Rodrigue*, après s'être fouftrait pendant quelque temps à la pourfuite de *chimene* dont il a tué le pere, revient. C'eft où commence la piece. *Chimene* éplorée, quoiqu'aimant toujours le meurtrier de l'auteur de fes jours, ouvre le premier acte. Le roi vient pour la confoler. Elle demande vengeance au contraire, mais foiblement ; ce qui atténue la fituation, lorfque *Rodrigue* arrive & la rend plus intéreffante. Son pere Dom *Diegue* & fes amis, annonçant que les Maures doivent furprendre la ville pendant la nuit, jettent du mouvement dans la fcene & préparent le nœud de l'intrigue, en ce que *Rodrigue* fe met à leur tête & court à la victoire.

Le fecond acte offre beaucoup de fpectacle : le peuple y exprime fa crainte de l'approche des ennemis & fe réfugie dans le palais du roi. Bientôt des princes captifs, fuivis d'une foule de prifonniers, rempliffent la fcene, & l'on entend des chants d'alégreffe. *Rodrigue* eft proclamé vainqueur ; ce qui rend la pofition de *chimene* plus embarraffante. Elle perfifte dans fon projet de vengeance & défire ne point l'obtenir. Des chevaliers s'empreffent d'entrer en champ clos en faveur de cette beauté ; c'eft la feule maniere dont on puiffe fatisfaire aux loix de l'honneur, fans bleffer la gloire du héros. Dom *Sanche*, fon rival eft choifi.

Le meilleur acte est le troisieme, parce que
l'auteur fuit de plus près la tragédie. *Rodrigue* va
de même combattre contre Dom *Sanche*; il entre
de même en lice, après que *Chimene* lui a dit
de sortir vainqueur d'un combat dont elle est le
prix. Encouragé par ce mot flatteur, la victoire
ne lui semble plus douteuse. L'acteur qui a joué ce
rôle, le sieur *Lainez*, s'est surpassé dans cet endroit, & c'est là sur-tout où les applaudissements
ont été prodigués avec enthousiasme. On obser-
vera seulement que le dénouement de l'opéra
satisfait bien moins à la décence que celui de
la tragédie, & qu'on ne peut qu'être choqué,
non seulement de voir *Chimene* consentir elle-
même à épouser *Rodrigue*, mais se livrer à des
mouvements de joie & chanter son bonheur.

La musique se distingue sur-tout par un mérite bien précieux & bien rare dans les composi-
tions modernes. C'est celui d'avoir toujours le
caractere propre des personnages mis en scene &
de leur situation, savante, variée, naturelle,
elle peint avec un égal succès tous les mouvements,
toutes les passions. Les accompagnements répon-
dent à la justesse des motifs, à leur expression
simple, noble, touchante, pure. Les chœurs & les
airs de danse sont la partie foible. Les premiers
sont d'ailleurs en trop grand nombre. Il est fâcheux que M. *Sacchini*, toujours retenu chez
lui par la goutte, n'ait pu juger par lui-même
de l'effet de cette partie & la renforcer.

15 *Février*. Un procès purement contentieux
occupe aujourd'hui le public par sa singularité.
Le marquis de *la Grange*, acquéreur d'une terre,
en réclame deux au bout de quinze mois, & son
seul titre est une erreur de greffe, désavouée par
le greffier.   E 2

Le marquis de *Bouthillier*, son adverfaire, dans fon premier mémoire, en 1783, a prouvé par les démarches, la fignature & la conduite du marquis de *la Grange*, qu'il n'avoit jamais eu l'intention d'acheter la feconde terre, qu'il n'avoit jamais pu croire qu'elle fît partie de fon adjudication, & ne le croyoit pas même au moment où il en formoit la demande.

Dans fon fecond mémoire, en rendant compte des procédures qu'avoit employées le marquis de *la Grange*, non pour foutenir fes prétendus droits, mais pour en éloigner le jugement, il a démontré le peu de cas que le demandeur lui - même faifoit de fes prétentions.

On croyoit cette affaire éteinte : on apprend aujourd'hui par un troifieme mémoire du marquis de *Bouthillier*, qu'après des démarches d'accommodement, le marquis de *la Grange* le force à rentrer en lice & de demander des dommages & intérêts, ainfi que l'impreffion & affiche de l'arrêt qu'il a droit d'attendre.

Ce mémoire, ainfi que les autres, très-bien fait par M. *Bouthillier* lui-même, lui concilie l'efprit du public, auprès duquel fon adverfaire eft déjà en très - mauvaife réputation pour plufieurs affaires peu honorables qu'il a eues. Auffi l'appelle-t on dans les fociétés, *la Grange-Voltaire* (Voleterre), comme on l'a dit.

16 *Février*. Il eft fâcheux que M. *Cathelin* n'ait pas pu expofer au falon le portrait de M. *Beers*, directeur de l'académie des fciences de *Harlem*, premier avocat de la compagnie hollandeife des Indes orientales & fon député à la cour de *France*. Cette gravure, d'après le deffin de M. *Cochin*,

eft d'un burin ferme & noble. On lit au bas ces
vers de M. *Imbert*:

Les mufes ont daigné l'inftruire ,
Et la vertu prit foin de le former :
Qui l'écoute , bientôt l'admire ;
Qui le connoît doit l'eftimer.
Il prête à fon pays fes foins , fon éloquence ;
Il eft fenfible affectueux :
Le bien de fa patrie eft l'objet de fes vœux ,
Et l'amitié fa récompenfe.

19 *Février.* On croyoit que le mémoire à confulter de Mlle. *Sainval* cadette, n'étoit qu'une
forme pour publier fa réponfe à madame *Veftris* ;
mais l'affaire prend une tournure vraiment juridique , & celle ci a été affignée de la part de
la premiere , en réparation d'honneur.

Une chofe très - remarquable dans cette querelle ,
c'eft le filence des journaliftes qui, fi avides de
tout ce qui peut leur fournir matiere à remplir
leurs feuilles , reftent dans le plus profond filence fur les écrits des deux actrices, & n'en ont
pas fait la plus légere annonce. Il femble que ce
foit l'*Arche du feigneur* , à laquelle ils n'ofent
toucher.

16 *Février. Confidérations politiques.* Tel eft le
titre d'une brochure imprimée chez l'étranger,
il y a quelques mois, & qui fe répand depuis
clandeftinement à *Paris*. M. le comte de *Vergennes* , fur le compte qui lui en avoit été rendu ,
avoit d'abord accordé la permiffion de l'introduire
en *France* ; mais en ayant pris lecture lui-même,
il a révoqué cette permiffion, non qu'il jugeât

l'ouvrage mauvais, mais parce qu'il le trouvoit au contraire trop bon, c'est-à-dire, contenant sans doute des vues & des éveils, dont il regarde la grande publicité comme dangereuse.

On attribue cet ouvrage à M. *Mignonneau*, commissaire des gardes-du-corps de la compagnie de *Beauveau*. Il est trop intéressant dans sa brièveté pour n'y pas revenir après l'avoir bien médité

17 *Février*. Aux éditions du *XV siecle*, vendues exhorbitamment à la vente des livres du duc de *la Valliere*, il faut joindre les manuscrits sur vélin, avec miniature ; les livres des *XVI, XVII & XVIII siecles*, imprimés sur vélin ; les livres ornés d'estampes estimées, ceux dont la rareté est généralement connue, les éditions des imprimeurs célebres ; enfin, les livres en grand papier & ceux qui sont d'une riche & belle reliûre.

Entre les éditions du XV. siecle, outre les deux livres déjà cités, en vante le Durandi *rationale divinorum officiorum*, Mayence 1459. Ce superbe exemplaire a été porté à 2,700 liv.

17 *Février*. Il est certain qu'on juge facilement à la lecture du chiffon que Mlle. *Sainval* la jeune a adressé à la comédie, que son intention n'étoit pas qu'il devînt public, & il n'est point à présumer qu'elle ait répandu des copies d'un écrit aussi informe, ainsi que l'a supposé adroitement madame *Vestris*, pour s'autoriser à imprimer sa réponse très étudiée & très bien faite, afin de détruire l'accusation d'animosité, de persécution & de vengeance dont on la croit depuis quatre ans coupable envers les deux sœurs.

Madame *Vestris* récrimine dans sa lettre, & prétend, au contraire, que les *Sainval* ont formé depuis huit ans le projet de lui enlever son état

Elle les peint comme deux intrigantes qui , à force de manege, ont soulevé le public contre elles & ont travaillé à la faire accabler de dégoûts. Elle parle de combinaisons perfides, d'ingratitude, d'injustice, de projet sinistre. C'est à de pareilles imputations que Mlle. *Sainval* cadette oppose sa défense légale ; c'est pour s'en venger qu'elle invoque la justice des tribunaux.

Quant à ses plaintes personnelles contre madame *Vestris*, elle sent bien qu'elles ne tiennent qu'aux procédés & ne peuvent être portées en justice, même devant ses supérieurs ou ses camarades, , plutôt faits pour maintenir les réglements rigoureux qui favorisent sa rivale, que pour les enfreindre. En conséquence, n'y voyant pas d'autre remede, elle persiste à demander sa retraite ; elle ne veut point accepter les offres de madame *Vestris*, de lui céder en chef une partie de ses rôles, parce qu'elle ne les regarde que comme une proposition captieuse, par laquelle elle a imaginé de paroître faire des sacrifices dont elle sait bien n'être pas la maîtresse. Son ennemie auroit aussi tout le mérite d'une générosité qui ne s'effectueroit jamais. Au surplus, en se défendant, Mlle. *Sainval* cadette défend son aînée, enveloppée dans la même accusation. Elle reproche à madame *Vestris* de rappeller cette vieille querelle, dont la sœur n'a été & n'est encore que trop punie de parler du libelle qu'on lui a imputé, qu'elle a constamment désavoué par écrit ; mais dont elle a eu la délicatesse de ne vouloir jamais nommer les auteurs, aux risques de tout ce qui lui en pourroit arriver.

Telle est l'analyse succincte du mémoire de Mlle. *Sainval*, bien propre à balancer dans l'es-

E 4

prit des gens impartiaux les impreſſions qu'y avoit laiſſées la lettre de Madame *Veſtris*. En effet, ſi celle-ci a plu par ſon ton de modéra- tion, d'honnêteté, de candeur, de nobleſſe, de déſintéreſſement ; on aime le ton véhément de l'autre, qui s'éleve avec force contre l'aſtuce, la duplicité, l'hypocriſie de ſa rivale, dont il faut attendre la réplique.

En général, quoique Mad. *Veſtris* ne ſoit plus auſſi bien avec le maréchal duc de *Duras* qu'au- trefois ; quoiqu'elle inſinue dans ſa lettre qu'il lui a été peu utile dans ſa querelle avec Mlle. *Sainval* l'aînée ; quoique ſes partiſans aſſurent que c'eſt à M. le duc de *Villequier* ſeul, ſupérieur ferme & integre, qu'elle doit la juſtice qui lui a été rendue ; il eſt certain que l'autorité eſt pour elle, parce que le droit ſtricte y eſt auſſi. Mais le public, qui décide plus par ſes affections que par ſoumiſſion à des réglemens faits ſans lui & ſans ſa participation, eſt pour Mlle. *Sainval* ca- dette ; ce qui tient en partie à la nature de leurs rôles. La premiere eſt pour les rôles forts, l'autre pour les rôles ſenſibles, & avec ceux-ci on entraîne toujours la multitude.

18 *Février*. La diſette du bois eſt telle, que ſi les tranſports par eau continuent encore juſqu'au mois de mars à être impraticables, comme il y a tout lieu de l'appréhender, la quantité qui en reſte, ſauf les dix mille voies de bois miſes en réſerve pour les boulangers, deviendra inſuffiſante pour fournir aux beſoins que la rigueur & la durée extraordinaire du froid occaſionnent, mais que la crainte augmente encore plus. En conſé- quence, le conſeil s'en eſt occupé ces jours-ci : il y a été propoſé différents avis, comme celui de

rénvoyer dans les provinces les évêques, les abbés, les moines, les intendants, les gouverneurs, les magiftrats & autres qui y font attachés; d'exiler en quelque forte dans leurs terres tous les gens qui en ont, en les invitant inftamment de s'y rendre. Ce moyen a paru trop infuffifant & trop lent. On s'en eft tenu à celui plus efficace, de faire venir par terre trente mille voies de bois arrêtées aux environs de *Paris*. S. M. confacre deux cents mille francs à cette deftination; c'eft à-dire, fait les avances, qui rentreront par un impôt momentané de fix livres d'augmentation fur chaque voie de bois qui fe delivrera pendant quinze jours.

En conféquence, il fe publie un arrêt du confeil fur cet article, en date du 15 février.

18 *Février*. Extrait d'une lettre de Bourges, du 14 février... Notre adminiftration provinciale fubfifte toujours; elle va même mieux qu'elle n'a jamais été, parce que les membres qui la compofent fe font formés depuis quelques années à cette manutention, où ils étoient abfolument neufs. Les objets qui nous occupent fpécialement aujourd'hui, font les atteliers de charité & les grands chemins.

Nous avons été long-temps en fchifme fur ce dernier objet, par rapport à la corvée. La nobleffe a voulu maintenir fa prérogative & en être exempte. Quelques membres avoient propofé un *mezzo termine*, de fournir un don gratuit, abfolument volontaire, mais dont le montant tourneroit au moins à une diminution de la charge pour les corvéables. Cela n'a point paffé, & elle eft reftée toute entiere à la charge du roturier; feulement au lieu de l'exiger en nature, nous avons préféré l'argent.

E 5

Notre intendant, homme févere fur les principes, mais par fon état oppofé à notre adminiftration qui diminue de beaucoup l'autorité de
fa place, vient d'obtenir une faveur qui eft un véritable échec pour le bureau. C'eft que toutes les
demandes que nous ferons, pafferont par fon canal pour être adreffées à la cour, & c'eft à lui
que les réponfes feront envoyées, fauf cependant
certains cas, où le bureau trouveroit expédient de
ne pas fe fervir de cet intermédiaire. Vous fentez
que, fi au lieu de M. de *Villeneuve*, nous avions
un commiffaire départi auffi intrigant & d'auffi
mauvaife foi que celui de *Moulins*, avec cette ref-
triction, notre adminiftration provinciale feroit
bientôt tellement degoûtée, qu'elle s'anéantiroit
d'elle-même.

C'eft ce qui doit arriver inceffamment de celle
de *Montauban*, abfolument affervie à l'intendant,
à moins qu'elle n'obtienne ce qu'elle demande ;
c'eft-à-dire, un réglement conforme au nôtre fur
cet objet.

Nous devons craindre d'autant mieux les efforts
des commiffaires départis, que ces deux admi-
niftrations provinciales font les feules qui fubfiftent aujourd'hui, & que vraifemblablement le
nombre n'en augmentera pas.

19 *Février* L'auteur des *Confidérations politiques*, juftifie d'abord fon entreprife, en établiffant
que tout homme a droit de donner fes idées au
public en pareille matiere : mais il voudroit feulement que l'écrivain politique choisît le moment
favorable. De-là un parallele rapide & ferré de la
fituation défaftreufe de la France fur la fin du
regne, & à la mort de *Louis XV*, & de fa régé-
cration fous *Louis XVI*. C'eft dans ces momens

de force & d'énergie qu'il eftime utile de fer-
menter fur la politique.

Il examine enfuite, fi les citoyens d'une monarchie font moins fufceptibles de vertus patriotiques que ceux d'une république. Il répond,
non : feulement elles dérivent d'une caufe différente. On voit encore dans ce paragraphe, une
énumération des fouverains actuels, tous animés
de l'amour du bien public, & très-propres à
porter leurs fujets au patriotifme.

Quelques-uns cependant ne font pas exempts
de l'amour des conquêtes, ce qui amene une di-
greffion fur le projet des deux cours impériales
contre l'empire Ottoman, précédé du tableau de
l'état actuel des puiffances prêtes à guerroyer, &
de leurs voifins. L'écrivain jette enfuite des vues
fur les avantages que la France pourroit retirer
des circonftances fi, comme fon intérêt doit l'y
porter, elle prenoit le parti de fecourir le Turc,
fur les reffources même qu'elle auroit pour s'a-
grandir & diminuer de notre côté la puiffance
des conquérants, au cas où l'on ne pourroit en
arrêter les progrès.

Un troifieme paragraphe de l'ouvrage non
moins curieux & plus intéreffant, parce qu'il eft
d'une utilité plus immédiate, c'eft celui des
Indes Orientales : l'auteur examine s'il convien-
droit mieux de retirer toutes nos forces militaires
de ces contrées, pour refter dans l'état de fimples
commerçants; & il détruit radicalement le fyftême de ceux qui foutiennent que nous ne devrions
y avoir que des comptoirs.

Dans le dernier paragraphe, qui a pour titre :
Inconféquence des hommes, l'écrivain cherche à
venger le comte de Thélis des farcafmes lancés

E 6

contre ce militaire patriote, & soutient l'utilité
de ses écoles, établissement vraiment national.

On ne peut qu'applaudir à la sagesse & à l'excellence des vues de cet ouvrage, écrit avec noblesse,
nourri de faits & d'anecdotes, contenant beaucoup
de choses dans un très-petit volume.

19 *Février*. Suivant ce qu'on écrit de l'Orient,
M. le comte de *Grasse* accuse non-seulement ses
deux matelots, mais M. le marquis de *Vaudreuil*
& M. de *Bougainville* : le premier, de n'avoir pas
répondu à ses signaux, & fait tout ce qui dépendoit
de lui pour le sauver ; l'autre, quoique non attaqué,
d'être resté dans l'inaction, de n'avoir point cherché à joindre l'ennemi & à assurer une victoire
qui étoit indubitable. Du reste, on prétend que
c'étoit un complot formé à la Martinique pour
l'empêcher d'être cordon-bleu & maréchal-de-
France.

19 *Février*. Nous sommes à la veille de la ré-
vélation du système du *Magnétisme animal*, ou du
Mesmérisme. Déjà un anonyme nous apprend
qu'avec des bâtons de soufre on opere des merveilles semblables à celles du docteur étranger :
depuis peu un M. de *Mont-joie*, guéri par M. *Mesmer*,
a publié plusieurs lettres, où il rend compte des
procédés & de la méthode de ce charlatan. A l'en
croire, c'est un galimathias digne des livres
cabalistiques ; nous serions revenus aux temps
barbares de l'astrologie judiciaire : aussi M. *Mesmer*
désavoue-t-il cette doctrine ; mais comme il forme
aujourd'hui une école où l'on est admis moyen-
nant cent louis, il n'est pas de doute qu'un secret
sù par tant de monde n'en deviendra plus un.

19 *Février*. Le sieur *Pinetti* ne s'est pas montré
ici moins bienfaisant qu'ailleurs ; il a donné trois

repréfentations de fes jeux au *profit des pauvres* ;
il a piqué d'émulation nos grands fpectacles , &
les comédiens italiens ont annoncé qu'ils donneroient famedi 21 dans la même intention la
feizieme repréfentation du *Droit du Seigneur*, fuivi
de *Blaife & Babet*.

20 *Février*. M. de *Graffe* raconte avec complaifance une anecdote qu'il donne comme certaine
& qui , fût - elle vraie , ne concluroit rien
encore.

« Quand toutes les forces navales Françoifes
échappées au combat du 12 avril & à fes fuites ,
furent réunies & réparées au Cap , où s'étoient
rendus les Efpagnols, on tint un confeil de guerre,
& l'ont convint qu'on étoit encore fupérieur aux
Anglois, qu'on pourroit fortir & les attaquer avec
avantage. Dom *Solano* qui commandoit les Efpagnols , & par fon grade d'ancienneté fe trouvoit
dans le cas de commander les forces combinées ,
dit qu'il mettoit une condition ; c'eft qu'il ne
feroit que le fecond , qu'il ne vouloit pas éprouver
une défection femblable à celle qu'avoit éprouvé
le comte de *Graffe*. Le marquis de Vaudreuil
infifta , & dit qu'il n'étoit pas poffible qu'il prît fur
lui de devenir chef de l'expédition : au moyen
de quoi l'on ne fortit point , & les chofes en reffe-
rent là. »

20 *Février*. En conféquence de l'arrêt du confeil
du 18 février , on emploie tous les chevaux &
voitures qu'il eft poffible de fe procurer fans nuire
à l'approvifionnement des autres denrées , pour
ramener l'abondance du bois dans cette capitale
jufqu'à ce que la riviere foit rendue navigable ;
la confiance qu'on a dans l'emploi utile qu'en fera
M. *le Noir*, a excité le zele de quelques compagnies

& de nombre de citoyens qui ont fourni des chevaux, des voitures & des chariots : il paroît cependant que ces derniers manquent, & l'on invite ceux qui en ont & qui ne leur font pas d'un service indispensable, de les envoyer à la police, afin que tous les chevaux en plus grande quantité puissent servir.

20 *Février*. M. *Macquer*, savant distingué, vient de mourir. Il étoit docteur - régent, & ancien professeur de la faculté de médecine de Paris, censeur royal, professeur de chymie au Jardin-du-Roi, membre de l'académie royale des sciences; de la société royale de médecine, &c. Il n'y aura sans doute rien à ajouter à l'éloge au moins triple qu'en doivent faire les trois corps auxquels il appartenoit.

21 *Février*. Enfin, après soixante & seize jours de gelée presque sans interruption, le dégel commence à se manifester aujourd'hui, & déjà quelques bâtiments vont hasarder de suivre la débâcle de la riviere.

21 *Février*. On continue à suivre la vente de la bibliotheque du duc de *la Valliere* comme un spectacle.

Parmi les manuscrits sur vélin, avec miniatures, le *Magius* a été acheté 2,000 liv. & on ne l'avoit payé que 932 livres chez M. *Gaignat* Les *Joannis Novillaci poemata* ont été payés 300 liv. Les *livres historiaux de la Bible*, qui n'avoient coûté chez M. *Gaignat* que 399 liv. 19 sous, ont été payés 900 livres. Un *Bréviaire de Salisbury*, que M. le duc n'avoit payé en 1772 que 600 livres, a été porté à 5,000 livres.

Les livres imprimés sur vélin ne font pas moins recherchés. *La Bible françoise des pasteurs de Geneve*, édition de Lyon, Jean de Tournes, 1557, in-folio, a été vendue 1,002 livres, & ce même exemplaire chez M. *Gaignat* n'étoit monté qu'à 112 liv. Le *Catulle*, *Tibulle & Properce*, édition de Paris, Couftelier, 2 vol. in-12, s'eft vendu 138 liv. L'*Ovide* des *remèdes d'amour*, traduit en françois, édition de Paris, 1509, in-folio, 200 liv.

Les eftampes gravées par d'habiles maîtres font encore mettre certains livres à des prix fous ; on a payé 451 liv. les *Meditationes in evangelia de Jérôme Natalis*, édition d'Anvers, 1555, in-fol. Le *Virgile* d'Ogilvy, édition de Londres, 1658, in-folio, a été porté à 152 liv. Celui de l'abbé *Desfontaines*, édition de 1743, en 4 vol. in-8. à 109 livres.

D'autres tirent un grand prix, & même tout leur prix de leur exceffive rareté : la *Venetias de Publ. franc. Modeftus*, poëme héroïque, fept vol. in-12. imprimé à Rimini en 1521, in-fol. s'eft vendu 119 liv. 19 fous. La *Dialectica Ciceronis*, par *Adam Burfius*, imprimée en 1604, in-4. a été portée à 78 liv. 19 fous.

Tous les amateurs font dans l'attente du prix auquel fera porté *Chriftianiffimi Reftitutio*, de *Michel Servet*, payé 3,810 livres par feu M. le Duc, à la vente de Monfieur *Gaignat* : on fait d'avance qu'il y a ordre de retirer ce livre, en cas qu'il ne monte pas au même prix au moins que fon achat.

Enfin on obferve que les grandes & belles marges, la beauté, le luxe & la perfection des reliûres élèvent à des prix extraordinaires des livres très-communs. C'eft pour cela que la *Traduction Françoise de Térence*, par Mad. *Dacier*, édition de Rotterdam, 1717 in-8°. 3 volumes, grand papier, a été pouffée jufqu'à 351 livres. Les reliûres des *Padeloup* & des de *Rome* ont aussi fait valoir beaucoup de drogues.

Une anecdote de cette vente, c'est celle d'un Abbé, qui ayant acheté un livre fort cher l'a brûlé, page à page, en présence des spectateurs, pour rendre unique, a-t-il dit, l'exemplaire dont il est possesseur.

21 *Février*. La représentation qu'ont donnée aujourd'hui les Italiens au profit des pauvres, a occasionné, comme on s'en doute bien, une affluence extraordinaire, quoiqu'on sût que Madame *Dugazon* ne paroîtroit pas. Ils ont fait 9,160 livres. Les auteurs des deux pièces, entrant dans les vues bienfaisantes des acteurs, ont fait cession de leurs honoraires.

22 *Février*. Messieurs de la Caisse d'Escompte donnent le plus grand appareil à leur manutention ; ils ont convoqué une assemblée extraordinaire pour hier samedi, où a été remplie la formalité de la présentation des nouveaux directeurs aux actionnaires, qui ont confirmé la nomination faite par l'administration.

Le sieur de *Morry* est directeur & caissier général, le sieur *Barbelat* directeur.

En outre, le zèle de l'assemblée a été échauffé sur les calamités de la capitale, & il a été voté unanimement de donner une somme de 30,000 liv. aux pauvres, dont 6,000 livres seront remises à M. le curé de *Saint - Eustache*, & 24,000 livres à M. le lieutenant général de Police.

22 *Février*. Il n'est pas jusqu'aux marchands de bois, qui volent habituellement le public par de fausses mesures, dont les entrailles ne soient émues dans ces froids désastreux. Ils ont fait annoncer par les papiers publics, que dans leur assemblée

du 18 de ce mois, ils avoient unanimement arrêté de faire distribuer une somme de 3,600 livres à leurs pauvres ouvriers employés sur les rivieres d'Yone & de Ture, réduits à une extrême misère par la cessation de leurs travaux.

22 *Février.* Il court une très-singuliere chanson, intitulée *Rêve de M. de Boufflers*, sur l'air: *Jeune Iris, pourriez-vous croire ?* On connoît l'originalité de ce poëte charmant, & cette production est plus qu'une autre marquée à son coin.

Pourquoi ne puis-je pas le croire?
Ah ! que n'est-ce la vérité !
Ce que tous deux dans l'ombre noire
Tour-à-tour nous avons été !
Morphée en fermant ma paupiere
Fit de moi l'acier le plus doux ,
D'aimant vous étiez ma pierre ,
Et vous m'entraîniez près de vous.   *Bis.*

Ce Dieu par un beau stratagême
De cet aimant fit un écho ;
J'étois couplet , je disois *j'aime* ,
Et vous me répétiez ce mot.
Par un caprice plus insigne
Je me trouvai petit poisson ,
A mes yeux vous parûtes ligne ,
Et je mordis à l'hameçon.   *Bis,*

Le bon Morphée à ma priere
M'ayant fait voyager par eau ,
Vous devintes une riviere
Et je vous fis porter bateau.

Le froid prit , vous voilà de glace ;
Pour tirer parti de ce tour,
Sur deux femelles je pris place
Et je patinai tout le jour.   *Bis.*

Pour derniere métamorphofe,
Devenu nectar le plus doux,
J'étois dans un vafe de rofe,
Iris , & je coulois pour vous.
Une goutte fur vous s'attache ,
Vous étiez alors tout fatin ;
A mon réveil j'ai vu la tache,
Mais j'ai cherché l'étoffe en vain. . .   *Bis.*

23 *Février.* Malgré le myftere que l'on apporte dans tout ce qui fe paffe au confeil de guerre de l'Orient pour en dérober la connoiffance au public , il en tranfpire toujours quelque chofe , au moins par les dépofants , par les accufés , fi ce n'eft par les juges. On a déjà dit , & l'on confirme de plus en plus que ceux - ci ne font rien moins que d'accord entre eux ; que plufieurs , prévenus ou paffionnés pour leur opinion , font éclater des plaintes qui font bientôt repouffées par d'autres ; qu'ils n'ont pas dans l'audition des faits & charges cette impaffibilité , ce calme de l'efprit qu'exige la loi ; que le préfident a bien de la peine à contenir les altercations fougueufes qui s'elevent entre les juges mêmes , & fur - tout entre M. de *la Motte-Piquet* & M. *Marin.*

Il paffe pour conftant que le marquis de *Vaudreuil,* en véritable homme de cour , a préfenté un mémoire dans lequel il cherche à juftifier

tous ceux qui ont eu part au combat du 12 avril.
M. de *Bougainville* n'a pas vu de même, il tranche
dans le vif ; son mémoire ne déguise rien : ses amis
lui ont en vain conseillé d'être plus réservé. Son
écrit , tel que l'a dicté son esprit ardent , a été
déposé sur le bureau. Ce ne sont pas seulement
les propos , les mémoires dont on a eu connois-
sance ; l'on vient de rendre publique la véritable
position de la flotte à toutes les heures de la
journée On y voit clairement que, dès les onze
heures du matin, 16 vaisseaux seulement serroient
le vent : tout le reste s'éloignoit , au point
que le chef de file étoit à six encâblures de dis-
tance du vaisseau suivant qui fuyoit comme lui.
Si alors l'amiral Rodney ne se fût pas acharné à
la *Ville de Paris*, pour avoir la gloire de prendre
le général de l'armée , il auroit pu aisément s'emparer de la moitié de la flotte.

La grande déposition , dit - on , contre le comte
de *Grasse*, c'est celle du commandant des troupes
à bord de la *Ville de Paris*. Interrogé sur ce qu'il
pensoit de sa reddition ; il dit qu'il ne pouvoit
en raisonner en marin , mais qu'à ne considérer
ce vaisseau que comme une citadelle , il esti-
moit qu'un commandant qui l'auroit rendue dans
l'état où étoit la *Ville de Paris*, mériteroit d'avoir
la tête tranchée.

23 *Février*. L'anecdote du sieur *Raymond* lui
fait trop d'honneur pour ne pas la consigner ici.
Quoique les comédiens italiens n'ignorassent point
qu'on savoit en général que Mad. *Dugazon* ne
joueroit dans aucune des deux pieces, ils craignoient
le mauvais effet qui en devoit résulter , & ils avoient
cru plus prudent & plus honnête d'en prévenir
le parterre. Plus la mission est désagréable , plus

on a foin de choifir un acteur aimé du pub'ic
On en avoit chargé le fieur *Raymond*. Celui-ci
étoit fi intimidé qu'il ne fit que balbutier l'annonce en termes très-impropres. Huées du parterre, qui l'obligea de recommencer. Huées plus
fortes, la tête lui revint en ce moment : « Sans
» doute, Meffieurs, dit-il, mon troub'e m'a
» empêché de me fervir des expreffions conve-
» nables, je vous en demande pardon. Veuil'ez
» ne l'attribuer qu'à mon appréhenfion extrême
» de vous déplaire.... » Sa préfence d'efprit lui
rend à l'inftant toute la bienveillance du public,
& il eft applaudi à tout rompre.

23 *Février.* C'eft M. *Geoffroi de Limon*, membre de la caiffe d'efcompte, qui dans l'affemb'ée
a échauffé le zele des actionnaires, par un difcours qui ne manque pas de mouvement & de
fenfibilité, mais ridicule au milieu d'une troupe
d'agioteurs qui naguere par leur cupidité ont mis
l'alarme dans tout Paris, & fait fouffrir mon en-
tanément beaucoup de citoyens dont ils avoient
l'argent, fur lequel ils avoient bénéficié, & qu'ils
fe faifoient autorifer par le gouvernement à ne
pas leur rendre. Les vues du bien public & de
défintéreffement qu'il annonce, ne font pas
moins révoltantes. Quoi qu'il en foit, l'auteur défi-
fire dans fa harangue qu'on ait fur-tout foin des
pauvres femmes en couches, ou enceintes.

23 *Février.* M. *de la Ferté*, quoique dévot &
marié, eft retourné à fon vomiffement; il eft devenu amoureux de M.lle. *Mailard*, & pour faire
valoir cette actrice, il a imaginé de lui donner en
chef le rôle de *Didon* dans l'opéra de ce nom. Il
a écrit à Mad. de *Saint-Huberty*, qui s'en eft jufques
ici acquittée avec un fuccès fans exemple, que

pour ne pas la fatiguer trop, il eſtimoit qu'il la faudroit réferver pour des rôles plus nouveaux. Mad. de *Saint-Huberty* a répondu que ſa ſanté lui permettoit de tenir tous ſes engagements avec le public, & en même temps a joint à ſa lettre un certificat de ſon médecin qui atteſte la même choſe.

M. de *la Ferté*, voyant le peu de ſuccès de la tournure qu'il avoit priſe, en a imaginé une autre & vraiſemblablement a ſurpris la religion du miniſtre, au point que celui-ci a envoyé un ordre au comité pour qu'il ait à confier le rôle de *Didon* à Mlle. *Maillard,*

Mad. de *Sainte-Huberty*, piquée, a écrit à ce même comité, qu'il venoit de lui prendre une indiſpoſition qui l'empêchoit de paroître ſur la ſcene; que vraiſemblablement elle ſeroit longue, & que la révolution ſurvenue dans ſa ſanté l'obligeoit de demander ſa démiſſion pour pâques.

Voilà où en eſt cette tracaſſerie du tripot lyrique; on veut que M. de *Breteuil* ait donné huit jours de répit à l'actrice pour ſe déterminer & revenir de ſa bouderie.

23 Février. Il paſſe pour conſtant que la chance a tournée contre Mad. *Teſtris*; qu'elle a reçu défenſes à ſon tour de répondre à Mlle. *Sainval*, & que l'autorité veut abſolument aſſoupir ce procès naiſſant.

24 Février. Extrait d'une lettre de *Montpellier*, du 15 février... Vous ſerez ſurpris de l'énumération des dépenſes & établiſſements faits nouvellement par les états du Languedoc pour la proſpérité de la province.

1. La province a établi à ſes dépens un cours d'accouchement dans la ville de Touloufe.

Elle a adopté le procédé de MM. *Parmentier* & *Cadet de Vaux* pour la boulangerie & la meûnerie économique, & elle a décerné à ces messieurs une médaille d'or aux armes de la province ; en même temps leurs mémoires feront imprimés & distribués *gratis* au public : enfin les modeles de leurs moulins & de leurs fours économiques font déposés dans les cabinets de phyfique de Touloufe & de Montpellier, afin que chacun puiffe les vifiter & en faire conftruire de pareils.

3. Les états ont alloué une fomme de 300,000 liv. pour le canal de Beaucaire à Aigues-mortes.

4. Il a été accordé de très-gros fonds pour les ponts & chauffées, ainfi que pour une nouvelle route qui paffera par le Vivarois & qui conduira en Auvergue.

5. Il a été donné des gratifications à plufieurs particuliers qui ont foufert des inondations de la riviere d'Orbiel.

6. Comme il y a à Marfeille environ pour dix millions de draps invendus depuis les préparatifs de guerre entre la Ruffie & la Porte, il a été délibéré de s'adreffer à S. M. pour en obtenir la permiffion de vendre ces draps dans la province, & par la voie des ports de Cette, d'Agde & de la Nouvelle, où l'on peut les débiter tant aux étrangers qu'aux nationaux, avec les prérogatives de faire les retours dans les mèmes ports.

7. Il a été accordé à la ville d'Agde la fomme de 112,570 liv. pour la conftruction d'un nouveau port, d'après les plans de M. *Groignard*, ingénieur général de la marine, & ces plans feront exécutés fous la direction du fieur *Arnaud*, habile conftructeur.

8. En attendant que les négociants de Cette

puiſſent agrandir leur port, la province leur accorde pour 1784 53,310 liv. & aſſure toute ſa pro-tection aux intéreſſés des nouveaux Salins établis pour la vente du ſel à l'étranger. Il a été de même arrêté de conſtruire un nouveau canal qui longera les ſalines, & établira une communication ſûre par l'étang de Thau, entre le port de Cette & le canal royal ou de Camarant, qui joint la Médi-terranée à l'Océan.

9. Les chambres de commerce de Touloufe & de Montpellier ont été invitées de préſenter à la prochaine tenue des états leurs plans ſur divers objets qui fixeront l'attention de l'aſſemblée

24 *Février.* On a déjà obſervé que le François, & le Pariſien entr'autres, tournoit tout en ſpectacle, s'amuſoit de tout, même dans ſes calamités. C'eſt ce qu'on voit encore dans pluſieurs endroits de la capitale, où l'on a élevé des obéliſques de neige, chargés d'inſcriptions en l'honneur du roi & de la reine : il eſt bon d'en conſerver quelques-unes, qui ſeroient bientôt anéanties, ainſi que les mo-numents, par le dégel

A LOUIS XVI, HOMME.

Ce foible monument aura foible exiſtence :
Tes bontés, ô mon roi ! dans ces temps de rigueur,
Bien mieux que ſur l'airain ont mis au fond du cœur
Un monument certain : c'eſt la reconnoiſſance.

Après avoir briſé les fers de l'Amérique,
Louis triomphateur de l'honneur britannique,
Aux yeux de l'univers eſt ſans doute plus grand,
Lorſque ſa main réchauffe & nourrit l'indigent.

A MARIE ANTOINETTE,

*Verfant fes bienfaits fur les malheureux fouffrant
des rigueurs de la faifon.*

Reine , dont la bonté furpaffe les appas ,
Près d'un roi bienfaifant occupe ici ta place ;
Si ce monument frêle eft de neige & de glace ,
Nos cœurs pour toi ne le font pas.

De ce monument fans exemple ,
Couple augufte , l'afpect bien doux pour votre cœur,
Sans doute vous plaira , plus qu'un palais qu'un temple ,
Que vous éleveroit un peuple adulateur.

La pyramide élevée par les habitants de la rue
d'Angiviller , attiroit fur-tout la curiofité , même
des artiftes : elle étoit fupportée par une bafe d'environ cinq à fix pieds de haut , fur environ douze
pieds de face ; elle s'élevoit à douze ou quinze
pieds , & étoit terminée par un globe. Quatre
bornes pofées fur chacun des angles , accompa-
gnoient très-bien ce fingulier obélifque , & lui
donnoient un afpect qui ne manquoit pas d'élégance.

C'eft un garçon boucher, qui étoit le cenfeur
des infcriptions.

25 Février. Extrait d'une lettre de Bordeaux ,
du 21 février..... Le fieur *Palere* vient de graver
ici une eftampe deffinée par M. *Tregent de Beau-
mont* , lieutenant de frégate, qui ne plaira pas à
MM. de la marine royale , en ce qu'elle eft en
l'honneur

l'honneur du comte d'*Estaing*. En voici le sujet
allégorique. La *France* & l'*Espagne*, sur deux trônes
parallèles, symbole de leur alliance, donnent audience à l'*Amérique* qui, sous la figure d'une jeune
femme, portant un carquois, garni de treize flèches, implore leur secours. Ces deux puissances,
touchées de la justice de sa demande, remettent
au comte d'*Estaing*, l'une, la foudre qu'elle tient
de *Jupiter*, & l'autre, le trident que *Neptune* vient
de lui donner. Une renommée plane sur la tête du
héros. *Selden* & *Welwod*, auteurs Anglois qui,
pour nourrir les prétentions de l'*Angleterre* à l'empire des mers, avoient composé, l'un, le livre
de *Mare clausum*, & l'autre, *de Imperio maris*,
déchirent leurs ouvrages au départ de ce général.
Graswinkel, auteur Hollandois, qui leur répondit
par son *Maris liberi vindiciæ*, présente le sien. Le
ministre François sous la figure de Nestor, tient
l'égide de Minerve. La déesse n'attend que l'instant
du départ de l'amiral pour élever la branche
d'olivier qu'elle tient de la main droite. Un lion
appuyé sur un faisceau de flèches, représente les
sept Provinces-unies. Dans le lointain on voit le
génie des finances, la mer, un chantier de construction, des vaisseaux, emblême du rétablisse-
ment de la marine françoise.

   Vous voyez que la composition de cette estampe
est remplie d'imagination & d'érudition, & a
peut être le défaut d'être trop compliquée.

   25 *Février*. On a fait sur les ballons la polisson-
nerie suivante, sous le titre d'*Epître de l'abbé
Ballon à un ami :*

      Que le public est indulgent !
      Souffrir ainsi qu'on lui dérobe

Tome XXV.   F

Et ſes *Bravo* & ſon argent !
Plaiſante merveille qu'un globe
Mette d'abord les gens en l'air !
A l'opéra j'en vis hier
Deux bien ronds , bien blancs qui me firent
L'effet que vos badauds admirent.
Hé bien, je n'en ſuis pas plus fier.
Je ne crois pas que j'imagine
De faire imprimer quelque jour
Combien de pieds a ma machine ,
Son diametre , ſon contour.
Non ; je ſais jouir en ſilence.
Long-temps, je t'en fais confidence ,
J'ignorai l'art de maitriſer
Mon gaz qui s'échappoit d'avance ;
Mais à force de m'exercer ,
De répéter l'expérience ,
Comme un autre j'ai ſu trouver ,
Sans me leſter avec du ſable ,
Le ſecret de ne m'élever
Qu'à certain degré raiſonnable.
J'ai bien peur d'être devenu ,
Entre nous , un peu trop habile.
Au point où je ſuis deſcendu ,
Je regrette , le croirois – tu !
Le temps où , comme un imbécille ,
Je montois à ballon perdu.

25 *Février.* La ville d'Antibes , frontiere du
comté de *Nice*, étoit autrefois renommée par des
aqueducs des Romains qui y portoient les ſources

de la Fontrielle & de la Sambaque. Elles se sont perdues par le laps de temps , & cette ville étoit réduite à n'avoir d'autres eaux que celles d'un puits situé à une de ses extrémités ; ce qui étoit très-nuisible aux bâtiments qui y abordoient. L'invasion des Autrichiens en 1746 ruina entiérement son commerce & ses habitations par quatre mille bombes qu'ils y jeterent. En forte qu'*Antibes* n'avoit plus que des vestiges de son ancienne prospérité.

M. d'*Aguillon* , colonel au corps-royal du génie , a reconnu depuis peu aux environs de la place des restes des acqueducs, dont on n'avoit plus que la tradition. Il a démontré qu'avec une modique somme on pouvoit les réparer. Les consuls de la ville ont , d'après ses instructions, présenté un mémoire sur cet objet aux états de *Provence* , qui ont résolu d'y contribuer pour un tiers, & de solliciter le gouvernement d'y contribuer pour un autre tiers.

Les états ont en même temps chargé les administrateurs de témoigner à M. d'*Aguillon* , la reconnoissance de la province , & de lui présenter leurs remerciements.

On a d'abord consacré 3,000 livres à la découverte des aqueducs si nécessaires au commerce & à la fertilisation de la ville , & l'on a démontré que la dépense totale de la restauration entiere n'excéderoit pas 72,000 livres.

25 *Février.* Extrait d'un lettre de la Haye, du 20 février.... « On a contrefait à *Liege* les nouvelles *Annales* de Me. *Linguet.* Malgré cela l'édition originale & la contrefaçon ne sont pas fort recherchées.

» Les petites *Affiches* commencées à *Amsterdam* ,

à l'inftar de celles de *Paris*, ne valent rien ; on ne les continue plus. Nous regrettons encore le *Journal de Paris*, qui avoit cours dans cette ville en 1778, qui a duré deux ou trois mois, & fe donnoit une fois par femaine. Ce n'étoit point une fimp'e contrefaçon de celui dont il portoit le titre, mais une amélioration de cette même feuille, changée & appropriée au lieu & aux circonftances. »

26 *Février*. Il feroit trop long, & fans doute ennuyeux pour le plus grand nombre des lecteurs de leur rendre compte de tout ce qui s'eft paffé dans la querelle élevée entre Mad. *Veftris* & Mlle. *Sainval*, que les fupérieurs, la comédie & le public ont également intérêt de voir ceffer ; car pendant ce temps le tragique languit. L'une continue à prétexter qu'elle eft malade, & l'autre à ne vouloir pas paroître que les prétentions de fa rivale n'aient été réglées définitivement. On affure feulement que Mad. *Veftris* a montré, fans fe démentir en rien, beaucoup de téte, de raifon, de modération, de conciliation même, lorfque Mlle. *Sainval* n'a fait voir que du dédain, de l'entêtement, de l'aigreur & de l'inconféquence.

Il s'eft tenu lundi une grande affemblée de comédiens pour négocier un accommodement. Mad. *Veftris* s'y eft rendue ; elle y a écouté les prétentions que Mlle. *Sainval* avoit articulées dans une lettre ; elle a acquiefcé à tout. Elle a cependant exigé que le public fut inftruit des facrifices qu'elle faifoit pour lui plaire, & de la bonne foi qu'elle avoit mife dans la conteftation. Cela n'a pu s'arranger encore, & tout le procès doit être rapporté aux gentilshommes de la chambre, qui prononceront.

En attendant, Mad. *Vestris* avoit confenti de
paroître le jour même à la cérémonie de la réception du *Mammamouchy* dans le *Bourgeois-
Gentilhomme* ; ce qui n'eft point un rôle tragique,
ni même un rôle. On a fait entendre à made-
moifelle *Sainval*, qu'elle ne pouvoit fe difpenfer
de groffir auffi le cortege. Le fieur *Deshayes* qui,
en fa qualité de maître des ballets, fe mêloit
d'arranger la marche, a cru pouvoir fe permettre
une petite fupercherie, dont il eft réfulté que les
deux actrices fe font trouvées, fans s'en douter,
avoir les mains l'une dans l'autre. Le public a
pris cela pour une véritable réconciliation & a
fort applaudi. Mais ceux qui les ont bien ob-
fervées, fe font apperçus qu'il n'en étoit rien,
fur-tout au vifage de Mlle. *Sainval*, dont les
regards finiftres lancés fur fa rivale caractérifoient
trop bien le dépit & la haine. Quoi qu'il en foit,
beaucoup de gens en ont été dupes, & les bons
journaliftes de *Paris* ont annoncé le lendemain
cette nouvelle dont il n'eft rien. Elle n'a été que
trop démentie ce jour même, où l'une & l'autre
actrice ayant refufé de jouer, c'eft Mlle. *Thénard*
qui a rempli le rôle d'*Alzire*.

· *16 Février*. Extrait d'une lettre de Soiffons, du
20 février. ... « Comment pouvez vous être dupe
encore de toutes ces lettres de commande inférées
dans les journaux, à la follicitation d'un homme
en place qui les fait faire ou les fait lui-même
pour fe louer impudemment ? Comptez que,
malgré fes talents prétendus en l'adminiftration,
votre futur prévôt des marchands eft un pauvre
adminiftrateur, un véritable colifichet, qui ne
s'occupe que de romans & de vers. Il vous fuffira,
pour vous en donner une idée, de vous raconter une

petite anecdote à ce sujet. M. le comte d'*Essuile*, économiste renommé pour ses projets patriotiques, dont il continue de s'occuper depuis près de vingt ans, étoit venu ici en conférer, de la part du ministere, avec M. de *Morfontaine*. Il y passa cinq jours, sans avoir jamais pu parler affaire avec lui, & partit regoulé de sa prose & de ses vers, dont le commissaire départi n'avoit cessé de l'ennuyer. Quant à ses fagots & à ses pommes de terre, il faudroit qu'il en fît une furieuse distribution pour dédommager la province de douze cents mille francs qu'il lui en a fait coûter pour se loger..... Ce dont monsieur *Necker* étoit furieux.... Voilà l'homme.... »

26 *Février*. Suivant ce qu'on écrit de l'Orient, il se répand dans ce port des *Observations du marquis de Vaudreuil*, dont l'objet est d'éclairer sa conduite dans l'affaire & les suites du 12 avril, & de disculper en général tous les accusés, pour entacher le comte de *Grasse*. Celui-ci a répondu à ces *Observations* très-bien, si l'on en croit ses partisans, puisqu'il combat ses adversaires, & le marquis de *Vaudreuil* lui-même, par leurs propres lettres ; qu'il les met en contradiction avec eux, & doit déposer sur le bureau ses originaux, si le conseil l'ordonne, de façon que tous les juges puissent les lire & connoître la vérité de ce qu'il avance.

26 *Février*. Relation de la séance publique de l'académie françoise, tenue aujourd'hui pour la réception de M. le comte de *Choiseul-Gouffier* & de M. *Bailly*.

Les brouhahas ordinaires qui précedent ces sortes de séances, ont été plus tumultueux encore à celle-ci, en raison du nombre plus considérable

de femmes , de jeunes feigneurs , & de perfonnages frivoles dont elle étoit remplie , cherchant
à fe dédommager de l'ennui d'une longue attente
par toutes les niaiseries possibles. Enfin l'assemblée
s'est formée , les candidats on paru & pris
place.

Vraisemblablement ils étoient convenus tous
deux d'omettre les anciennes formules ; car aucun
n'a fait mention du cardinal de *Richelieu* , du
chancelier *Séguier* , de *Louis* XIV , de *Louis* XV ;
mais ils n'ont point supprimé les fadeurs qui in-
fectent ordinairement ces discours , & ils se sont
passé tour-à-tour l'encensoir à qui mieux mieux.
Voilà uniquement ce qu'ils avoient de commun.
Du reste , chaque récipiendaire s'est renfermé dans
l'éloge de l'académicien son prédécesseur , ac-
compagné de quelques vues & digressions relatives.

M. de *Choiseul-Gouffier* , comme succédant à
M. d'*Alembert* , mort le premier , avoit une ample
matiere & s'y est étendu avec une complaisance
non moins verbeuse. Cependant, passant rapide-
ment sur le savant , il s'est fur-tout attaché au
littérateur , & dans son enthousiasme a sans doute
outré le mérite de cet académicien , mérite qui ,
aux yeux de la postérité , ainsi qu'à ceux des con-
temporains impartiaux , ne sera jamais que médiocre. Il a enrichi son éloge de plusieurs anecdotes propres à faire infiniment d'honneur au
héros. La mieux traitée , la plus neuve & la plus
intéressante , c'est celle où il n'a point dissimulé
l'illégitimité de la naissance de M. d'*Alembert* ,
malheureux enfant , sans parents , sans berceau , &
qui ne dut sa conservation qu'aux soins de la
femme d'un artisan , d'un vitrier. Le panégyriste

F 4

enveloppé le fait du voile qu'exigeoient le lieu & les circonftances, mais que les étrangers feront bien aifes de voir levé pour eux & d'apprendre dans fon intégrité.

M. d'*Alembert* étoit fils de Mad. de *Tencin* la chanoineffe, & du cardinal de *Tencin* fon frere, fuivant les uns, mais fuivant la verfion la plus reçue & la moins maligne, de M. D. *Pcacher-Canon*, militaire qui, en faifant expofer l'enfant, lui affigna en même temps une penfion de *1,200 l.* & donna dans un billet des renfeignements néceffaires pour la toucher à ceux qui en prendroient foin.

Lorfque M. d'*Alembert* eut acquis quelque célébrité, madame de *Tencin* voulut le reconnoître & le recueillir chez elle: il s'y refufa & refta conftamment chez la vitriere, où M. de *Choifeul* le peint méditant *Newton*, traduifant *Tacite*, analyfant *Montefquieu*, recevant les lettres des fouverains qui l'appelloient dans leurs Etats. C'eft par cette anecdote & le récit des vertus privées du défunt, honoré tout à la fois des regrets de ce que l'Europe a de plus illuftre dans tous les genres & de ceux des enfants d'un obfcur artifan, que M. de *Choifeul* a terminé fon difcours, très-purement, très-correctement écrit, élégant & fans maniere.

Le comte de *Treffan*, remplacé par M. *Bailly*, fans offrir un champ auffi vafte à l'éloquence de de fon fucceffeur, lui fournifloit pourtant des chofes précieufes qu'il n'a pas négligées. Mais malgré l'abondance du fujet, il s'en eft plus écarté & malheureufement a commis plufieurs héréfies en littérature, que les critiques ne manqueront pas de relever. Par exemple, il a renouvellé l'affertion

fi souvent démentie par les faits, qu'un auteur fe
peignoit néceffairement dans fes ouvrages, que
fon ftyle devoit avoir la trempe de fon ame. Quel
homme plus doux dans la fociété que *Crebillon* le
pere, & quel ftyle plus raboteux & plus dur? Quel
écrivain a mieux facrifié aux graces que *Sainte-
Foy*, & quel perfonnage plus ruftre, même pour
fes amis? Cette opinion erronée n'eft rien auprès
d'une autre plus extraordinaire, que le récipiendaire fur-tout n'auroit jamais dû fe permettre,
comme trop intéreffé à la foutenir. Du concours
de circonftances affez bizarres, fuivant lefquelles
les deux académiciens défunts étoient en même
temps de celle des fciences, ainfi que le récipiendaire & le directeur élu par le fort pour répondre,
M. *Bailly* a conclu que les fciences font fort utiles
aux lettres. Bien plus il a voulu donner à entendre que déformais on ne feroit point grand littérateur, fi s être en même temps méchanicien,
aftronome, géometre. Outre qu'on pourroit tout
uniment récufer le favant & lui dire: *Vous êtes
orfevre, Monfieur Joffe!* c'eft que les exemples
dont il fe prévaut, font contre lui, puifque les
trois confreres qu'il cite, & lui-même, fans doute
l'élite de l'académie des fciences en littérature, ne
font, ainfi qu'on l'a dit de M. d'*Alembert*, & qu'il
faut en convenir, que des hommes de lettres
d'une claffe inférieure & tout au plus du fecond
rang. Quoi qu'il en foit, au ridicule près de ce
paradoxe d'un amour-propre trop exalté, que
M. *Bailly* a pourtant foutenu avec efprit & vrai-
femblance, fon difcours eft excellent. Il y répand
fur le tombeau du comte de *Treffan* les fleurs
les plus convenables & les mieux afforties. Il en
peint les ouvrages,& le caractere de couleurs pla-

F 5

pres & vraies Son ftyle eft noble & ferme, & fent
le fujet vraiment académique.

M. le marquis de *Condorcet* a répondu, comme
directeur, aux deux difcours, & a varié fa maniere
ainfi que fes fujets. En parlant à M. de *Choifeul-
Gouffier*, fuccefleur de M. *d'Alembert*, il a été plus
difert, parce qu'il s'agiffoit de fon maître, de fon
ami, de fon bienfaiteur. Peur être auroit il mieux
fait de fe réferver la partie fcientifique de l'éloge
de fon héros, pour celui qu'il doit prononcer à
l'académie des fciences, & ne l'envifager que
fous les rapports relatifs au lieu, ne parler que de
fes ouvrages de litterature & fur-tout de fes
éloges d'académiciens qu'il a compofés. M. de
Condorcet n'a pas manqué de féliciter le récipiendaire fur l'honneur qu'il alloit avoir de repréfenter fon maître à la Porte; il a exhorté à faire
bien entendre à cette cour que déformais l'empire
Ottoman ne peut fubfifter, s'il n'abaiffe les bar-
rieres que fes fouverains ont trop long-temps
oppofées aux fciences & aux arts de l'Europe; affertion dont on pourroit relever la fauffeté par l'hiftoire. Affurément les *Soliman*, les *Bajazet*, les *Amu-
rat*, qui ont vaincu tous les peuples les plus éclai-
rés de la Grece & de l'Europe, ne commandoient
pas à des peuples plus inftruits que ceux d'aujour-
d'hui. Mais on veut dire du nouveau, & l'on
evar ce de brillantes abfurdités.

La réponfe à M. *Bailly* eft plus courte; elle n'eft
point imprégnée de ce fentiment de triftefle qui
convenoit à l'autre: le directeur ne s'y appefantit
fur rien & parcourt avec legéreté les différents
points de fa tàche, tels que l'énunération des
ouvrages qui ont rendu digne ce membre de
l'académie des fciences, de paffer dans le fanc-

tuaire de la littérature, tels que l'éloge du comte de *Treſſan* qu'il repreſente en bref, & comme courtiſan ſage, & comme littérateur exquis, & comme homme aimable de ſociété ; mais a la fin appuyant de plus fort ſur l'étrange paradoxe de ce double confrere, qu'il n'a pas moins d'intérêt que lui de ſoutenir, il change de ton, il prend de l'humeur & ſemble diſpoſé à ſe fâcher ſérieuſement contre quiconque ne ſeroit pas de ſon avis & oſeroit le contredire.

M. *Marmontel*, le nouveau ſecretaire de l'académie, a pris la parole après ces quatre diſcours, & a annoncé qu'un ami de M. *d'Alembert*, qui déſire n'être pas connu & que tout le monde a nommé ſur le champ (M. le marquis de *Condorcet*) avoit prié l'académie d'accepter une médaille d'or de 600 livres, à décerner comme prix extraordinaire au meilleur diſcours dont le ſujet ſera un *Eloge en proſe de M. d'Alembert.*

La ſéance a fini par la lecture que l'abbé de *Lille* a faite du premier chant du *poëme ſur l'imagination.* Le morceau dont il a fait part à l'aſſemblée, contenoit les caracteres des principaux poëtes épiques, variés comme leur ſtyle & leur maniere. Il y a de très-beaux vers qui ont été fort applaudis. Le poëte a adapté à la circonſtance l'épiſode du génie de la Grece, étonné de voir un ſavant françois le rechercher au milieu de ſes ruines : tout le monde a ſenti l'alluſion & a reconnu qu'il s'agiſſoit de M. de *Choiſeul-Gouffier* & de ſon *Voyage pittoreſque* ſi renommé.

M. de *Montgolfier*, dont on parle tant aujourd'hui, étoit à cette ſéance ; il a été claqué à toute outrance dès que le public l'a déterré dans la foule ; on l'a fait aſſeoir aux places deſtinées aux mem-

bres des deux académies des fciences & des belles-
lettres ; M. *Bailly* l'a célébré dans fon difcours,
& il a été de nouveau expofé aux regards, à
l'admiration & aux applaudiffements de l'affemblée.

27 Février. On parloit depuis long-temps d'un
chevalier de St. Louis qui, mandé chez M. le
lieutenant-général de police, pour fe fouftraire au
fupplice qu'il méritoit, & à l'ignominie qui en
devroit être la fuite, s'etoit donné plufieurs coups
d'épée chez ce magiftrat même. On doutoit encore du fait & de fes circonftances. On fait aujourd'hui qu'il n'y a rien de plus vrai, & l'aventure fait grand bruit dans le monde littéraire,
parce qu'elle a trait à une virtuofe.

Le chevalier de St. Louis eft M. de *Rome*, ancien gendarme de la garde, affez beau cavalier,
rempli d'efprit & de talents ; mais malheureufement
ayant dès fa plus tendre jeuneffe pris l'habitude
de mentir avec une impudence fans exemple. Il
eft devenu amoureux d'une demoifelle *Marie de
Morville*, fille de condition, favante, faifant des
romans, & connue par différents ouvrages. Quoique celle-ci fut laide, peu coquette en apparence,
& parût uniquement occupée de littérature ; quoique le cavalier paffât pour très-rangé, très-éco-
nome, très-ferré même, leurs affaires fe font trouvées dérangées : il faut que l'avarice fe foit emparé
de tous deux & les ait excité à s'enrichir aux dépens des autres. Preffés par leurs créanciers, M.
de *Rome* a imaginé de fabriquer un billet de cent-
mille écus à fon profit, figné de *la Borde*, l'ancien banquier de la cour, & l'a montré à quelques-uns pour les appaifer. L'un d'eux plus avifé
eft allé chez M. de *la Borde*, pour éclaircir le fait :

celui-ci alarmé, ayant pris tous les renseignements nécessaires, en a rendu compte à M. *le Noir*.
De-là la catastrophe sinistre de M. de *Rome*, qui
n'est pas mort de ses blessures, & commence même
aujourd'hui à se remontrer. Comme l'accusé n'avoit
heureusement point livré le billet à personne, on
croit que M. le lieutenant de police se l'est fait
remettre seulement & que l'affaire est assoupie.

Quant à mademoiselle *Matné de Morville*, on
ignore ce qu'elle est devenue; mais elle a montré
peu de tête en cette circonstance, & l'on juge qu'elle
entend mieux à composer des romans, qu'à les
mettre en action.

17 *Février.* Jusqu'ici M. de *serres de la Tour*,
le prudent rédacteur du *Courier de l'Europe*, avoit
évité adroitement de se compromettre avec Me.
Linguet, de le nommer même dans ses feuilles :
il mutiloit dans les lettres qu'on lui adressoit,
tout ce qui avoit rapport à lui, & connoissoit parfaitement cette maxime qu'un corsaire ne doit point
en attaquer un autre. Le successeur de M. *de la
Tour*, qui depuis le commencement de cette année
ne rédige plus le *Courier de l'Europe*, sans doute
n'a pas le même principe & la même crainte. On
a vu avec étonnement dans le numéro du mardi
17 février, la lettre d'un abonné, où celui-ci
plaisante avec de violens sarcasmes l'auteur des
annales de son singulier projet de donner une édition de *Voltaire* purgée de ses impuretés, à l'instar
des livres classiques; il appelle cela plaisamment
la *Capucinade de Voltaire*, & il propose à Me.
Linguet d'adopter ce titre, le plus juste qu'il puisse
choisir. On attribue cette facétie au sieur *Caron
de Beaumarchais*, qui craint peut-être que l'édition
de Me. *Linguet* ne fasse tort à la sienne. Quoi

qu'il en foit, on feroit bien aife de voir ce champion démalqué , & affaillir de front un adverfaire
auffi digne de lui. On attend avec impatience la
réponfe du journalifte, qui, fans doute, ne fera
pas auffi anodine que fon *profpectus*.

27 *Février*. Le fieur *Merlincourt*, ce prifonnier
dont il a été queftion l'année derniere, eft libre
enfin. On lui a même reftitué une penfion de 400 liv.
qu'il avoit : il a été délivré avant la rentrée du
parlement , & malgré les réponfes du roi à cet
égard , la compagnie ne doute pas que cet acte de
clémence, quoiqu'il ait paru venir du propre mouvement du roi, ne doive s'attribuer à la conftance
de fa réclamation. Il n'en eft pas de même de M.
de *Mions*; il femble que plus le parlement fait des
inftances en fa faveur, plus le monarque croit
devoir prolonger la punition.

28 *Février*. Quoique l'églife foit fort aife de
voir les fpectacles concourir à la feconder pour
fecourir les pauvres par des repréfentations à leur
profit, cependant elle ne veut pas que les curés
touchent immédiatement cet argent des mains des
hiftrions; il faut qu'il fe purifie d'abord en quelque forte en paffant par les mains de M. le lieutenant-général de police. Quoi qu'il en foit, un
plaifant a faifi cet événement, a mis faint Au-
guftin en jeu, & lui a fait adreffer aux comédiens
italiens l'épître fuivante, très - ingénieufe, datée
du 20 février:

> Salut à la troupe italique
> De ce comité catholique ,
> Dont le cœur loyal s'attendrit
> Sur la calamité publique ;

C'eſt le fils de ſainte *Monique*,
C'eſt *Auguſtin* qui vous écrit !
Oui, mes amis, par cette épître
J'abjure maint & maint chapitre,
Où j'ai frondé votre métier
Comme un tant ſoit peu diabolique.
Votre tendreſſe apoſtolique
Vient de nous réconcilier.
Tout homme au cœur dur, inflexible,
Devant Dieu, voilà le païen ;
Mais quiconque a l'ame ſenſible,
Fût–il un Turc, eſt un Chrétien.
Jadis en prêchant chez *Valere*
Je tenois à des préjugés ;
Depuis nous avons lu *Voltaire*,
Voltaire nous a bien changés ;
Ni moi, ni le curé d'Hyppone
Nous n'avons plus damné perſonne.
Tel arrêt n'eſt point fraternel,
Et ſans vouloir imiter Rome
Nous laiſſons bonnement au ciel
Le droit de diſpoſer de l'homme.
Oui, ſans être garant de rien,
Je croirois qu'un comédien
Riſque, s'il eſt homme de bien,
D'être ſauvé tout comme un autre.
Un mime en face d'un apôtre,
C'eſt un ſcandale, dira-t-on ;
Saint *Paul* à côté de *Roſiere*,
Trial vis-à-vis de Saint *Pierre*
Et bienheureuſe *Dugazon*

Aux pieds d'un diacre ou d'un Vicaire ,
Le paradis feroit bouffon.
Tant pis pour qui s'en fcandalife.
Allez au ciel par vos vertus,
Et laiff-z clabauder l'églife.
Oui , malgré Rome & fes abus.
Vous êtes au rang des élus
Quand le pauvre vous canonife.

28 *Février*. Le parlement ne lâche point prife
& attend inceffamment une réponfe due à fes ité-
ratives remontrances fur les évocations & fur-tout
fur l'affaire des quinze - vingts. Le fcandale de
cette maifon excite de plus fon zele ; on y donne
des bals & c'eft le réceptacle de toutes les catins
de Paris.

28 *Février*. Il y a fix femaines environ que le
fieur d'*Azincourt*, dans une affemblée des comédiens françois, propofa de donner une repréfentation au profit des pauvres : fes camarades reçurent très mal fon idée ; ils lui dirent que l'hiver
n'étoit pas affez favorable pour eux , qu'ils étoient
les premiers pauvres & qu'il falloit commencer
par fonger à foi. Depuis que les Italiens ont réalifé cet acte de bienfaifance , il ont rougi de fe
voir donner l'exemple par une troupe qu'ils mé-
prifent, & ils cherchent toutes fortes de tournures
pour s'en attribuer l'imagination ; mais perfonne
n'en eft la dupe, & ils auroient mieux fait d'imiter ceux - ci & de renoncer à une vaine gloriole.

Le fieur *Larive*, dit-on , avoit feul accédé à
l'avis ouvert par le fieur d'*Azincourt*.

28 *Février*. Meffieurs d'*Ormeffon*, coufins-ger-
mains , étoient inftitués légataires univerfels de

M. de *Rofemadec* , dont la fucceffion eft éva-
luée à 1,500,000 livres. Ils ont eu la généro-
fité de la renvoyer aux véritables héritiers , dont
eft le comte de *Bruc* , qui les a célébrés dans
des vers affez mauvais , mais faifant honneur à
fon cœur. Cette conduite , compaiée à celle de
M. de *Nicolaï* le vieux , captant au contraire la
fucceffion du tréforier de la chambre des comptes ,
au préjudice de la fœur du défunt , dont il rou-
giffoit même enfuite de porter le deuil , rappelle
une anecdote bien déshonorante pour ce glorieux
perfonnage.

29 *Février.* Depuis que *le Mariage de Figaro*
a été joué chez M. de *Vaudreuil* , le fieur de
Beaumarchais ne ceffe d'intriguer afin de faire
lever la défenfe du roi. Derniérement , après avoir
trouvé un cenfeur affez fot ou affez complaifant
pour l'approuver , il en a fait lecture à M. le
baron de *Breteuil* , qui lui a dit : « Mais je crois
» que votre comédie pourroit fe jouer dans cet
» état. » Le fieur de *Beaumarchais* eft parti de-
là , eft venu trouver les comédiens , leur a fait
part de fa converfation avec le miniftre & les a
flattés que la défenfe feroit levée. Les comédiens
fe font toujours provifoirement recordés fur l'ouvrage , qu'ils ont répété le lundi & le mardi-gras.
Le bruit général étoit qu'il feroit joué famedi.
M. le lieutenant-général de police inftruit de la
rumeur , a mandé & l'auteur & les comédiens , &
en préfence de beaucoup de témoins a vertement
réprimandé le fieur de *Beaumarchais* d'avoir ofé
fe prévaloir d'un mot de complaifance du miniftre
contre un ordre formel de fa majefté. Cette cor-
rection a été vive , humiliante & fans réplique de
la part du fieur de *Beaumarchais* , qui ne répon-

doit aux reproches du magiſtrat que par de pro-
fondes révérences.

Quant aux comédiens, M. *le Noir* leur a fait
ſentir leur bonhomie, de s'être laiſſé leurrer par
un homme connu pour ſes menſonges & ſon impudence, par un homme leur plus redoutable ennemi, qui avoit fait les plus grands efforts contre
eux dans les aſſemblées de ſon bureau de légiſla-
tion dramatique, dont l'objet principal étoit
ſur-tout d'ériger une ſeconde troupe, une troupe
rivale.

Le ſieur de *Beaumarchais* avoit d'abord imaginé une tournure plus adroite d'éluder les défenſes; il avoit propoſé aux comédiens de jouer
ſon *Mariage de Figaro* au profit des pauvres, afin
que cette piece ſi immorale pût au moins avoir
un objet de bienfaiſance. Les comédiens lui avoient
répondu qu'il avoit été gagné de primauté par
M. de *la Harpe*, & que ce feroit la premiere
repréſentation de ſon *Coriolan*, qui auroit lieu ce
jour-là. Le ſoir, la comédie reçut une lettre anonyme, pleine d'injures & de farcaſmes ſur le refus
qu'ils avoient fait, & l'on ne doute pas que ce
pamphlet ne vînt de la part du ſieur de *Beaumarchais*.

29 Février. Il court depuis la fin de l'année
des noëls dans le goût de ceux qui ont paru
déjà pluſieurs fois. Ceux-ci, à toutes les calomnies reſſaſſées déjà vingt fois contre les per-
ſonnages les plus auguſtes, joignent une platitude rare. L'ane y joue un grand rôle, & l'on
n'eſt pas ſurpris, en les liſant, du foible que le
poëte ſemble avoir pour cet animal. Un ſeul couplet, de treize dont eſt compoſé le noël, a quelque gaieté. D'ailleurs il eſt fondé, ſinon ſur une

vérité bien conftante , au moins fur une tradition
de la cour très accréditée. Le voici :

> La feconde fultane
> Dit , en hauffant le ton ,
> Je m'appelle Diane ,
> Je fuis chafte de nom.
> Je réclame en ces lieux
> L'honneur de vierge & mere ;
> Car je fuis fille , Dieu merci ;
> J'accouchai plufieurs fois auffi :
> Et cela fans myftere.

29 Février. M. *Hérault* eft un avocat du roi
au Châtelet, dont il a déjà été queftion comme
d'un homme de lettres. Il a en outre les qualités
de l'homme aimable & du magiftrat. I eft parent
proche de Mad. la ducheffe de *Polignac.* Ces jours
derniers il fe trouva chez elle comme la reine y
venoit. Il refta , fuivant l'ordre de S. M. qui ne
veut pas qu'on faffe attention à elle & veut jouir
de toute la liberté de la fociété. Il parla très bien
& de façon à intéreffer S. M. Quand il fut forti ,
la reine demanda quel il étoit ? Mad. de *Polignac*
lui ayant appris que c'étoit fon neveu, la reine lui
dit qu'avec le talent qu'il montroit , il falloit lui
faire faire le plus grand chemin. En conféquence ,
elle a obtenu du roi que M. *Hérault* auroit la
premiere place d'avocat-général vacante au parlement.

1 Mars 1784. L'expérience de M. *Blanchard* eft
décidément fixée au mardi deux mars. Elle aura
lieu dans le champ de Mars , & toutes les précautions font prifes pour établir le bon ordre & la libre

circulation des voitures , de maniere à empêcher
les accidents.

C'est dom *Pech* , religieux bénédictin de Saint-
Martin des Champs, physicien estimé & enthou-
siaste des ballons, qui doit monter & voguer avec
M. *Blanchard*. Suivant le bruit général , il paroît
que ce religieux a eu beaucoup de peine à obtenir
la permission de ses supérieurs : & l'église en général voit avec inquiétude un de ses enfants concourir à cette œuvre diabolique , puisqu'elle ten-
droit à anéantir les miracles les plus extraordinaires, tels que l'Ascension de Jesus Christ , &c.

Au reste , dom *Pech* est un petit homme maigre , fluet , & qui sera bien le pendant de monsieur
Blanchard.

1 *Mars.* Le concours des acheteurs ne diminue
point à la vente de la bibliotheque du duc de
la Valliere; il augmente plutôt. Après celle
des livres rares se montant seule à 5,668 articles
& qu'on estime devoir durer jusqu'au mois de mai,
on donnera le catalogue des autres livres, qui
excédera 26,000 articles. Ce bréviaire de *Salisbury*
dont on a parlé déjà comme vendu cinq mille liv. ,
mérite plus de détails. Il a pour titre *breviarium
secundum usum sacrum , sive ecclesiæ salisberiensis.*
Il est sur vélin de sept cents douze feuillets in-
quarto, orné de beaucoup de miniatures d'un fini
parfait. Ce bréviaire fut exécuté par les ordres du
duc de *Bedfort*, régent de France, lors de l'invasion des Anglois. La mort de ce duc, arrivée
à Rouen en 1435, empêcha qu'il ne fût terminé.
On y trouve plusieurs notes chronologiques intéressantes sur l'histoire du temps. Il a été acheté
pour la bibliotheque du roi.

Virgilii opera , *Roma* 1469, quoique ce ne soit

qu'un petit in-folio de 191 feuillets, a monté à
4,200 liv.

On recherche beaucoup le catalogue de cette
bibliotheque ; il deviendra infiniment précieux, &
doit fervir à corriger bien des erreurs & omiffions
de la *bibliographie inftructive* du fieur de *Bure*.

1 *Mars*. Le confeil de guerre de l'Orient commence à prendre couleur, & l'on donne comme
certain dix décrets d'ajournement perfonnel qu'il
a enfin lancés le 17 février dernier.

1 *Mars*. Mlle. *Audinot*, une des doubles pour
le chant du théâtre lyrique, a imité en petit
l'exemple du comte d'*Arci* : elle a réclamé le nom
& l'état de fille légitime du fieur *Audinot*, directeur du fpectacle forain intitulé *l'ambigu-co-
mique*. C'eft la dame *Gardel* fa fœur qui lui con-
teftoit fes qualités : elle a gagné, & acquiert ainfi
des droits non-feulement à la fucceffion de fon
pere, mais à celle de cette fœur dénaturée qui n'a
point d'enfants. On conçoit que ce procès a pu
donner lieu aux avocats de s'égayer dans leurs
factums : les amateurs du théâtre lyrique fe font
réjouis du triomphe de Mlle. *Audinot*, joli fujet
en général, très aimé du public.

2 *Mars*. On a rapporté il y a deux ans le peu
de fuccès de M. *Blanchard*, qui tentoit par la
méchanique ce que M. de *Montgolfier* a depuis
obtenu de la chimie ; il prétend aujourd'hui que
fes tentatives n'avoient pas été tout-à-fait infruc-
tueufes ; qu'il étoit même parvenu à quitter le
fol, mais il convient que pour obtenir une afcenfion de vingt pieds, il lui avoit fallu employer
un contrepoids de fix livres & une manœuvre
pénible. Il étoit donc occupé à chercher de meilleurs moyens, lorfque *l'aéroftat* eft venu à fon
fecours.

Son projet étoit aujourd'hui, une fois élevé en l'air avec Dom *Pech*, s'ils en fentoient la poffibilité, de couper les cordes du ballon, de le laiffer aller où il voudroit, & de manœuvrer en liberté à l'aide feulement de leurs ailes, de leur gouvernail, & n'ayant au-deffus d'eux qu'un vafte parafol capable de rallentir leur chûte, fi elle arrivoit. Des incidents qui ne font nullement prévenus de la faute des voyageurs, les ont empéchés d'exécuter ce projet dans toute fon étendue; mais M. *Blanchard* en a affez fait pour prouver l'excellence de fa méthode & la poffibilité de fon exécution.

2 *Mars.* L'opéra a joué hier *caftor & Pollux* au profit des pauvres. Cet ouvrage a été remis après une ou deux répétitions feulement; auffi a-t-il été fort mal exécuté, quoiqu'en difent les journaux, toujours louangeurs en pareil cas.

La garde militaire a refufé, ainfi qu'aux Italiens, fa folde & a fait le fervice *gratis*. La recette a été de onze mille cinq cents foixante-fept liv. dix fous.

2 *Mars.* M. de *Mouhy*, auteur de différents romans, des tablettes dramatiques, &c. vient de mourir dans un age avancé. On voit dans l'énumération de fes qualités en fon billet d'enterrement, qu'il étoit *chevalier titré par le roi*.

3 *Mars.* Hier M. *Blanchard*, jaloux de tenir fa parole envers le public même quant à l'heure, fe difpofoit à partir à midi, & il étoit déjà embarqué avec dom *Pech*, lorfqu'un éleve de l'école militaire, nommé *Dupont*, qui avoit fait avec fes camarades le pari de monter dans le bateau volant, a réalifé les extravagances qu'on a racontées de Lyon en pareil cas : il s'eft précipité dans la gondole, l'épée nue à la main, & a voulu partir avec ces

meffieurs. Furieux d'être rejeté, il a brifé le parafol,
les ailes, & les a laiffés hors d'état de fervir ; il a
même bleffé à la main M. *Blanchard* : il a fallu
l'arrêter & le conduire en prifon. Dom *Pech* voyant
alors qu'il devenoit inutile, puifque le voyage ne
pouvoit s'exécuter que fuivant la méthode de
M. *Charles*, eft redefcendu. M. *Blanchard* refté
feul n'en eft pas moins parti vers midi, & à l'aide
de fon feul gouvernail a fait réellement des évolutions, eft allé & revenu ; il a paffé & repaffé la
riviere & a même navigué contre le vent. Il eft
defcendu vers les deux heures fur le chemin de
Verfailles, près la verrerie de Séves, à très·peu
de diftance de la Seine. On ne peut rendre tout
ce que la jaloufie & l'envie ont débité à ce fujet
pour affoiblir le mérite de M. *Blanchard*, & atté-
nuer fon expérience, dans fon imperfection préférable encore à celle de M. *Charles*, puifqu'il a
montré un moyen de direction & fait faire un pas
de plus à la fcience de la navigation aérienne.

3 *Mars.* La premiere repréfentation de *Coriolan*
a été fort bien accueillie hier du public brillant
& nombreux qui compofoit l'affemblée. M. de *la
Harpe* n'ignorant pas que ce fujet traité déjà fouvent n'avoit point réuffi, l'a pris d'une maniere
différente : il s'eft donné plus de marge : mais il
en réfulte en même temps des défauts fenfibles,
qui heureufement n'ont pas fait de tort à fa tragédie. On a demandé l'auteur à la fin. On ne
croyoit pas qu'il parût ; on penfoit du moins qu'il
imiteroit M. *Ducis*, fon confrere l'académicien,
& qu'il fe montreroit feulement dans une loge ;
mais il s'eft laiffé amener fur le théâtre par un
comédien & a eu l'humiliation de voir le fieur
Larive, qui a joué fupérieurement le rôle de

Coriolan, demandé à plus grands cris encore, &
reçu d'une façon non moins flatteuse.

Madame *Vestris* a reparu pour la premiere fois
depuis son démêlé avec Mlle. *Sainval* dans cette
piece, où elle joue le rôle de *Veturie*, la mere de
Coriolan. Elle a été, dès qu'elle s'est montrée,
généralement applaudie. Cependant un coup de
sifflet lâché par un polisson de l'assemblée, a
détruit toute la sensation délicieuse que devoit lui
causer la satisfaction générale ; elle s'est trouvée
mal dans l'entr'acte, & n'a continué & fini son
rôle qu'avec beaucoup de peine.

4 *Mars.* Extrait d'une lettre de Montargis, du
premier mars.... C'est M. de *Lisle*, directeur de
la superbe manufacture de papier établie à l'Anglée,
près cette ville, qui a fait fabriquer le papier
d'herbe dont vous avez eu un échantillon :
il espere, dès que la saison le permettra, recommencer ses opérations, & donner à ce papier
toute la flexibilité, la solidité, le lisse & la blan-
cheur du plus beau papier à lettre.

M. de *Marennes*, receveur des finances de cette
ville, a envoyé à madame *Blondel*, la femme de
l'intendant du commerce qui a les papeteries dans
son département, le madrigal suivant, écrit sur
une feuille de ce papier d'herbe :

Quel bonheur, bergers amoureux :
Vous devez goûter à décrire,
Sur ce gazon voluptueux
Les transports qu'Amour vous inspire.
Ce Dieu lui-même imagina
Ce papier qu'il déposera
Dans les archives de Cythere.

Sous

Sous ses yeux on y tracera
L'art d'aimer, l'art heureux de plaire ;
Et tous les vœux des cœurs constants :
Tendres bergeres, vos amants
N'oseront plus être volages ;
L'autel qui reçut leurs hommages,
Eternisera leurs serments.

4 Mars. Au 16 février dernier on a arrêté le produit de la vente de la bibliotheque du duc de *la valliere* ; il n'y avoit eu encore que trente vacations , & elles avoient déjà rendu 200,000 liv. : il doit y avoir quatre-vingt-dix vacations. Les livres qui composent cette bibliotheque devant aller à 600,000 livres , suivant cette proportion , mais dont on réduit le total toujours à 500,000 liv. n'avoient peut-être pas coûté au propriétaire la moitié de cette somme.

5 Mars. Les grosses eaux qui ont succédé aux gelées , ont empéché l'arrivée du bois par la riviere ; en sorte que les commissaires du roi ont annoncé en exécution de l'arrêt du conseil du 15 février , une prime pour les approvisionnements de cette marchandise , & il a été rendu un arrêt du conseil en date du premier mars, qui proroge de dix jours seulement l'espace fixé à quinze pour exiger l'impôt de six livres d'augmentation sur chaque voie de bois.

5 Mars. Ce qui a sur-tout affligé madame *vestris* avant-hier, c'est la comparaison que son amour propre a faite de son retour avec celui de Mlle. *Sainval*, dont le triomphe, en reparoissant le samedi 28 dans le rôle de *Bérénice*, n'a été mélé d'aucune amertume, d'aucun sifflet, & ce-

Tome XXV.   G

pendant ce parallele même tourne à l'avantage
de Mad. *Vejris*, qui n'a point eu la baffeffe
d'employer un moyen auffi vil & auffi facile d'hu-
milier fa rivale. L'intérêt qu'ont pris à l'inftant
à fon état les plus grands perfonnages, M. le
duc d'*Orléans*, Mad. de *Monteffon*, M. le comte
d'*Angiviller*, Mad. la ducheffe de *Villeroy* & vingt
autres de cette efpece, auroit bien dû la raffurer;
un coup de fifflet parti depuis encore, a détruit
tout l'effet des confolations; elle en eft vraiment
malade, & l'on ne fait fi elle fera en état de
jouer famedi à la feconde repréfentation.

5 *Mars.* Une anecdote finguliere arrivée mardi
2, à l'affemblée publique de la fociété royale
de médecine, mérite qu'on en faffe mention: un des
vainqueurs du prix s'eft trouvé être M. *Thomas
Olliff*, médecin anglois. L'épigraphe de fon mémoire a frappé; quel étonnement d'y lire un dif-
tique latin à la gloire du roi de France! éloge
non fufpect d'adulation dans la bouche d'un étranger & d'un Anglois; il portoit:

Hæc ego; dum felix nimium tu Gallia, regem,
Pacis habes legumque & libertatis amicum.

On les a traduits par le quatrain fuivant s

J'écrivois ce mémoire au temps où trop heureufe,
   La France vivoit fous un roi,
   Ami d'une paix glorieufe,
   De la liberté de la loi.

6 *Mars.* M. de *la Harpe* fait remonter l'action de
fa tragédie jufqu'au temps où *Coriolan* eft cité

devant le peuple ; mais cette époque historique
embrassant une période de plusieurs années, il
couroit risque qu'on lui reprochât justement de
pécher contre les trois unités. Il a imaginé d'é-
viter ce triple défaut par une licence dramatique
dont il y a mille exemples ; il a supposé que Rome
étoit déjà assiégée au moment de l'exil du héros,
& que les Volsques étoient aux portes de la ville.
Ainsi son exil, son admission chez les ennemis,
la défaite des Romains se trouvent ne plus faire
en quelque sorte qu'un seul fait ; le tout a pu se
passer dans la même journée, & le territoire de
Rome est le lieu unique dans lequel l'action soit
circonscrite. Alors voici comme la piece se trouve
naturellement partagée.

Au premier acte, exposition des griefs du peuple romain contre *Coriolan* ; refus de celui-ci de
comparoître devant le peuple où il est cité ; un
sénateur, son ami, cherche en vain à excuser la
complaisance du sénat, & à déterminer ce pa-
tricien à souscrire au décret de son ordre. La mere
seule de *Coriolan* qui intervient, peut obtenir de
lui qu'il obéisse.

Le second acte, très-court roule uniquement
sur l'exil de *Coriolan* ; il se soustrait aux conseils
de son ami & de sa mere, & par des réticences
douloureuses annonce qu'il médite un projet sinistre.

Son admission chez les Volsques remplit tout
entier le troisieme acte : *Tullus*, le général ennemi, se résout à suivre l'avis que donne *Coriolan*,
de ne point laisser respirer les Romains, les attaquer au moment même. Il veut partager son
commandement avec l'étranger, & le regarde
comme son égal.

G 2

Au quatrieme acte, la victoire est remportée, & la destinée de Rome ne tient plus qu'à la destinée de *Tullus*, faché de la confiance que les soldats ont prise dans le Romain. *Volumnius*, l'ami de l'exilé, arrive pour lui demander la paix. *Tullus* en laisse *Coriolan* le maître; mais celui-ci ne respirant que la vengeance, prescrit des conditions si dures, que l'ambassadeur s'y refuse: cependant il ne désespere pas de réussir; il lui vient une heureuse idée qu'il court exécuter.

Arrivée de *Véturie* dans le cinquieme acte: la tendresse maternelle triomphe de la haine de son fils contre ses ingrats compatriotes: il lui promet de déterminer les Volsques à une paix honorable, ou de les quitter. Il se rend à leur conseil pour les y engager. Cet avis de la part de *Coriolan*, donne prise à la jalousie de *Tullus*, qui profite de l'indignation de l'assemblée pour faire regarder *Coriolan* comme un traître & le faire massacrer. La mere se console de la mort de son fils par le salut de la patrie.

Les deux défauts principaux de la maniere dont M. de *la Harpe* a étendu son sujet, sont d'avoir affoibli les caracteres de son héros & de *Tullus*; les plus saillants de la piece: le premier, en ce qu'on ne peut approuver le passage trop brusque d'une haine profonde & motivée à la pitié qui succede dans le cœur de *Coriolan*, très-naturelle au contraire, lorsque son ressentiment, affoibli par le temps, par les dégoûts qu'il a éprouvés, par cet amour de la patrie qui survivoit toujours dans le cœur républicain aux plus fortes injustices, par le repentir qui doit enfin naître chez ce vertueux personnage; il entend les supplications, il voit couler les larmes d'une mere. Dans le second, en ce que le spectateur, touché de la magnanimité avec laquelle il a reçu un ennemi proscrit, est fâché de voir que *Tullus* se laisse gagner si promptement par la jalousie & dans la même journée en vienne à l'excès monstrueux de faire assassiner ce héros.

Malgré ces défauts & plusieurs autres qui entraîneroient une trop longue discussion, la piece plaît par sa simplicité, par son austérité dans la maniere dont elle est traitée, par la netteté du plan, la rapidité de la marche, & sur-tout par une diction pure, noble, harmonieuse, où se trouve joint l'élégance à l'énergie.

6 Mars. Depuis la bibliotheque des dames & les couplets, il paroît de *petites affiches* sur la cour qu'on dit très-plaisantes. On les attribue au vicomte de *Ségur*, fils du ministre. C'est un facétieux personnage, dont on a déjà une épître originale à la culotte du vicomte de *Noailles*, lorsqu'il partoit pour l'*Amérique*, & qu'il envoya à madame la vicomtesse de *Noailles*, qui est une dévote.

6 Mars. Les parents & amis du sieur *Radix de Sainte-Foix* avoient obtenu en sa faveur des *lettres d'extinction*, tournure qu'on avoit prise pour qu'il ne restât pas même entaché; mais le parlement a refusé de les enrégistrer, ne connoissant que les *lettres d'abolition* : il paroît que le roi ne l'a pas trouvé mauvais.

7 Mars. Extrait d'une lettre de *l'Orient*, du 3 mars.... L'affaire du conseil de guerre se complique de plus en plus. Elle remonte jusqu'à la prise du *Zélé*. Il est bien vrai que lorsqu'il en fut question dans le principe, M. de *Brugnon* s'y opposa sous prétexte que le conseil ne devoit s'occuper que des accusations du comte de *Grasse* contre ses matelots & contre le refus d'obéir à ses signaux. La chose resta en suspens ; la pluralité des voix ayant été contre le président, on en écrivit en cour, afin de prendre les ordres du Roi. Le marquis de *Castries* fit ce qu'il put pour engager sa majesté à restreindre l'examen ; mais elle laissa la chose à décider au conseil de guerre, qui s'en occupe & n'a pas encore prononcé.

M. de *Vaudreuil* se trouve embarrassé, parce qu'il ne peut plus nier de n'avoir pas vu le signal du comte de *Grasse*, puisque M. *Albert de Rioms*, le chef de file de l'avant-garde que commandoit M. de *Vaudreuil*, l'avoit si bien vu, qu'il s'étoit mis en fonction de le suivre, & se trouva ainsi fort séparé de l'avant-garde : voyant que personne ne le suivoit, il changea sa manœuvre & revint.

M. de *Grasse* a toute la marine contre lui, parce que dans ses premieres lettres il s'est plaint de toute la marine ; depuis il a voulu n'inculper personne, mais on lui objecte ses lettres en contradiction avec lui même.

Il paroît qu'ils sont tous coupables. M. de *Vaudreuil* & M. de *Bougainville* de n'avoir pas obéi aux signaux, les matelots d'avoir quitté le commandant, & le commandant de s'être rendu en bon état ; en vain se prévaut-il du témoignage du comte d'*Olivaro* qui n'étoit que spectateur dans le vaisseau, on a le témoignage du commandant des troupes qui est accablant.

Le 17 février, MM. d'*Arros*, de *Mithon*, de *Gouzillon*, de *Bougainville*, le comte d'*Amblimont*, d'*Albert de Rioms*, de *Roquart*, de *Suzannet*, le baron de *Paroy* & le vicomte d'*Aché*, comme accusés d'avoir manqué à leur devoir, ont été décrétés d'ajournement personnel.

Les autres accusés au nombre de 56 ou 57, assignés pour être ouïs.

7 *Mars.* Quoique le journal de Paris continue d'annoncer que la discussion élevée entre les deux actrices est terminée, en ce que la Dlle. *Saimval* a écrit à sa société qu'elle se désistoit de ses prétentions & qu'elle consentoit à rester à sa place de double, & que la dame *Vestris* de son côté, en persistant dans le dessein de renoncer à ses droits, comme ancienne, est toujours disposée à faire tout ce que le public exigera; les deux rivales n'en sont pas plus réconciliées; on en peut juger par les coups de sifflet partis le jour de la première représentation de *Caribdon*; la dame *Vestris* en est encore malade, & n'a pu jouer hier, c'est la Dlle *Thénard* qui l'a doublée.

D'ailleurs le procès en diffamation intenté par la demoiselle *Saimval* subsiste toujours; il est arrêté seulement par les défenses qui continuent à la dame *Vestris* de faire paroître sa réplique toute prête, dont sont très contents ceux qui l'ont lue. En attendant qu'elle ait cette liberté, elle communique la lettre à Mlle. *Clairon*, & l'on en voit des copies dans les cercles.

7 *Mars* M. le comte de *Lamerville*, dont il a été beaucoup question il y a deux ans, qui avoit excité la jalousie de M. de *Fleury*, & subi la peine de l'exil; qui avoit eu sous M. *d'Ormesson* quelque lueur d'espérance de voir exécuter son projet, en désespère aujourd'hui. Les *Polignac*, les *Noailles*, le comte de *Vergennes*, qui le portoient, se sont refroidis à son égard, & M. de *Calonne* paroît n'en faire aucun cas. Il se retranche

aujourd'hui à demander une indemnité qu'il éva-
lue à 200,000 liv. Comme M. le contrôleur-général n'a garde d'écouter ses prétentions, ce spé-
culateur économiste a écrit au roi directement:
il se prévaut de la conférence qu'il a eue avec
sa majesté & de son approbation, pour se regarder
comme autorisé à demander une récompense.

8 *Mars*. M. *Rochon de Chabannes*, lorsque le
sieur de *Beaumarchais* a fait courir le bruit qu'il
avoit la permission de faire jouer son *Mariage de
Figaro*, n'avoit point voulu se prévaloir de son
droit d'ancienneté; il s'est retiré prudemment pour
ne pas se trouver dans tout le brouhaha qu'excite
ordinairement ce bruyant personnage. Depuis que
le sieur de *Beaumarchais* est de nouveau arrêté,
les comédiens se sont rapprochés de M. *Rochon*,
& l'ont engagé à ne point différer la jouissance
du public; il s'est rendu à leurs instances, & la pièce
doit avoir lieu incessamment sous le titre du *Jaloux*.

8 *Mars*. Il paroît que le parlement a fait des
remontrances séparées sur chacun des objets d'évocation dont on a parlé dans le temps. On voit
aujourd'hui imprimées des *remontrances arrêtées aux chambres assemblées le mardi 10 février 1784*. Celles-ci concernent l'évocation faite
par le roi de l'appel des bénédictins opposants
à l'assemblée de *Saint-Denis*, tenue en septembre
dernier.

Dans ces remontrances très-bien faites, courtes,
précises & fondées sur une logique lumineuse &
très-irrésistible, on démontre l'illégalité de tout
ce qui s'est fait à *Saint-Denis*; on peint énergi-
quement les maux qui en résultent dans la congrégation; on en dévoile les auteurs dans ces

prélats, membres d'une commiffion dont le but eft moins de réformer que de détruire.

Le parlement attaque cette commiffion même, il la dénonce à fa majefté comme irréguliere, & lui déclare qu'il la pourfuivra jufqu'à fa deftruction, avec tout le zele qu'exigent les entreprifes de ce tribunal monftrueux, & que lui prefcrit fon devoir.

8 *Mars*. Extrait d'une lettre de Dijon, du 1 mars... Je n'ai pas encore pu me procurer la chanfon que vous me demandez. Elle eft en treize couplets & fur l'air *changez-nous cette tête* : elle fait le portrait de tous les juges de M. de *Lally*, & ne peint pas en beau ceux qui ont opiné contre lui. On l'attribue à quelque partifan du comte de *Tollendal*, ou peut-être à lui-même. Elle a beaucoup de fel pour ceux qui connoiffent ces meffieurs; mais il eft plus aifé de la trouver ailleurs qu'ici, parce qu'on craint le parlement, & l'on ne veut pas fe faire d'affaire avec lui...

8 *Mars*. Il eft des malins qui profitent toujours des circonftances pour rire & lancer quelques farcafines; celle de *Coriolan*, jouée au profit des pauvres, a produit ce quatrain :

> Pour les pauvres la comédie
> Donne une pauvre tragédie ;
> C'eft bien le cas, en vérité,
> De l'applaudir par charité.

8 *Mars*. Voici la lettre de Mlle. *Clairon* à madame *Vestris*, telle qu'elle fe communique dans le public.

« J'ai reçu, Madame, la lettre que vous m'avez adreffée ; elle augmente mon profond mépris pour

G 5

Mlle. *sainval* & son talent prétendu. J'approuve fort le parti que vous prenez toutes deux de vous faire connoître. Vous ne pouvez, Madame, qu'y gagner. Démasquez hardiment la fausseté, méchanceté du caractere de votre rivale ; ramenez à vous par votre franchise, par votre désintéressement, par la noblesse de vos procédés, ce public, souvent injuste, parce qu'il est souvent prévenu, mais toujours équitable quand on l'éclaire. Voilà pourquoi il faut nécessairement l'instruire, il faut porter à son tribunal les contestations par des mémoires imprimés qu'on ne sauroit répandre avec trop de profusion.

» Au reste, je vois avec douleur que votre société dramatique à laquelle je n'ai point cessé de m'intéresser, est plus que jamais dans l'anarchie & la dissention. En vain j'ai cherché autrefois à lui donner de la dignité & de la consistance ; j'ai succombé sous mes efforts ; j'ai été jalousée, persécutée, & les tracasseries de Mlle. *Dubois*, pareilles à celles que vous éprouvez aujourd'hui, m'ont forcé de renoncer au théâtre. Et cependant nous avions alors parmi nous ce *le Kain*, ce défenseur zélé des loix de la comédie. Depuis, elle n'a fait que dégénerer davantage : on vous a dépouillés de toute propriété ; vous n'avez plus en quelque sorte ni feu, ni lieu ; votre état est absolument précaire ; vos assemblées, vos délibérations sont versatiles comme la volonté des chefs, parce qu'il n'est personne parmi vous qui ait assez de génie & de courage pour soutenir vos intérêts & vos droits. Seroit-ce votre doyen *Preville*, ce barbouilleur qui parle, parle toujours sans savoir ce qu'il dit, qui s'emporte comme un furieux, & n'a pas plus de bon sens dans ses fougues que

dans fon fang froid : Seroit-ce *Brizard*, dont toute
la candeur refide fur fa figure, dont l'avarice eft la
paffion dominante, qui n'aime que l'argent, &
trahiroit fes camarades & lui-même pour un écu?
Molé eft un joli acteur, brillant, fémillant dans
vos comités comme fur la fcene; il n'y a pas plus
d'affiette & de folidité; il ne fait ce que c'eft que
d'avoir un avis à foi, & fe laiffe mener comme
un enfant par Mad. *Raymond*, fa fille & fa maîtreffe. Parmi vos femmes, M^d *Bellecourt* a vraiment du caractere, ou plutôt elle en avoit; car
on ne la reconnoît plus depuis qu'elle eft dans l'efclavage honteux d'un muficien rempli de vent,
qui la ruine & la déshonore. Mad. *Préville*, la
fous-doyenne des actrices, a plus de jugement &
fe poffede mieux que fon mari; malheureufement
elle n'a que de petites vues; d'ailleurs c'eft une
hypocrite, travaillant fous terre, ne s'en bar-
raffant guere des autres & purement égoïfte,
enfin fans les entours néceffaires pour faire valoir
un avis & lui donner du poids. Je ne vois que vous,
Madame, par votre génie, votre zele, votre crédit, en état de relever la comédie, fi elle avoit le
bon efprit de fe remettre entre vos mains. Comment donc favorife-t-elle Mlle. *Sainval* à votre
préjudice? Ce n'eft pas qu'elle l'aime, c'eft qu'elle
vous craint. Vous avez un grand mérite & conféquemment beaucoup de jaloux parmi vos camarades; vous leur avez été utile prefque à tous,
par vos amis à la cour & la confidération dont
vous y jouiffez, & dès-lors vous avez fait prefque
autant d'ingrats.

» Quant au public, car on ne peut fe diffimuler
que le plus grand nombre ne foit pour votre rivale;
c'eft tout fimple. Lors de la profcription de

Mlle. *Sainval* 'laînée , vous dédaignâtes de répondre à fon libelle, vous ne voulûtes point l'écrafer dans fon malheur : on crut que vous n'aviez rien de bon à dire ; on vous regarda comme fon tyran. Ce public eft toujours pour les opprimés, il prit fa fœur fous fa protection; l'on chérit fon ouvrage. C'étoit une victime qu'il croyoit avoir fouftraite à vos fureurs; tout cela la lui rendoit plus intéreffante. D'ailleurs elle eft très-populaire , elle capte jufqu'au fuffrage de ces roquets du parterre, qui n'oferoient approcher de votre antichambre. N'importe , les honnêtes gens reviendront. Faites-vous voir enfin ; on eftimoit vos talens, & l'on eftimera votre perfonne & vous triompherez Je le fouhaite fincérement , perfonne ne prend plus d'intérêt que moi à votre conteftation ; apprenez-m'en les fuites & juftifiez mon pronoftic. »

Paris , ce 26 janvier 1784.

Signé CLAIRON.

9 *Mars.* La recette des François pour les pauvres a monté à 10,389 liv. 2 fous. Les gardes-françoifes ont continué de ne point prendre de falaire.

On a donné pour feconde piece ce jour-là, *la Partie de Chaffe de Henri IV.* Le fieur Dugazon, qui vraifemblablement avoit fait choifir cette comédie, y a introduit quelques propos relatifs aux circonftances ; il y a fur-tout adapté ce couplet, fur l'air : *Du ferin qui te fait envie.*

Le roi digne de fa couronne
A pris pitié des malheureux.
La reine & ce qui l'environne
S'occupe à faire des heureux.

Deffous le chaume qui le couvre
L'infortuné n'a plus d'effroi ;
Il chante aux champs tout comme au louvre
La bienfaifance de fon roi.

On a fait répéter ce couplet ; on en a demandé l'auteur, & le fieur *Dugazon*, mettant la main modeftement fur fon cœur, a défigné qu'il partoit de-là . . . & des applaudiffements fans fin.

9 *Mars*. On eftime que M. *Blanchard* a été dans fon afcenfion porté à environ 2,000 toifes ; d'après ce calcul c'eft, de tous les aéroftats, le fien qui s'eft élevé le plus haut. C'eft à cette grande élévation que les jaloux de ce méchanicien attribuent la variété de fa marche en fens contraire ; ils prétendent qu'il ne faut nullement l'attribuer à fon art, mais à la diverfité des courants d'air qu'il a rencontrés, dont il a été obligé de fuivre malgré lui la direction. De-là les quatre mauvais vers fuivants, pour l'intelligence defquels il faut favoir auffi que fur la banderole de fa machine étoit cette devife, tirée de Virgile : *Sic itur ad aftra.*

Au champ de Mars il s'enrôla ,
Au champ voifin il refta-là ,
Beaucoup d'argent il ramaffa ,
Meffieurs , *fic itur ad aftra.*

10 *Mars*. Les comédiens françois ont à l'ordinaire égayé le public durant le carnaval par des farces , entr'autres par *dom Japhet d'Armenie* , dont ils ont prolongé les repréfentations dans le carême. On a été furpris de voir que le fieur

Préville dans son rôle ait supprimé le monologue où ce vers-ci fait le refrein : *Nettoyez-vous mes dents, l'amour vous y convie.* Ce morceau sans doute étoit le meilleur de l'ouvrage, comme le plus ridicule. On attribue la suppression à une coquetterie de cet acteur qui n'a plus de dents. Il faut pour bien jouer ce monologue, le cure dent à la main, étaler long-temps aux yeux des spectateurs un superbe râtelier.

10 *Mars.* Après de longues plaidoiries dans l'affaire de Mad. la marquise de *Valori*, contre M. *Courtin*, où un jeune avocat nommé *Ducoyrier*, éleve de Me *Gerbier*, a parfaitement soutenu la premiere, tandis que Me. *Target* défendoit son confrere, il est intervenu vendredi dernier cinq mars un arrêt tout entier en faveur de Me. *Courtin*; il condamne sa partie adverse en 300 liv. de dommages-intéréts envers lui; il en supprime les mémoires comme injurieux, calomnieux, &c. & ordonne que l'arret sera affiché aux dépens de la marquise.

L'ordre en général a été très-satisfait de cet arret, en ce que, sur-tout depuis la consutation de Me. *Martin* & les lettres, l'affaire étoit devenue en quelque sorte personnelle à tous les membres.

10 *Mars.* M. le baron de *Tschoudy*, ministre du prince de Liege, vient de mourir; c'étoit un métromane, auteur de quelques opéra mauvais, entr'autres d'*Echo & Narcisse.* Il s'étoit comporté noblement dans le temps des tracasseries avec le corps diplomatique concernant les jeux publics, & , quoique peu riche, s'étoit refusé aux profits considérables que lui avoient offerts les banquiers. M. *Tschoudy*, avoit composé d'autres ouvrages

de littérature & favants, propres à lui faire plus
d'honneur que fes poëmes lyriques.

11 *Mars*. Les comédiens italiens ont joué
avant-hier une comédie nouvelle en cinq actes
& en profe, ayant pour titre *Arifte*, ou *les Ecueils
de l'éducation*. A l'amphithéâtre, pendant qu'on
jouoit la piece, un quidam avoit un manufcrit
à la main & le fuivoit, prétendant qu'on l'avoit
volé. En tout cas, le larcin eft peu de chofe, &
chacun fera bien de garder l'anonyme.

11 *Mars*. Les farcafmes continuent contre monfieur de *la Harpe*. On dit que dans fa piece il n'y
a qu'un bon acte, c'eft l'acte de charité.

On dit que les comédiens françois font les ava-
res, qui donnent leurs mauvaifes pieces aux
pauvres. On attribue cette derniere méchanceté à
MM. de *Rulhieres* & de *Champfort*, & voici la
réponfe de M. de *la Harpe* :

Vous connoiffez *Champfort*, ce maigre & bel efprit,
Et ce pefant *Rulhieres*, à face rebondie ;
Tous deux font pleins de jaloufie ;
Mais l'un en meurt & l'autre en vit.

11 *Mars*. Par un arrêt du confeil du 9 mars,
fur le compte rendu au roi que les bateaux de
bois commençoient d'arriver par la riviere, fa
majefté s'eft hâtée de fupprimer le droit d'augmentation des 6 liv.

11 *Mars*. La mort de fon amant tué par fon
mari, n'ayant pas ramené Mad. la marquife de
Seignelay, elle a au contraire demandé fa féparation en juftice : la caufe a été plaidée avec un
grand appareil, & jugée le 2 de ce mois en

préfence de beaucoup de gens de la cour & de tous les Bethune, dont elle porte le nom. Elle a été déboutée de fa demande, & fera obligée d'aller vivre dans fes terres & de s'y enterrer avec fon mari.

11 *Mars.* M. le comte d'*Artois* eft parti dimanche après vêpres pour un voyage fecret dont il avoit fait part au roi feul : il n'avoit que deux ou trois perfonnes à fa fuite. Il s'eft rendu *incognito* à la Trappe ; il y a paffé un jour franc & couché deux nuits. Il eft parti fans être connu de ces bons religieux ; il a ainfi fatisfait à fon aife tous les mouvements de fa curiofité. Il n'a point été mécontent de fa nourriture ; mais il a trouvé les lits un peu durs. Il eft revenu le mardi à Verfailles.

12 *Mars.* Le premier & le fecond acte du *jaloux* ont été fort applaudis hier, où cette comédie a été jouée pour la première fois : malheureufement il s'eft trouvé des longueurs à la fin du fecond, qui ont influé fur l'arrivée d'une amazone, perfonnage effentiel, puifqu'il eft la cheville ouvriere de la piece. Le public n'en a pas fenti d'abord la néceffité, & les ennemis de l'auteur s'en font prévalus pour jeter de la défaveur fur le troifieme acte, dont tout le commencement a été troublé par des clameurs indécentes, par des éclats de rire ironiques : le tumulte croiffant de la façon la plus fcandaleufe, le fieur Molé, qui faifoit le rôle du jaloux, étant en fcene, & ne pouvant fe faire entendre, s'eft avancé fur le bord du théâtre & a dit : « Meffieurs, nous ordonnez vous de nous retirer? » La cabale n'a ofé fe porter à cet excès, & tous les honnêtes gens ont crié au contraire, *continuez.* « Cela étant, a repris l'acteur, nous

allons redoubler d'efforts & de zele. » Ce coup de
tête a relevé la piece : & en totalité elle a plus
été applaudie que beaucoup d'autres qui ont réuſſi
complétement.

Le caractere du *Jaloux* eſt fort bien ſoutenu, &
quoique traité ſouvent ſur la ſcene il eſt d'un
genre neuf & préſente des nuances très-piquantes.
L'intrigue qui manqueroit de vraiſemblance dans
tout autre cas, eſt ici d'une vérité théâtrale ſuffi-
ſante, puiſqu'elle naît du caractere même du Jaloux & tient à ſon eſſence. D'ailleurs tous les autres perſonnages ſemblent d'accord pour l'entre-
tenir dans ſa paſſion & en réaliſer les lubies. Une
méridienne, excellente dans les pays méridio-
naux, mais qui n'eſt point dans le régime d'une
jeune & jolie femme en France, eſt ce qui a le
plus choqué & commencé la déroute du troiſieme
acte, quoiqu'il en réſulte une ſcene vraiment originale & des ſaillies du meilleur comique qu'on
n'a pas ſenties. Du reſte, il y a quelques défauts,
& dans le dialogue de mauvaiſes plaiſanteries qui
ont déplu, mais qu'il eſt aiſé de ſupprimer.

11 *Mars.* Mercredi dernier il a été lu à l'académie des ſciences l'extrait d'une lettre de M. l'évêque d'Ypres, en date du 5 mars 1784, à M. ſon
frere le préſident à Bruxelles.

« Il vient d'arriver à Warneton un ballon de
grandeur médiocre, proprement travaillé, d'une
forme ovale & oblongue, avec une inſcription en
anglois & en françois, qui marque l'endroit,
dans le comté de Kent, d'où il eſt parti, ainſi
que le jour & l'heure de ſon départ, & par laquelle on prie celui qui le trouvera, d'en vouloir
donner la nouvelle au phyſicien anglois qui l'a
fait, & dont le nom eſt ſigné dans l'inſcription. »

Il en réfulte que ce ballon n'a employé que quatre heures pour être tranfporté dudit comté de Kent à Warneton , terre appartenante à madame la comtelle de Lauraguais, & c'eft le premier qui ait pallé la mer dont on ait connoiffance.

22 *Mars*. C'eft le deux de mois qu'il a été préfenté aux chambres allemblées des lettres en commandement , portant extinction du fait & de la procédure dans l'affaire du fieur de *Sainte-Foy* : les bonnes gens du parlement étoient déjà d'avis d'enrégiltrer purement & fimplement ; d'autres vouloient que l'impétrant fût tenu de fe repréfenter & de faire purger ton décret, lorfque quelqu'un objecta qu'il n'y avoit point d'impétrant, que le roi parloit *proprio motu*, & que c'étoit à fa majefté même qu'il falloit s'adreller. Sur quoi l'allemblée remife au vendredi.

Le vendredi cinq il a été dit que ces lettres d'extinction étoient fort rares ; qu'il n'y en avoit d'exemple que pour *Gaflon de France* & deux femmes de la plus haute qualité; que d'ailleurs elles étoient abolies par la nouvelle ordonnance criminelle ; que le fieur de *Sainte-Foy* n'étoit point dans le cas de mériter une pareille exception. En conféquence arrêté que fa majefté feroit fupaliée de retirer fes lettres en commandement, & d'ordonner que le fieur de *Sainte-Foy* feroit tenu de prendre les voies ordinaires pour éprouver la clémence de fa majefté, s'il y avoit lieu.

12 *Mars*. Malgré les défenfes faites aux imprimeurs & colporteurs d'imprimer & colporter aucun mémoire dans l'affaire des accufés au confeil de guerre de l'Orient, ils percent dans la province de Bretagne.

12 *Mars.* M. le chevalier de *Treſſan de Mont-bazin*, ayant eu une diſpute à l'opéra avec M. *Duſſon*, autre jeune militaire, ils ſe ſont battus, & le premier a été tué. Comme le ſecond avoit abſolument tort, on aſſure que le roi veut que le vainqueur ſoit arrêté & puni.

13 *Mars.* Etat de la recette des différents ſpec-tacles pour les pauvres :

Comédie italienne. 9162 l.			
L'opéra....... 11567	10 ſ.		31172 l. 12 ſ. 6 d.
Comédie françoiſ. 10443	2	6 d.	
Variét. amuſant.. 2248	18	6	
Grands danſ. du roi 1219	2	9	
Ambigu comique . 936			5518 17 3
Le Wauxhall ... 824	14		
Spectacle des aſſoc. 227	2		
Curtius 63			

36691 l. 9 ſ. 9 d.

On ne comprend point là-dedans le ſieur *Pi-netti*, qui a donné l'exemple & depuis a joué trois fois au profit des priſonniers détenus pour mois de nourrice. Il a fait ſans doute l'application lui-même de ces recettes.

13 *Mars. Anecdote du dix-huitieme ſiecle, deux volumes.* Sous ce titre vague qui embraſſe tout le ſiecle, on croiroit trouver même des choſes rela-tives à la fin du regne de *Louis XIV.* On eſt fort ſurpris de n'y voir qu'un extrait des *Mémoires Secrets, &c.* qui n'embraſſent guere qu'un eſpace

de vingt ans. Les compilateurs vraisemblablement
n'ont voulu recueillir que les bons mots, épigram-
mes, vers, historiettes qu'ils ont cru les plus
propres à amuser les lecteurs frivoles & oisifs,
& en cela ils ont réussi : car cette collection est
d'un grand débit & doit leur rendre beaucoup
d'argent. Nous en avons déjà parlé ailleurs plus
au long.

14 *Mars*. M. *Rochon de Chabannes*, modeste
comme le sont d'ordinaire les gens de mérite,
respectant le jugement du public, ou qu'il vouloit
bien regarder comme tel, malgré le conseil de
ses amis les plus connoisseurs, étoit décidé à
retirer la piece ; il l'avoit même retirée & ne
s'est rendu qu'aux instances, au zele des comédiens députés vers lui pour l'engager à subir
une seconde représentation. & il n'à point eu lieu
de s'en repentir. Elle a été aux nues, au moyen
d'une suppression de 150 vers environ, dans
lesquels se trouvoient des galanteries du vieux
style,, telles qu'un bouquet de roses éparpillées
sur la dormeuse, & fadeurs cataliennes que le
Jaloux débitoit à ce sujet. Le *Tâtez-y* du valet,
les deux plaisanteries aérostatiques & les autres
d'un genre trop libre, ont aussi été ôtées. La
comédie a été entendue d'un bout à l'autre avec
intérêt & avec plaisir. La scene du combat a
couronné le succès. L'auteur a eu l'art d'y jeter
un sel comique qu'il étoit difficile d'y placer. Il
a supprimé encore quelques longueurs en cet
endroit. Toutes les parties du dialogue y sont
justes, courtes & convenables aux personnages &
à la situation. L'intérêt du rôle principal y est
conservé jusques après le départ du *Jaloux*, les

rôles des deux femmes bien deſſinés & ſoutenus également juſques à la fin.

La Demoiſelle *Raucourt* fait le rôle de l'*Amazone*, qui enſuite eſt en capitaine de dragons : elle eſt parfaitement en homme & brille dans ce rôle ; mais le ſieur *Molé* excelle ſur-tout & a une prédilection pour la piece qui ne contribue pas peu à l'exciter ; on voit qu'il joue de cœur.

On a demandé l'auteur à grands cris pendant plus d'un quart-d'heure, après quoi le valet (qui, comme la ſoubrette, n'a pas le ſtyle convenable à ſon état) eſt venu dire très-gauchement au public, *que l'auteur étoit parti depuis dix minutes* ; ce menſonge mal-adroit a révolté les ſpectateurs qui ont crié, *il faut le ramener.*

Les comédiens ont cru ou fait ſemblant de croire qu'on avoit demandé le ſieur *Molé* : on l'a conduit par la main au coin du fond du théâtre, où il a fait de grandes révérences en habit de ville ordinaire. La petite piece n'a pu commencer ſans qu'on ait encore crié, *l'auteur.*

Tout étoit aſſez plein, excepté aux premieres loges ; il y avoit grande & bonne compagnie, pluſieurs princes du ſang.

La prévention donnée contre l'ouvrage par les journaliſtes va tomber, & ſurement elle ſera nulle à la troiſieme repréſentation ; trop d'embonpoint avoit empêché le *Jaloux* d'aller ; dégagé de ſon ſuperflu, il ne peut que ſe pouſſer loin. Les paris ſont toujours pour quinze repréſentations.

14 *Mars.* Voici les couplets ſur les derniers juges du comte de *Lally.* On les attribue ici au comte de *Tollendal*, & il n'eſt guere que lui aſſez inté-

reffé à l'affaire pour avoir eu le courage & la
patience de compofer une longue diatribe & auffi
circonftanciée.

Air : *Changez - nous cette tête.*

Le fénat fe raffemble,
Toute la ville tremble
De voir s'unir enfemble
Les juges de *Lally* ;
Il n'eft que leur folie
D'égale à leur furie,
Et chacun s'écrie,
Le cœur tout tranfi,
Changez—nous ces dix têtes,
Têtes, têtes, têtes, têtes,
Changez—nous ces dix têtes,
Ou nous fortons d'ici.

D'une vertu ftérile,
D'une raifon débile,
D'un efprit imbécile
Saint Seine a' le renom ;
D'homme il n'a que la mine,
Le Bevi le domine ;
De cette machine
C'eft le Vaucanfon :
Changez—moi cette tête, &c.
Tête de trifte oifon.

Difcoureur fans fcience
Et dévot fans croyance

Bevi n'a de puiſſance
Que pour la fauſieté ;
C'eſt le feu ſous la glace,
Sa douceur vous menace,
Et dès qu'il embraſſe
On eſt étouffé :
Changez-moi cette tête , &c.
Tête de forcené.

Le *Jaunon* ſe travaille ,
Et ne dit rien qui vaille ,
Son eſprit vaut ſa taille ,
Sans talon , ſans toupet ;
Hardi par ignorance ,
Cruel par inſolence ,
A ſa préſidence
Tout ſert de hochet :
Changez-moi cette tête , &c.
D'impudent marmouſet.

D'une éclatante hermine
Couvrant ſa laide échine
Mirmicault imagine
Se cacher tout entier ;
Martin bâton qui veille ,
Dérange la merveille
Et ſaiſit l'oreille
Perçant le mortier :
Changez-moi cette tête , &c.
D'un âne maltôtier.

Le Sauveur de la terre
Etoit fur le calvaire
Maudit par maint *Vercbaire* ,
Et par maint *Lornechet* ;
Il fit cette priere ,
Pardonnez—leur mon pere ,
Car on ne fait guere
Ici ce qu'on fait :
Changez—moi ces deux têtes , &c.
D'ours & de perroquet.

Le *Marlieu* fans cervelle
Va d'un pied qui chancelle
Du temple à la ruelle ,
Et dévot & paillard
Il bat fa Penelope ,
Mais fon œil de Cyclope
S'ouvre avec égard :
Changez—moi cette tête , &c.
Tête de vieux cafard.

D'une fourde mémoire
Et de fa robe noire
Le *Torci* fait fa gloire ,
Et va toujours parlant :
Né fans délicateffe ,
Sans efprit fans jufteffe ,
Dans fa petiteffe
Il fe croit grand :
Changez—moi cette tête , &c.
Tête de fot pédant.

Le

Le *Darceau* se présente ;
Sa bouche est écumante,
Il a la main sanglante ,
Et des grelots au cou.
Vîte de l'ellebore ,
L'accès est près d'éclore :
Mais il est encore
Plus méchant que fou :
Changez—moi cette tête , &c,
De tigre sapajou.

Dans le Romain empire
Un César en délire
Pour consul fit élire
Un beau cheval fringant ;
Un bœuf parlementaire
Du cheval consulaire
Dans *Balon* va faire
Le digne pendant :
Changez—moi cette tête , &c,
D'animal ruminant.

Ce jeune homme est précoce ;
A vingt-sept ans féroce ,
Soumis quand on le rosse ,
Perfide à ses amis.
Aussi comment prétendre
Que la colombe tendre
Du vautour s'engendre ;
La Loge est son fils :
Changez—moi cette tête , &c,
Ou qu'on la mette à prix.

Dans ces antres sauvages
Il est pourtant trois sages,
Objets de nos hommages ;
Ne soyons pas ingrats,
La vertu magnanime
Défendant la victime
Confondra du crime
Les honteux éclats :
Laissez-nous ces trois têtes,
Têtes, têtes, têtes, têtes,
Laissez-nous ces trois têtes
De dignes magistrats.

Gautier du premier âge
Nous retrace l'image :
Rochefort, ton courage
Egale ta candeur :
Thoré le renouvelle,
Sur ce digne modele
La Goute fidele
A formé son cœur :
Conservez ces trois têtes,
Ciel ! pour notre bonheur !

14 *Mars.* Le bruit avoit bien couru que dom
Pech, le religieux bénédictin qui devoit s'embarquer avec M. Blanchard, avoit reçu défenses de le
faire de ses supérieurs ; mais comme il a réalisé
l'annonce, que rien n'a démentie en se montrant
au champ de Mars & montant en effet un instant
dans la gondole, on a cru que c'étoit un conte,
ou du moins qu'il avoit obtenu une permission,

On fait aujourd'hui à n'en pas douter , que fur
le lieu même il s'étoit trouvé le matin un exempt
de police , qui l'avoit ramené dans fon couvent ,
& que ce n'étoit qu'en trompant fes fupérieurs ,
qu'échappé une feconde fois , il étoit revenu au
champ de Mars. Son zele trop outré pour les
machines aéroftatiques a été puni de l'exil ; ce
qui prouve encore mieux la vérité de la rumeur.

Ce fera un M. *Affier Périca* , très-célebre conftructeur d'inftruments de phyfique expérimentale
& ingénieur breveté du roi , qui remplacera dom
Pech dans la premiere afcenfion du fieur Blanchard , vers le commencement de mai.

15 *Mars*. On a oublié de rapporter une circonftance effentielle de la premiere repréfentation
du *Jaloux*. La piece avoit fini très-tranquillement.
Long-temps après de mauvais plaifants du parterre s'aviferent de demander l'auteur ; cela ré-
veilla le zele des partifans du fieur *Molé* , qui
l'appellerent à grands cris : il étoit en ce moment à s'habiller , il pria le fieur *Defeffart* , fon
camarade , de venir faire fes excufes au public ,
& dire qu'il fe rendroit à fes ordres dès qu'il feroit en état décent. Après ce compliment le comédien ajouta , *quant à l'auteur , il n'a point
envie de fe montrer.* Certe bêtife provenue de
fon cru fut huée complétement , & fans l'indulgence de M. *Rochon* , elle auroit mérité une punition févere.

15 *Mars*. Le 4 mars l'académie françoife a
adjugé le legs de M. de *Falbelle* , pour l'encouragement des lettres , à M. de *Chabrit* , confeiller
au confeil fouverain de Bouillon , avocat au parlement de Paris & auteur de l'ouvrage intitulé :
de la Monarchie françoife ou de fes Loix ; & le prix

fondé par un anonyme , pour l'ouvrage le plus
utile qui auroit paru dans l'année , à M. Berquin,
auteur de l'ouvrage périodique intitulé : l'*Ami
des Enfants.*

19 *Mars.* On a joué hier à l'opéra pour la
capitation des acteurs , *Iphigénie en Aulide* & la
premiere repréfentation de *Délie & Tibulle* , acte
tiré des fêtes Grecques & Romaines , que ma-
demoifelle Beaumefnil a remis en mufique. On en
avoit donné les prémices à la cour qui en avoit
été contente ; cette bagatelle eft peu fufceptible
d'un grand talent. Il n'y a qu'une fcene en
quelque forte ; il y faut de la fineffe , de la grace ,
du fentiment ; c'eft ce qu'on y trouve , fur tout
dans le rôle de *Délie* : quant à celui de *Tibulle* ,
il ne répond nullement à l'idée de ce poëte aimable & féduifant. Quoi qu'il en foit , on a fort
applaudi à l'opufcule de l'actrice émérite , & il
lui feroit honneur , s'il étoit véritablement
d'elle.

16 *Mars.* La durée exceffive du froid , l'abondance des neiges & le debordement des rivieres
ont occafionné dans le royaume des maux infinis,
dont il a été rendu compte en détail au gouvernement. Plufieurs villages ont été fubmergés , un
grand nombre de maifons & de ponts ont été
emportés par les eaux , les routes publiques font
dégradées en plus d'une province ; par-tout la
claffe la plus indigente , la plus utile a beaucoup
fouffert, & malgré les fecours diftribués de toutes
parts, la mifere eft grande dans les campagnes.

En conféquence S. M. a d'abord accordé en
moins impofé & en travaux de charité , une fomme
de trois millions pour cette année ; elle deftine
trois autres millions à répartir en diftributions de

secours dans les campagnes , sur - tout à employer en achat de denrées de premiere nécessité , en remplacement de bestiaux ou effets nécessaires à la culture & contribution au remplacement d'habitations. Il sera en outre ajouté un million aux fonds ordinaires des ponts & chauffées pour servir aux travaux de ce département.

Comme toutes ces dépenses extraordinaires ne peuvent se tirer dans ce moment-ci du trésor royal sans déranger les dispositions arrêtées pour satisfaire à toutes les dépenses & engagements , il a été décidé au conseil qu'elles seroient remplacées, 1°. par les retranchements ordonnés sur les dépenses extraordinaires de la maison du roi ; 2°. par les réductions faites sur les fonds des bâtiments ; 3°. par les économies proposées dans le département de la guerre ; 4°. par le produit de l'extinction des pensions de graces , desquelles il ne sera fait aucun don dans nul département , pendant l'espace d'une année ; 5°. par la retenue d'un vingtieme , payable une fois seulement , sur les pensions au-dessus de 10,000 liv. & sur les taxations , traitements ou attributions des places de finance , dont les bénéfices excedent pareille somme.

Tout cela s'est décidé dans un conseil du 14 mars , & il paroît en conséquence un arrêt conforme.

16 Mars. Le margrave régnant de Bade-Dourlach-Bade ayant aboli la servitude dans ses états & remis quelques impôts relatifs , ses sujets lui en ont fait des remerciements. Sa réponse est datée de Carlsrouhe , le 19 septembre 1783. Elle est imprimée & se répand ici par la voie des économistes , dont ce souverain paroît avoir absolu-

H 3

ment adopté le catéchifme & profeffer la doctrine. Cette piece eft fort finguliere par la philofophie qui y règne, & par l'efprit de fageffe, d'humanité, d'égalité qui l'a dictée. Il y a grande apparence qu'elle eft traduite de l'allemand.

17 *Mars.* Il eft certain que malgré les défenfes faites aux imprimeurs & colporteurs de Bretagne de rien imprimer ou diftribuer dans l'affaire du confeil de guerre de l'Orient, il y a paru plufieurs pieces de cette efpece imprimées : des Bretons ont rapporté ici entr'autres un recueil compofé des trois plus importantes : 1°. le mémoire du comte de *Graffe*, dont on a parlé dans l'origine qu'il ne lui étoit pas permis de communiquer à perfonne, mais qu'il pouvoit lire à qui bon lui fembloit. Ce mémoire fe trouve, ainfi qu'on l'a rapporté encore, enrichi de plufieurs cartes qui développent les diverfes pofitions de l'armée navale, & fervent à prouver que le général a été non-feulement mal défendu, mais abandonné ; que l'avant-garde n'ayant pas exécuté l'évolution ordonnée, s'étoit laiffé couper : que M. de *Vaudreuil* qui la commandoit, avoit enfuite fait tout ce qui dépendoit de lui pour fe bien battre ; mais que M. de *Bougainville*, commandant l'arriere-garde, faute d'avoir répondu au fignal, avoit empêché que la journée du 12 avril, fi fatale aux François, ne fût la ruine totale de l'Angleterre.

2°. Les obfervations du marquis de *Vaudreuil* fur ce mémoire, obfervations que le comte de *Graffe* lui reproche malgré la confiance qu'il avoit eue, après lui avoir donné à plufieurs reprifes communication de fon mémoire, de le lui laiffer, d'avoir tenu fecretes pour lui feul ; en forte qu'il ne les a lues que dans une copie qu'il

en a reçue de ce port, où il a appris qu'elles
étoient publiques. Au surplus, dans ces observations
M. de *Vaudreuil* excuse tout le monde, excepté
M. *Albert de Rioms*, le chef de file de sa division,
qu'il inculpe de n'avoir pas répété les signaux du
général.

3°. La réponse de M. de *Grasse* à ces observations, où il oppose à M. de *Vaudreuil* ses propres
lettres d'un langage bien différent, une sur-tout,
où il inculpe M. de *Bougainville* & le peint comme
un mauvais manœuvrier. Par cette conduite adroite
& par ces pieces produites à propos, & qu'il a
offert de déposer au conseil, M. de *Grasse* cherche
à semer la division parmi ses adversaires.

17 *Mars*. Il passe pour certain que M. le duc de
Chartres fait une très grande réforme dans sa
maison ; qu'il a vendu à la reine & à M. le comte.
d'*Artois* ses équipages de chasse pour la grosse
bête, ses chiens à M. le prince de *Conti*; qu'il ne
conserve que trente chevaux en tout, pour lui,
pour Mad. la duchesse & pour ses enfants ; enfin,
qu'il a réglé sa table sur le pied d'un simple particulier.

18 *Mars*. Les comédiens italiens annoncent
pour demain *Théodore & Paulin*, comédie nouvelle en trois actes & en vers, mêlée d'ariettes.
Les paroles sont du sieur *Desforges*, & la musique
du sieur *Gretry*. Cette comédie jouée à la cour a
fort ennuyé la reine, & n'a eu aucun succès.

18 *Mars*. Les petites affiches de la cour ne sont
pas aussi plaisantes qu'on les avoit annoncées ;
elles ne sont guere que méchantes ; cependant
comme c'est l'anecdote du jour, & que leur
brièveté permet de les rapporter, les voici:

Affiches, Annonces & Avis, ou *Journal-général de la cour.*

Regis ad exemplum totus compofitur orbis.

Du dimanche 13 *février* 1784.

P R O S P E C T U S.

La feuille connue vulgairement fous le nom de *petites Affiches*, a fait naître l'idée de celle ci, qui fembloit manquer à la nation. En effet, la cour n'aime pas à avoir rien de commun avec la ville ; elle n'a pourtant pas moins befoin d'un point de réunion, d'un dépôt de fes demandes, de fes queftions, de fes fantaifies, d'un centre enfin de communication & de correfpondance. Beaucoup de feigneurs & de femmes de qualité pourroient répugner à voir leurs articles confondus avec ceux de la bourgeoifie ; c'eft ce qui a déterminé le ré-dacteur à leur confacrer uniquement fes veilles. Il n'a pas fans doute le farcafme à la main, comme l'abbé *Aubert* ; il manque de ce fond de méchan-ceté inépuifable qui le diftingue : mais il fe pique d'avoir la même prudence, de ne dire jamais de mal de ceux dont il a à craindre ou efpérer quelque chofe ; & comme la cour eft la fource des graces, des penfions & des récompenfes, le modele des vertus & des perfections, qu'il n'aura qu'à louer, il efpere réuffir en ce genre autant que le rédac-teur des petites affiches.

. On ne recevra d'articles que fignés au moins d'un chevalier de *Saint - Louis.*

Bien seigneuriaux à vendre.

1º. On continue la vente de toutes les terres, seigneuries & châteaux du prince de *Guimené*. Le mobilier est presque entièrement fondu, & l'on recevra un à compte incessamment. Chaque créancier aura sur 100 liv. un écu ; sur quoi à payer 1 liv. 10 sous pour la quittance, & 3 liv. pour le certificat de vie, seulement attendu que le tout se fait sans frais.

2º. Les biens du marquis de Brancas ne tarderont pas à être vendus ; il annonce qu'il se dispose à faire une banqueroute la plus considérable qu'il pourra ; mais à tout seigneur tout honneur ; elle n'approchera pas de celle du prince de *Guimené*.

Maisons à vendre, ou Appartemens à louer.

1º. La plus grande partie du pourtour des nouveaux bâtimens du Palais-Royal, à louer.

On avertit qu'on n'y recevra que des filles, des brocanteurs, des libertins, des intrigants, des escrocs, des faiseurs de projets, des chefs de musée, de lycée, des inventeurs de ballons, des fabricans de gaz inflammable, comme plus en état de s'y plaire & de bien payer.

S'adresser à M. l'abbé *Baudeau*, qui examinera les sujets, ou en son absence à son secretaire, le sieur de *la Grange*.

2º. Jolie petite maison à vendre à l'entrée de Chaillot par la grille, non encore finie. Elle coûte 100 mille écus, & on la donnera pour mille louis.

H 5

S'adreſſer au valet-de-chambre du fils de M. le duc d'*Harcourt*.

On prévient que ceux qui voudront l'habiter ne doivent pas avoir plus de cinq pieds de haut.

Meubles à vendre ou à louer.

1°. Un beau lit de noces à vendre, tout neuf. & de la plus grande magnificence. Il étoit deſtiné à recevoir un prince ſouverain.

On le voit chez Mad. la princeſſe de *Naſſau-Saarbruck*.

S'adreſſer pour en ſavoir le prix, Chauſſée-d'Antin, à M. *Daucé de Jaſſan*, qui l'a fait faire & le fera voir.

2°. Les habits de théâtre à louer des demoiſelles *Aſſelin* & *Carreau*, attendu qu'elles ne veulent pas jouer que leur différend ne ſoit ajuſté. Cela pourra être long.

S'adreſſer pour le ſavoir à MM. les gentilshommes de la chambre.

Office à vendre.

L'office d'eſpion de M. le contrôleur-général dans le parlement eſt vacant. L'abbé *Saillant de Caſtre*, e titulaire, ayant été découvert ne peut plus l'exercer utilement ; il voudroit s'en défaire.

Effets perdus ou trouvés.

1°. M. le comte de *Gamache* offre une forte récompenſe à ceux qui lui rendront ſon honneur, perdu depuis ſon procès avec le comte de *Maillebois*.

2o. M. le comte de *Graffe* en offre autant à l'avocat qui aura le talent de le blanchir dans l'esprit du public.

3°. M. le prince de *Ligne* , qui s'est cassé une dent dans sa chûte en tombant du ballon de Lyon , le 1? janvier dernier , paiera grassement ceux qui lui en rapporteront les morceaux.

Annonces particulieres.

M. le comte d'*Aranda* ayant trouvé sa femme morte en Espagne , & se disposant à se remarier avec sa niece ; Mlle. *Flir* , sa maîtresse sera vacante. C'est une jeune & jolie personne qui a des dispositions à devenir hommasse comme les Allemandes , mais fraîche quant à présent ; c'est une rose , qui d'ailleurs a des talents.

On prévient qu'elle est accoutumée à manger 100 mille francs par an.

Quoique Mlle. de *Coulanges* , fille se disant de condition , soit parfaitement entretenue par le prince de *Bauffremont* , cependant comme elle a des besoins que ce vieux seigneur ne peut satisfaire , elle avertit le public qu'elle continue de recevoir tout le monde , depuis le prince du sang jusqu'au moindre commis , pourvu qu'il paye & soit discret. Elle n'est même pas chere , & s'est contentée de dix louis de M. le duc de *Bourbon*.

Un des abonnés du docteur *Mesmer* , pour faire sous lui un cours de magnétisme animal , voudroit bien trouver quelqu'un qui lui rendît ses cent louis & prît sa place , attendu que cette étude est trop longue & qu'il n'a pas le temps de la suivre. Du reste , on peut s'adresser au marquis de *Chatellux* , qui certifiera combien la découverte est sûre & excellente.   H 6

Mad. la duchesse de *Villeroy* auroit besoin
d'une demoiselle de compagnie qui fût jeune,
jolie, dans l'intention de ne point se marier, &
d'une vertu éprouvée au point d'avoir résisté quelquefois à des hommes. Si Mad. la duchesse étoit
pourvue, Mad. la marquise de *Senecterre* pourroit
s'en accommoder.

On voudroit présenter à la cour Mad. la comtesse de *Linieres*; mais, comme il y a quelque
petit vice d'origine, on prie celles qui, dans le
même cas, ont vaincu ces obstacles, de vouloir
bien indiquer la maniere dont elles s'y sont prises,
à madame d'*Etioles* sa mere, qui désire plus que
sa fille qu'elle ait cet honneur. On avertit que
le cas est grave, puisque Mlle. *Rem* (c'est le nom
qu'elle portoit avant d'être Mad. d'*Etioles*) a dansé
pendant quelque temps à l'opéra.

M. l'évêque d'Autun désireroit savoir quel est
l'auteur du pamphlet intitulé, *Lettres sur l'état actuel
de la religion & du clergé de France*. Il promet
un bon bénéfice à l'honnête ecclésiastique dont
il tiendra là-dessus des renseignements sûrs.

Chirurgie.

La société royale de médecine prévient le public qu'un certain charlatan nommé *Loche*, s'a-
vise de guérir toutes les maladies & accidents
des yeux, principalement les fistules lacrymales &
autres maladies d'humeur, avec une eau qu'il prétend avoir découverte, & avec laquelle l'on se
passe du régime, d'opération, de cautere, de
vésicatoires, de seton. Elle ne peut 'pas dire po-
sitivement que cette eau soit nuisible, parce que
les chymistes n'ont pu la décomposer, & qu'au-

cun malade , quelque recherche qu'elle ait faite ,
ne s'eſt plaint du mal que lui ait cauſé cette eau.
Mais ſurement elle ne vaut rien , dès que ſon
auteur ne s'eſt pas ſoumis à l'examen de la ſociété
& ſur-tout au tribut qui lui eſt dû. En conſéquence elle doit prévenir le public de ſe méfier
de cette eau , de ne pas croire aux miracles qu'on
en dit , & principalement de ſe garder d'en uſer ,
ſinon ce ſera à ſes riſques & périls. En foi de
quoi elle a rendu la préſente déclaration au Louvre ,
ce vendredi 13 février 1784.

(*Signé*) Vicq d'Azir, ſecretaire perpétuel.

Avis divers.

*vers à une jeune dame de la cour, à qui l'on a
envoyé le jour de l'an pour étrennes des tablettes.
En les ouvrant, elle y a lu le quatrain
ſuivant* :

> Heureux qui ſur ces tablettes
> Par vous inſcrit ſe verra :
> Sur les ſiennes moins diſcrettes
> Plus heureux qui vous mettra.

On attribue ce joli madrigal à M. le vicomte
de *Choiſeul.*
Généalogie de la maiſon de Monteſquiou Fezenſac ,
compoſée par M. le marquis de *Monteſquiou* lui-
même. Il y prouve que ſa maiſon eſt plus ancienne
que celle de *Bourbon* , puiſqu'elle deſcend en droite
ligne de *Clovis.*
Cet ouvrage ſe diſtribue *gratis* chez ſon ſuiſſe.
L'incarnation , chanſon très-gaie & très-ſavante

de M. le comte d'*Offun*, où ce myſtere eſt mis à
la portée de tout le monde.

BULLETINS.

Monſeigneur le garde-des-ſceaux n'eſt point bien
en ce moment, tant au phyſique qu'au moral. Il
eſt venu s'établir à Verſailles pour ſe faire traiter
en regle, & n'en déſemparera que mort ou vif.
Au reſte on n'en déſeſpere pas. Ces petites ſantés,
avec du régime vont loin quelquefois.

M. le cardinal de *Rohan*, grand-aumônier, eſt
toujours languiſſant du coup mortel que lui a
porté le Parlement; mais comme il eſt encore
jeune & vigoureux, il peut traîner long-temps.

SPECTACLES.

L'on jouera demain ſur le théâtre du petit Trianon
l'Amitié ſur le trône, drame nouveau en cinq actes
& en proſe, de M. le comte de *Linieres*.

La Reine y ſera le principal rôle.

On donnera pour petite piece les *On dit*, opéra
comique nouveau de Boufflers, commandé par ſa
majeſté.

La troupe de Mad. de *Monteſſon* jouera le mercredi à Paris, Chauſſée-d'Antin, *le Prince ſpécu-
lateur en finances*, comédie ſatirique poſtume,
trouvée dans les papiers de M. le marquis de *Voyer*.
On ne ſait s'il eſt auteur de la piece, ou s'il
l'avoit ſeulement fait compoſer pour être repré-
ſentée dans ſon château des Ormes.

On donnera pour petite piece *le Prince dupe*,
par M. *Louis*, de l'académie royale d'architecture.

On repréſentera ſur le théâtre de Chantilly le

jeudi 19 février, *le Duel*, drame où M. le prince de *Condé* joue le principal rôle avec beaucoup de dignité, & pour petite piece, *le Mauvais Ménage*, attribuée à M. le marquis d'*Amézague*.

19 *Mars*. Le bruit court depuis quelques jours que M. de *Noisseau*, conseiller au parlement, le fils du président d'*Ormesson*, a trouvé sa femme en flagrant délit, & qu'il l'a fait enfermer par lettre de cachet dans un couvent.

19 *Mars*. Depuis qu'il est question de beaucoup de canaux, M. l'*Allemant*, employé déjà utilement en Corse à des travaux analogues, a présenté un projet au gouvernement, suivant lequel en créant six administrateurs généraux de la navigation intérieure du royaume, qui auroient chacun leur département, sans des frais énormes il offroit de rendre en quelques années toutes les rivieres navigables depuis leur embouchure jusqu'à leur source, soit celles qui l'ayant été, ne le sont plus en partie, soit celles qui ne l'ont jamais été, & susceptibles de l'être cependant.

M. de *Fleury* avoit goûté ce projet, & pour essai, sur la fin de son ministere, avoit fait créer pour M. l'*Allemant* une de ces places. Il a rempli sa destination pour la premiere fois en 1783, & fini sa tournée sur la Garonne. Malgré les obstacles qu'il a rencontrés, il a procuré à ce fleuve plus de vingt lieues de plus de navigation. Il a trouvé des présidents à mortier, qui l'ont menacé de le faire décréter; de grands seigneurs, de le faire fusiller par leurs gardes-chasses; des communautés entieres, de le lapider. Comme il n'avoit pas une mission assez souveraine, il a été obligé de laisser beaucoup de choses en souffrance.

M. l'*Allemant* pour sa seconde tournée de

mande des pouvoirs plus amples & de réunir la qualité d'ordonnateur. Les intendants avoient bien des ordres de le feconder ; mais ces meffieurs n'ayant qu'une autorité auxiliaire en quelque forte, pourroient être jaloux & mal concourir à fes vues. Il fe loue beaucoup de celui du Languedoc ; mais fe plaint de l'intendant de Bordeaux.

20 *Mars.* Avant-hier a été jouée la comédie de *Théodore & Paulin* : le premier acte n'a point déplu ; mais le fecond & le troifieme ont autant ennuyé la ville que la cour. Il y a quelque chofe dans les rôles fecondaires de valets & de payfannes qui a amufé : l'on a fait répéter une efpece de romance villageoife d'un ton niais & original : c'eft ce qui a été le plus applaudi dans la mufique même, qui ne peut être mauvaife de la part de M. *Gretry*, mais fans caractere, fans motifs & fouvent triviale par le défaut de fond.

21 *Mars.* Le manufcrit dont on a parlé il y a un an, indifcrétement communiqué par le fieur de Beaumarchais, tranfpire de plus en plus au moyen des copies furtives qui en ont été tirées ; il a pour titre, *mémoire pour fervir à la vie de M. de Voltaire, écrit par lui-même.* Il embrasse en effet deux parties : l'une, depuis la retraite de ce poëte à Cirey auprès de Mad. la marquife du *Châtelet* en 1733, jufqu'à 1758 : vers le temps qu'il avoit fixé fon féjour aux Délices, il paroît qu'il interrompit ce mémoire pendant deux ans environ ; car la feconde partie n'eft datée aux Délices que du 6 novembre 1759.

Dans la premiere, beaucoup plus longue & plus intéressante, M. de *Voltaire* nous apprend comment, après avoir passé fix ans à Cirey, il fut obligé d'aller à Bruxelles en 1740 pour un procès confidérable qu'y avoit depuis long-temps la maifon du *Châtelet.* A l'occafion de la mort du roi de Pruffe arrivée vers cette époque, il entre dans des détails fort curieux fur ce monarque & fur fon fils : il peint le premier fous les traits les plus épouvantables & les plus ridicules en même temps : il rend juftice aux grandes qualités du fecond , fans diffimuler fes défauts, & en parle d'une façon fi lefte, qu'on juge aifément que fon intention ne pouvoit être de faire imprimer fon manufcrit de fon vivant, ou même du vivant du roi de Pruffe.

Voltaire nous apprend comment FREDERIC, alors prince royal & ayant déjà le goût des lettres & de la philofophie, l'avoit recherché & étoit entré en correfpondance avec lui ; comment devenu roi, *Voltaire* vint le voir à Bruxelles, où il le trouva tremblant la fievre , dans un lit fans rideaux & entre quatre murailles ; comment ce prince le chargea de faire imprimer l'*Anti-Machiavel,* ouvrage qu'il avoit compofé avant de monter fur le tiône.

Dans ce mémoire, qui eft encore plus propre à compofer la vie du roi de Pruffe que celle de *Voltaire,* l'hiftorien fuit le monarque dans fa guerre contre l'impératrice reine , où il nous apprend que ce héros croyant perdue la premiere bataille qu'il donna, étoit déjà retiré lorfqu'on vint lui annoncer fa victoire.

Après l'hiftoire rapide de cette guerre, *Voltaire* revient à lui, à fes tracafferies littéraires , aux difficultés qu'il effuya pour être de l'académie françoife, à l'exclufion que lui fit donner le théatin *Boyer,* qui prétendit qu'un poëte & un philofo-

phe décrié comme *Voltaire*, ne pouvoit succéder
au cardinal de *Fleury*, au rôle important qu'il joua
ensuite de négociateur secret de la cour de France
à celle de Berlin, pour faire reprendre les armes
au roi de Prusse contre la reine de Hongrie. Il
rend compte à cette occasion de la vie privée de
ce monarque, & révèle des choses faites pour de-
meurer dans le silence. Enfin, ayant réussi, il revient à Paris & reste sans récompense. Il impute
cet oubli de la cour à Mad. de *Châteauroux*, ce
qui lui donne lieu de parler contre cette maîtresse,
& ensuite de Mad. de *Pompadour*, avec laquelle
il étoit très bien. Cette liaison excita l'envie des
auteurs ses confreres, & pour se soustraire à leurs
persécutions, il fut obligé de retourner à Cirey.
Cette terre étoit voisine de Lunéville. Le roi *Sta-*
nislas y résidoit alors; il avoit aussi la manie
d'écrire en vers & en prose, ce qui lia bientôt
Voltaire avec ce monarque: de-là une description
de la cour de ce prince, qui n'étoit pas sans intrigues & sans noirceurs. *Voltaire* représente le
jésuite *Menou* comme en étant l'ame; il prétend
qu'il attira Mad. du *Châtelet* à Nancy dans le
dessein de lui faire supplanter Mad. de *Boufflers*,
la maîtresse de *Stanislas*, qui aimoit à la fois Dieu
& les femmes. Cependant M. de *Saint Lambert*, qui
étoit témoin oculaire de ce qui se passoit, a inféré une note dans ce manuscrit, où il venge
la mémoire de *Stanislas* & l'honneur de Mad.
de *Boufflers*, qu'il prétend n'avoir jamais été la
maîtresse de sa majesté. Il donne sur le tout un
démenti formel à *Voltaire*.

Quoi qu'il en soit, *Voltaire* ayant perdu madame du *Châtelet* qui mourut à Lunéville dans ce
temps là, en trouva le séjour insupportable; il

revint à Paris, où il céda peu après aux follicitations du roi de Pruffe, qui le détermina une
feconde fois à retourner à Berlin, qui le combla
d'honneurs & de biens, le fit fon chambellan &
lui donna 20,000 livres de penfion. *Voltaire* ne
diffimule pas, ou plutôt a l'amour-propre de
croire que, quoiqu'il eût obtenu la permiffion du
roi fon maître, il lui en fut mauvais gré & ne
lui pardonna jamais cet attachement étranger.

Le furplus de cette premiere partie ne contient
rien de neuf; il roule uniquement fur les démêlés de *Voltaire* avec *Maupertuis*, fur la difgrace
qu'il éprouva de la part du monarque fon bienfaiteur & fur tout ce qui s'enfuivit; c'eft-à-dire,
fon évafion de Berlin, fa détention à Francfort,
& les différentes courfes qu'il fit avant de fe fixer
auprès de Genève où le docteur *Trorchin* le retint.
Dans le detail qu'il fait avant de fa maniere de vivre, on aime à voir pourquoi & comment il tra-
vailloit à augmenter fa fortune au point de devenir
un très-riche particulier. Du refte, il revient
encore fur les événements publics, principalement
en ce qui touche le roi de Pruffe, &, fuivant lui,
la guerre de 1756 de la part de ce monarque fut
occafionnée par un vers qu'il fit contre le cardinal ou plutôt contre le poëte de Bernis, où il
difoit : *Evitons de Bernis la ftérile abondance.*
Ce miniftre en fut piqué & conclut le traité de
la France avec la cour de Vienne, principe de tous
les malheurs qu'éprouva la premiere

La feconde partie de ces mémoires, qui eft
très-courte & compofée de différentes dates, contient
encore des anecdotes affez curieufes fur les événements du temps jufques vers 1762. La plus flat-
teufe pour *Voltaire* eft celle où il prétend avoir

été porteur de paroles pour la paix entre la France
& la Prusse.

En comparant ces mémoires avec ceux de *Jean-Jacques Rousseau*, on voit bien que l'amour-propre a mis la plume à la main de l'un & de l'autre, mais d'une façon aussi différente que l'étoit le caractere de ces deux grands hommes.

22 *Mars*. Le *Journal Militaire* qui, recommencé à plusieurs reprise, est déjà tombé autant de fois, reparoît aujourd'hui avec un nouveau véhicule. On a imaginé d'exciter la commisération publique, & sur-tout celles des officiers & des différents corps militaires, en annonçant que le profit en seroit appliqué à l'agrandissement & aux vues patriotiques de la *Maison Royale de Santé*, établie en faveur des militaires & des ecclésiastiques malades.

Du reste, le *Prospectus* promet, suivant l'usage, les plus belles choses du monde ; mais si c'est monsieur *Durosoy* qui continue d'en être le rédacteur, qu'on ne nomme point, il est bien à craindre que la forme n'entraîne le fond, c'est-à-dire, que tout abondant, tout varié, tout intéressant que soient les matériaux, ils ne soient mal employés par un écrivain d'aussi mauvais goût.

22 *Mars*. M. le duc d'*Aiguillon*, commandant des chevaux-légers de la garde du roi, mécontent de la maniere dont les affaires de la compagnie avoient été administrées sous le major précédent qui n'y entendoit rien, & sous le major actuel qui n'y entend pas davantage, a imaginé d'envoyer à l'hôtel à Versailles un homme à lui, qui prit la gestion des finances sous le titre de commissaire intérieur. Cette espece d'inspecteur adressé à l'état-

major, en a été mal vu, & ces messieurs assemblés au nombre de cinq, l'ont fait venir parmi eux, lui ont témoigné combien il leur déplaisoit, lui ont dit qu'ils le regardoient comme un espion du commandant; celui-ci s'étant excusé de son mieux, ils ont prétendu qu'il leur avoit manqué, qu'il étoit un impertinent & qu'il méritoit d'être puni. En conséquence plusieurs ont tiré l'épée, l'ont assommé de coups de plat, & lui ont ajouté que c'étoit à défaut de bâton qu'ils se servoient d'une arme aussi noble. Ensuite ils ont dressé procès-verbal du tout, & l'ont envoyé au duc d'*Aiguillon*. Celui-ci l'a adressé au comte d'*Agenois*, son fils, commandant en survivance, qui en a rendu compte au roi. Sa majesté a nommé non un conseil de guerre, mais un conseil de discipline, pour examiner l'affaire. Ce conseil, composé des officiers à hausse col du corps & de quelques officiers étrangers, a prononcé une sentence sur laquelle on varie, mais que tout le monde convient absolument trop douce. Il s'agit tout au plus de quelques suspensions ou d'une prison très-courte envers ces officiers, dont quelques-uns chevaliers de Saint-Louis, & le moins âgé a quarante ans, coupables d'une action infame, qui, en justice réglée, leur auroit mérité le dernier supplice.

22 *Mars*. M. *Couet Losquet*, ancien évêque de Limoges & ci-devant précepteur du roi, depuis quelque temps tombé en enfance, vient de mourir. C'étoit un fort honnête homme, peu fait pour vivre à la cour: il laisse une place vacante à l'académie françoise.

13 *Mars*. La vente des livres de M. le duc de *la Vallière*, qui se prolonge plus qu'on ne comp-

toit, offre toujours quelques singularités. La plus
remarquable est le prix fou auquel a été porté
dernièrement le livre intitulé *la Guirlande de
Julie*, 14,510 liv. C'est un in-4° composé de
vingt-neuf fleurs peintes par un certain *Robert*, &
à chacune desquelles il y a des madrigaux assez
médiocres de divers auteurs. Il y a en outre une
espece de frontispice, où est représentée une guirlande de ces vingt-neuf fleurs, & sur le feuillet
suivant, on voit un cupidon. M. l'abbé *Rives*,
chargé ci devant de la direction de la bibliotheque
de M. le duc de *la Valliere*, a donné en 17.9,
une notice exacte & curieuse de la *Guirlande de
Julie*, laquelle n'avoit été, dit-on, achetée que
700 liv. Le marquis de *Sainte Maure* qui fut ensuite le célebre duc de *Montausier* avoit fait faire
cette guirlande pour mademoiselle *Julie d'Angennes
de Rambouillet*, qu'il épousa bientôt après.

23 *Mars*. On parle toujours du déplacement
de M. le garde-des-sceaux, & il reste toujours
en place. Bien des gens attribuent le retard de sa
disgrace à l'espoir qu'on a que sa santé l'obli-
gera de quitter malgré lui. Quoi qu'il en soit,
il est certain qu'il n'a point désemparé de Versailles depuis quelque temps où il a tenu constamment les sceaux pendant l'hiver, soit que sa maladie ne lui ait pas permis de revenir à Paris,
soit qu'il ait voulu tenir tête aux orages qui
s'élevent presque sans interruption contre lui à la
cour. On assure que c'est M. d'Aligre qui lui a
donné cet excellent conseil.

24 *Mars*. L'anecdote dont on a parlé encore à
l'occasion de l'Ode du roi de Prusse contre la
France insérée dans les mémoires de *Voltaire*, est

très-exacte ; mais il ne rapporte de cette *Ode*
que les deux strophes suivantes :

O nation folle & vaine !
Quoi ! sont-ce-là ces guerriers,
Sous *Luxembourg*, sous *Turenne*,
Couverts d'immortels lauriers,
Qui vrais amans de la gloire
Affrontoient pour la victoire
Les dangers & le trepas ?
Je vois leur vil assemblage
Aussi vaillant au pillage
Que lâche dans les combats.

Votre foible monarque,
Jouet de la *Pompadour*,
Flétri par plus d'une marque
Des opprobres de l'amour ;
Lui qui défiant les peines
Au hasard remet les rênes
De son empire aux abois :
Cet esclave parle en maître
Et ce *Céladon*, sans l'être,
Croit dicter le sort des rois.

Voltaire ayant reçu cette ode par la poste dans
un paquet de vers qu'il s'apperçut avoir été dé-
cacheté, eut peur qu'on ne lui imputât ceux-
ci, ou du moins qu'on ne l'accusât de compli-
cité, en ce qu'on n'ignoroit point qu'il corri-
geoit les vers du roi de Prusse. Il fit part de son
embarras & de ses craintes au résident du roi à

Geneve , & il convint avec lui d'adreſſer cette ode au duc de *choiſeul* , qui y fit faire la réponſe,

Ce qu'il y a de ſingulier , c'eſt que ces deux odes qui ſembloient devoir rendre les deux rois irréconciliables & faire dégénérer en querelles perſonnelles leurs querelles politiques , ſervirent en quelque ſorte de baſe au traité de paix, dont *voltaire* fut le premier agent par ſa correſpondance avec les deux cours.

24 *Mars*. On a des détails ultérieurs à · joindre à la lettre d'Ypres ſur l'aéroſtat dont elle parle. Il étoit parti de Sandwich près de Cantorbery , à onze heures & demie , en préſence d'un nombre prodigieux de ſpectateurs , & eſt arrivé le même jour à Warneton ; il s'eſt élevé par un vent très - fort & hors de la vue avec une rapidité étonnante ; il a été conſtruit & lancé par M. W. *Boys*. L'auteur écrit lui - même qu'il l'a rempli d'air inflammable , tiré du fer par l'acide vitriolique ; que le ballon & les appareils , dont il a envoyé un deſſin , & qui ſont fort ſimples, ne lui ont coûté que 6 livres 16 ſchellings , & qu'il n'a employé pour le remplir que huit livres d'huile de vitriol & quatre livres de limaille de fer.

M. *Boys* charge celui qui lui en a donné la nouvelle, de donner une guinée au garçon qui l'a trouvé ; il lui propoſe de le renvoyer en Angleterre par un vent fort, & de la même maniere qu'il a paſſé la mer ; ou s'il ne ſe ſoucie pas de le remplir, de le lui renvoyer à lui - même par la route de Calais.

Warneton eſt éloigné de Sandwich en ligne directe de ſoixante - quatorze milles & demi ordinaires

dinaires d'Angleterre, dont foixante-neuf milles & demi forment un degré d'un grand cercle, & la vraie pofition de Warneton, par rapport à Sandwich, eft fud-eft par eft.

24 *Mars*. Depuis long-temps le cours des livres contre la religion étoit interrompu. Les matieres politiques y avoient fuccédé. On ne fait fi le projet des écrivains philofophes eft de revenir fur cet objet ; mais il en paroît un qui ne laiffe pas que de faire déjà du bruit. Il a pour titre : *Lettres philofophiques fur Saint Paul, fur fa doctrine politique, morale & religieufe, & fur plufieurs points de la religion chrétienne, confidérés politiquement.*

On voudroit faire accroire que ce livre a été traduit de l'anglois par Voltaire & qu'il a été trouvé dans le porte-feuille du fieur Vaniere, fon fecretaire intime, qui étoit encore auprès de lui au moment de fa mort. Ceux qui l'ont lu, affurent qu'il eft bien dans les principes & la maniere de penfer du philofophe de Ferney, mais nullement dans fon ftyle. Comme l'ouvrage eft toujours rare, quoiqu'imprimé dès l'année derniere, on ne peut en rendre compte plus au long dans ce moment.

25 *Mars*. Le nommé *Thion*, garçon ferrurier à Orléans, qui y avoit été enrôlé à l'âge de dix-fept ans pour aller fervir durant la guerre aux colonies, fut incorporé dans un régiment, & fe trouva au fiege de Bridftovvn-Hill : chargé de porter une bombe avec un de fes camarades, il eut le bras emporté, & foutenant le fardeau de l'autre bras, il ne le rendit pas moins à fa deftination. Ce trait de courage digne des Grecs & des Romains, étoit refté dans l'oubli jufqu'à préfent. Heureufement

que repaſſé depuis peu en en France , il a eû les invalides , & ſa belle action l'a rendu preſque auſſi célèbre que le fameux Bouſſard. Indépendamment du grade de ſergent-major auquel il a été promu, d'une penſion que le miniſtre de la guerre lui a fait donner du roi , & de l'eſpoir qu'il a d'être fait officier, il a été célébré dans les journaux ; les grands ont voulu le voir , & l'on s'empreſſe de le combler de bienfaits. Le 9 de ce mois une loge de franc maçons , ſous le nom de *la candeur* , l'a couronné, & a voulu mettre ainſi en quelque ſorte le comble à ſa gloire.

25 *Mars*. On dit généralement que le maître-clerc de Me. *Peron* notaire , coupable d'eſcroqueries & d'abus de confiance , qui depuis long temps étoit entre les mains de la juſtice , & ci-devant jugé par le Châtelet , vient de l'être par la Tournelle , qui l'a condamné hier à être fouetté , marqué & envoyé aux galeres à perpétuité ; mais on prétend que la famille a obtenu un ſurcis , & eſpere avoir ſa grace.

25 *Mars*. On parle beaucoup d'un abbé arrêté & mis à la Baſtille , avec une autre perſonne que l'on croit être ſon frere. On dit que cet abbé demeuroit chez M. de *Valentinois* , ou du moins qu'il étoit chargé de quantité de papiers qui lui appartenoient ; qu'en conféquence il a ſollicité pour lui M. le baron de *Breteuil* , qui a répondu à M. de *Valentinois* qu'on lui rendroit ſes papiers , mais qu'il ne ſe mêlât point de cette affaire-là.

26 *Mars*. Quoiqu'il ſoit arrivé beaucoup de bois depuis que la riviere eſt navigable , on n'en prend pas moins les mêmes précautions que ſi l'on craignoit la diſette. On ne donne qu'une voie à la fois ; on ne peut aller qu'à ſon tour ; il y a

toujours une garde nombreuse , & un commiffaire
de la ville , non pour vous faire rendre juftice des
friponneries des marchands , mais au contraire,
ce femble , pour les autorifer, en vous preffant
d'expédier & de partir. Ces précautions exceffives
& dont il n'y a point d'exemple fur tout dans cette
faifon , plus propres à renouveller les alarmes qu'à
les faire ceffer , font préfumer que le gouvernement craint réellement une difette de la denrée.
On fait qu'il s'eft tenu mardi dernier une affemblée des principaux magiftrats chez le futur prévôt
des marchands, pour avifer aux moyens de fournir à l'approvifionnement de cette capitale l'hiver
prochain ; mais on n'en fait point le réfultat.

26 *Mars.* L'auteur de la bibliotheque des romans, cherchant par toutes fortes de moyens à
donner plus de véhicule aux foufcriptions , s'avife
d'un, dont le but paroît fort louable, mais très-
bizarre , & dont l'exécution qu'il ne peut efpérer
raifonnablement, lui importe peu fans doute ,
puifqu'il n'en remplira pas moins fon objet. Il
s'agit d'appliquer le tiers des fonds des nouvelles
foufcriptions qu'il ouvre , à élever un monument,
deftiné à recevoir les cendres de *Defcartes* , qui
repofent depuis cent ans fans honneur dans l'ancienne églife de *Sainte Genevieve* , lorfqu'elles
feront tranfportées dans la nouvelle. Du refte , il
deftine un officier public pour être le dépofitaire
des fonds ; & fi la fomme fuffifante pour l'exécution du projet n'eft pas remplie dans un temps
déterminé, on rendra , non la totalité , mais le
tiers feulement qui devoit y être employé. C'eft
ce *retentum* qui prouve bien la charlatanerie de
l'annonce.

26 *Mars.* Il court depuis quelque temps une

I 2

plaifanterie en vers , intitulée *la Réfidence.*
Cette fatire , attribuée au chevalier de Boufflers ,
paroît dirigée en général contre les évêques , fans
qu'on y en trouve aucun de défigné fpécialement.
La voici :

La Réfidence.

Un évêque de grande mine,
Et dont le nom me reviendra ,
Payoit du tréfor de l'églife ,
Comme l'ufage l'autorife ,
Une actrice de l'opéra ;
Tandis qu'à Paris , à Verfailles ,
Pour édifier fes ouailles
Il faifoit chaudement fa cour
Et l'amour ,
Un mot lâché dans une thefe
Sur l'origine des pouvoirs
L'appella dans fon diocefe ,
Et le grave prelat, fidele à fes devoirs,
Vint prendre le congé de fa belle *Thérefe.*
On fe jura fidélite ,
Foi d'apôtre & d'honnête femme ;
Mais contre les fermens faits dans la volupté
On protefte bientôt , & le plaifir reclame
Les douceurs de la liberté.
L'évêque part : un abbé lui fuccede ;
Un juif après eft écouté ;
Puis milord *Spleen* qui la prend pour remede
Par ordre de la faculté ,
Prouve que le plaifir eft bon à la fanté.
Milord des medecins rempliffoit la formule

Quand l'évêque parut, jeûnant depuis deux mois ;
Il ouvre le boudoir . . . . . quel affront ! il recule ;
Et témoin du forfait, il élève la voix ;
    Mais Thérèse avec affurance
      Lui dit : " Calmez votre fureur,
„ A la cour de Vénus il n'eft point de difpenfe ;
    „ Apprenez que dans la rigueur
„ Une maîtreffe eft libre après trois jours d'abfence :
     „ Ce bénéfice, Monfeigneur,
„ Quoiqu'à fimple tonfure, exige réfidence.

27 *Mars.* M. l'abbé de *Mably*, effrayé de l'orage
qui s'élevoit contre lui au fein de la faculté de
théologie, a pris le parti d'une réfipifcence falutaire, & a promis de fe foumettre à toutes les
rétractations qu'on exigeroit de lui : on a dreffé la
cenfure en conféquence, elle doit paroître inceffamment, quand elle aura été approuvée dans
l'affemblée des docteurs du *primâ menfis* d'avril.
En faveur de fa foumiffion, la cenfure fera très-
modérée, dit on, & ne roulera que fur l'article
qui a fait le plus de fcandale. On lui fait grace
d'un autre concernant le clergé, fon fanatifme,
la contradiction de fes principes avec ceux de la
politique & de la faine morale, qui méritoit de la
part des fages maîtres, une animadverfion encore
plus forte. Quoi qu'il en foit, le livre de ce moralifte, au fond très-trifte, très-ennuyeux, très-
mauffade, & n'ayant rien de piquant que ces deux
morceaux, au moyen de la perfécution qu'il a
éprouvée, fera vendu, fera même lu de beaucoup
de gens qui n'en auroient fait aucun cas, & en
auroient peut-être même ignoré l'exiftence.

Quand cette affaire fera finie , M. l'archevêque de Paris a promis d'écrire en faveur de M. de Saucy, le cenfeur du livre , à M. le garde-des-fceaux , pour qu'il lui rende la liberté de fes fonctions, dont il eft fufpendu, ainfi qu'on l'a dit.

27 *Mars.* Depuis que le dernier arrêt du confeil rendu en finances par M. le contrôleur général, a été examiné par les gens au fait & en état d'en développer tous les avantages au profit du fifc public, on le regarde comme très-adroit , en ce que ce miniftre fous prétexte de 3 millions de bienfaifance, fe procure une rentrée de 15 millions, dont il difpofera abfolument à fa volonté , fans que cette plus-value entre dans le compte général.

En effet , comme l'impofition momentanée qu'on met par cet arrêt du confeil, eft cenfée uniquement applicable à des œuvres de charité , elle n'a eu befoin d'aucun enrégiftrement ; perfonne n'ofera réclamer , & la chambre des comptes fe gardera bien de vouloir en connoître.

On prétend que la deftination de ces 15 millions eft déjà faite, & que la plus grande partie fera diftribuée à des créatures de la famille royale. M. le contrôleur général s'attire ainfi de plus en plus la bienveillance de ces auguftes perfonnages & de ceux qui les entourent.

Du refte , on fe plaint que la répartition des bienfaits du roi a été fi mal faite & fi motivée, que plufieurs villages ne fe font pas fouciés de les recevoir, & qu'un entr'autres a renvoyé dix-huit livres de riz qu'on lui avoit adreffé.

27 *Mars.* Quoi qu'il n'y ait pas long-temps que M. le baron de Breteuil foit en place, & que dans ce court efpace il ait déjà fait beaucoup de

chofes qui le rendent recommandable & précieux
dans fon miniftere , la manie du couplet s'eft
étendue jufques fur lui. On voit que l'auteur fen-
tant cependant qu'on verroit avec peine ce miniftre
mis fur la fcene & tourné en ridicule, a moins
cherché à être méchant que gai.

28 *Mars*. M. Laus de Boiffi étant ces jours
derniers chez Mad. la marquife de *Villette* qui eft
groffe , trouva fous fa main un *Matthieu Lansberg*.
On fait que cet almanach eft rempli de centuries
dans le goût de celles de *Noftradamus* , & contient des efpeces de prophétie : « Ah ! Madame ,
» s'écria t-il , en voilà une qui vous concerne ; »
& il lut le quatrain fuivant , qu'il venoit de compofer , comme s'il l'eût trouvé dans l'almanach :

De *Belle & Bonne* il doit naître un enfant ,

Qui recevra le furnom de fa mere :

Il y joindra grace , efprit , enjouement ,

Car il faut bien qu'il tienne de fon pere.

Il faut fe rappeller que Belle & Bonne , eft le
furnom que *Voltaire* donnoit à Mad. de *Villette*.

28 *Mars*. La fcandaleufe aventure de madame
d'*Ormeffon de Nofeau* n'eft que trop vraie. C'eft
à l'abbaye de *Bons-Secours* qu'elle eft renfermée.
On blâme beaucoup ce magiftrat d'avoir fait tant
d'éclat , de s'être caché fous fon lit, & à un
fignal donné d'avoir fait paroître fes domefti-
ques le flambeau à la main , & enfin d'avoir fait
forcer le galant de Mad. de *Noifeau* à fe nommer
devant eux. Il donne pour excufe qu'il y a été
obligé pour convaincre fon pere des déportements
de la femme, auxquels ils ne vouloit pas croire ;

I 4

car on prétend qu'elle avoit en déjà plusieurs
amants avant celui-ci. Il s'appelle M. de *Curieu* ;
c'est un militaire jeune & bon payeur d'ariérages.
Quant à Mad. de *Noiseau*, elle est *Baillon* en
son nom, fille d'un ancien intendant de Lyon.
Elle n'a guere que vint ans ; elle n'est point jolie,
elle est maigre, seche & n'a rien de séduisant.

28 *Mars*. Le discours de clôture prononcé hier
à la comédie françoise par le sieur *Sainval* comme
le dernier reçu, a paru fort singulier, en ce qu'il
étoit plutôt un éloge emphatique du sieur *Préville*,
que le tribut de reconnoissance & de respect dû au
au public. L'orateur nous a appris que ce comédien
après trente ans de service vouloit se retirer ; mais
que ses camarades ayant député vers lui pour
l'engager à rester, il y a consenti. Et cependant
il est certain que cet acteur commence à perdre
beaucoup auprès des connoisseurs, qu'il n'a plus
de dents, qu'il barbouille, qu'il veut occuper des
rôles qui ne lui conviennent point, & que pour
conserver sa réputation toute entiere, il auroit
dû quitter déjà il y a plusieurs années.

29 *Mars*. Le college de chirurgie vient de perdre
dans la personne de M. Barbaut, un homme qui
faisoit honneur à cette société de savants.

Il se distingua, dès sa jeunesse, par des ouvrages estimés, tels que les traités *sur les principes
de la chirurgie*, & *sur les viscères*, & par des cours
particuliers très suivis, dans lesquels il développa
son talent pour l'instruction.

Mais bientôt renonçant aux autres branches de
son art, il se livra totalement à celle des accouchements & se rendit si célèbre dans cette science,
qu'il fut jugé digne de succéder à M. *Puzos* dans
la chaire publique des accouchements à l'école de
chirurgie.

Il l'a occupée pendant ving-cinq ans.

Depuis forcé par ses infirmités de garder la retraite, il s'étoit livré à la composition tout entier, & laiss beaucoup de manuscrits sur son art, qui sans doute verront le jour s'ils en sont jugés dignes.

29 Mars. La reine s'étant amusée à dire à M. de Boufflers de faire une chanson sur elle, où il reprendroit successivement tous les défauts qu'on lui reproche dans les chansons & autres écrits calomnieux qui ont courus contre S. M. : cet agréable poëte a usé de la permission qui lui étoit donnée, & par une tournure ing nieuse & piquante, a fait valoir, à l'avantage de la reine, tout ce qu'elle l'avoit autorisé d'articuler Cette chanson, dit-on, est pleine de sel & très-flatteuse, & S. M. a daigné la chanter elle-même à sa cour. On conçoit bien qu'elle y est désignée sous un nom étranger, mais le voile peut se lever facilement.

30 Mars. M. le duc de *Chartres*, qui depuis quelque temps, sollicitoit du roi la permission d'aller en Angleterre, voyage que sa majesté l'avoit engagé de suspendre jusqu'à présent, vient enfin de partir, après avoir pris tous les arrangements nécessaires pour le meilleur ordre de ses finances très-délabrées. On augmente même sa perte au jeu, & l'on assure qu'elle a été portée jusqu'à 18,000 livres. Quoi qu'il en soit, on veut que des 1.800,000 liv. de revenus qu'il a, il réserve 100 mille écus pour lui, pour Mad. la duchesse & pour ses enfants ; que le surplus soit destiné à payer ses créanciers & à finir ses bâtiments.

31 Mars. La clôture de la comédie italienne n'a

I 5

été remarquable que par un grand tumulte occasionné à la vue d'un monde prodigieux placé sur
le théâtre , lorsqu'on a levé la toile. Les acteurs
ne pouvant commencer , on a fait baisser la toile,
on a tâché de reculer ces spectateurs offusquant
le public. Cet arrangement n'a pas satisfait les
mécontents : les clameurs ne cessant point, on
a fait entrer des fusiliers dans le parterre ; une telle
précaution l'a irrité encore plus ; on a voulu arrêter
quelqu'un ; tout le monde a pris fait & cause pour
lui ; on a dit qu'on ne souffriroit pas qu'on l'em-
menât ; on a colleté la garde : alors un officier est
venu & a ordonné aux fusiliers de se retirer. Le
sieur *Thomassin* a pris le parti de haranguer le
public, de lui faire des excuses au nom des comédiens, de prier qu'on leur passât pour cette fois
une dérogation à l'usage ; il a réclamé l'indulgence
de l'assemblée ; quelqu'un a crié : *à la bonne heure,
mais sans tirer à conséquence* , & le bruit a pris
fin.

31 *Mars*. Les *Lettres secretes sur l'état actuel
de la religion & du clergé de France* continuent.
On a imprimé les lettres 13 & 14 entremêlées
de deux, dont l'une de l'archevêque de Toulouse
à M. d'Autun en date du 6 janvier 1784, &
la réponse de celui-ci du 30 janvier. On voit
qu'elles sont récentes & roulent sur des anecdotes
du jour.

1 *Avril* 1784. Le musée de Paris pour se
donner une consistance qu'il n'avoit pas encore
eue, vient de faire imprimer *Séance du musée de
Paris du 1 février*. C'est une petite brochure où
l'on rend compte des progrès de la société, de
l'admission des dames en qualité *d'associées honoraires*, & où l'on fait les analyses des ouvrages

qui y ont été lus. On y fait encore mention de cadeaux & de préfents en livres que la fociété a reçus. Enfin on y rend même compte en détail du concert exécuté ce jour-là devant l'aflemblée.

Rien de plus plat & de plus miférable que cette brochure, & fur-tout que le difcours du préfident, moins propre à rehauffer l'éclat du mufée qu'à le dégrader.

1 *Avril. Hiftoire d'un pou françois, ou l'efpion d'une nouvelle efpece, tant en France qu'en Angleterre, contenant les portraits des perfonnages intéreffants dans ces deux royaumes, & donnant la clef des principaux événements de l'an 1779, & de ceux qui doivent arriver en 1780.*

Tel eft le titre d'une brochure qui a paru dès 1781, qu'on a annoncé dans le temps, mais dont il y a fans doute eu peu d'exemplaires de diftribués, en forte qu'elle eft encore excefivement rare.

Dans ce cadre dégoûtant d'un pou voyageur, eft enchâffé un fond moins mauvais qu'on ne croiroit, mais très médiocre: il y eft fur-tout queftion du docteur *Francklin*, du fieur de *Beaumarchais*, de M. de *Sartines*, de M. *Linguet*, & ces perfonnages n'y font point mal peints. Refte à favoir fi ces morceaux & les anecdotes qu'ils renferment, ne font pas pillés, comme le *dialogue entre un vieux commiffaire de marine & fon ami*, copié mot-à-mot de l'*Efpion anglois*.

1 *Avril.* Suivant ce qu'on confirme des deux quidams arrêtés à l'hôtel de *Valentinois*, ils étoient en effet freres, & fe nommoient *Seri*; l'un d'eux avoit été inftituteur de ce feigneur & lui étoit refté attaché en qualité de fecretaire. Il paroît que la

I 6

fouille concertée a eu lieu pendant que le duc &
la duchesse soupoient aux petits appartements.
On prétend qu'on a trouvé une petite imprimerie;
on les accuse d'être les auteurs de couplets & de
méchancetés contre la cour. Tout le reste est
exact.

2 *Avril.* Une demoiselle *Paradis*, aveugle depuis l'âge de deux ans, a exécuté hier au concert
spirituel un concerto de clavecin; spectacle nouveau qui a intéressé singuliérement. Cette virtuose
n'est point jolie; elle paroît avoir 25 à 30 ans;
elle s'est montrée grande musicienne, elle a l'exécution sûre & la main très-brillante; elle a été fort
applaudie. Après avoir fini, elle s'est fait voir en
loge, & a attiré de nouveau les regards & les
battements de mains du public.

2 *Avril.* Mad. *Dugazon*, qui depuis quelque
temps fait les beaux jours de la comédie
italienne, a non-seulement été obligée de priver
le public de sa présence à l'époque la plus intéressante, mais encore est menacée de ne pouvoir
de sa vie remonter sur le théâtre. L'anecdote est
singuliere.

Le sieur *Astley* pere, ce superbe homme de
cheval, si renommé pour sa figure, sa taille,
son adresse & sa vigueur, a eu désir de coucher
avec une aussi charmante actrice; il a acheté fort
cher deux de ses nuits & a toutefois mieux payé
de sa personne. Dans cette double séance il lui
a fait courir vingt-deux postes: ç'auroit été sur-
croît de plaisir & la belle ne s'en seroit que mieux
portée, si le cavalier, monstrueusement conformé,
ne lui eût fait prendre un écart terrible & renouvellé une descente de matrice qu'elle avoit eue
autrefois; en sorte que dans le cas où elle gué-

riroit, elle ne pourroit plus faire le moin dre
effort, fans craindre un pareil accident.

Le fieur *Dugazon*, fon mari, eft le premier
à conter l'aventure dans les foyers & dans les
les cercles : il en plaifante, il dit que fa femme
eft une gourmande qui avale les morceaux trop
gros.

2 *Avril*. Dom *Pech*, condamné en effet par
le fénat monacal à être exilé dans la maifon la
plus reculée de fon ordre, & à un an & un
jour de prifon avant, n'a point encore fubi la
punition. On s'intéreffe pour lui auprès de M. le
cardinal de la *Rochefoucault*, fon fupérieur ma-
jeur, qu'il avoit prévenu, & l'on efpere qu'il en
fera quitte pour la peur.

3 *Avril*. Le livre des *Lettres philofophiques fur
Saint Paul* n'eft pas en effet de *Voltaire*, mais
n'en eft pas indigne L'auteur, qui eft un François,
& un très-bon François, a eu fes raifons pour
les mettre fur le compte du défunt, & même
pour les prétendre tirées de l'Anglois, idée qu'il
a cherché à favorifer le plus qu'il a pu par toutes
les vraifemblances acceffoires. Il s'eft ainfi donné
librement carriere fur des maximes hardies, meil-
leures dans la bouche d'un philofophe de Londres,
que dans celle de tout autre fpéculateur. Quoi
qu'il en foit, ces lettres font au nombre de dix-
neuf. C'eft *Mirza* qui écrit à *Elife*, noms plus
propres à figurer dans un roman que dans un
livre philofophique.

L'écrivain examine fucceffivement l'authenticité
des épîtres de *Saint Paul*, fes contradictions, fon
opinion fur le péché originel, fur l'humanité,
fur l'origine de la puiffance des rois, fur la priere,
fon don des langues, fon don de prophétie, fa

vifion, fa guérifon, fon fyftème fur les anges &
les démons, fa politique. Il parle de fes voyages,
de fes prédications, de fes idées fur la prédefti-
nation & des conféquences qu'elles entraînent,
fur le concubinage, l'adultere, le divorce, la ré-
furrection, les contradictions de Paul. Il termine
par en faire le vrai portrait: il le peint comme
foutenant tour à-tour le déifme, le polithéifme,
le manichéifme, le matérialifme, le judaïfme,
l'idolâtrie, la tolérance, l'intolérance; conféquemment comme un homme fans principes, fans
tenue, comme un enthoufiafte du moment, va-
riant fuivant que fes organes étoient affectés,
comme un vifionnaire, comme un fou.

Ce livre eft dans la maniere ironique de *Voltaire*; il a fa gaicté & fon farcafme, mais plus
de difcuffion & de raifonnement. Une grande logique, une érudition vafte, fans pédanterie, le
caractérifent fur-tout. On peut lui reprocher des
longueurs & des répétitions. C'eft un des plus for-
midables ouvrages contre la religion, en ce qu'il
renverfe de fond en comble les actes des apôtres,
regardés comme une de fes bafes les plus folides.
Les matieres dogmatiques, d'un foible intérêt aujourd'hui, y font entremêlées de digreffions piquantes fur la politique & la morale, remplies
de vues excellentes écrites avec autant de chaleur
que d'énergie, décélant un philofophe ami de
l'humanité, qui en connoît les droits & ofe les
défendre courageufement contre les entreprifes du
defpotifme & de la tyrannie.

3 *Avril.* M. l'abbé Bexon, grand - chantre de
la *Sainte-chapelle*, mort le 15 février dernier, étoit
un philofophe économifte, auteur de plufieurs
ouvrages en ce genre, tels que le *fyftème de la*

fertilifation, le catéchifme de l'agriculture, l'hif-
toire de Lorraine, &c. Il eft plus particuliérement
connu comme aſſocié aux travaux de M. de Bᵤffon,
pour la partie de l'hiſtoire naturelle concernant
les oiſeaux, & il en a ſi parfaitement imité le
ſtyʼe, que bien des gens s'y trompent & la croient
une continuation du même écrivain.

4 *Avril.* Le parlement attendoit depuis long-
temps une réponſe du roi à différentes remontrances. S. M. l'a donnée enfin.

Il tranſpire qu'à l'égard des bénédictins, le roi
perſiſte à regarder le chapitre de Saint-Denis comme
très-caⁿonique, & ne veut rien changer à ce qui
a été fait à cet égard. Il a trouvé très-mauvais
que le parlement s'élevât avec tant de furie contre
la commiſſion des réguliers ; lui a déclaré que
tout ce qu'elle avoit fait, l'avoit été par ſes ordres.

Pour ce qui concerne les quinze-vingts, le roi
a dit qu'il feroit ſavoir inceſſamment ſes intentions. On s'attend à voir paroître ſur cette matiere une déclaration qui réparera le vice de l'adminiſtration précédente.

Ce qui excite aujourd'hui le plus l'attention, c'eſt
le reproche que le premier préſident a reçu de S. M.
que ſon parlement ne lui eût pas encore mis ſous
les yeux, depuis un an, aucun mémoire ſur la
réforme de la juſtice. Le roi a dit qu'il étoit informé qu'il en avoit été lu un aux commiſſaires, qu'il
ſavoit contenir de très bonnes choſes & dont cependant
on n'avoit tenu aucun compte.

Ce mémoire eſt celui que M. *d'Outremont*, de
la ſeconde des enquêtes, avoit remis dès le commencement des ſéances, & ſur lequel on avoit renvoyé à ſtatuer plus tard.

On a jugé que le roi prenoit la chose fort à cœur, parce qu'il en a non seulement parlé à la députation, mais parce qu'il a fait rappeller deux fois le premier président & l'en a entretenu très-longuement.

Cependant les grand'chambriers, forcés de s'occuper du mémoire de M. d'*Outremont*, ont été jaloux qu'un membre de enquêtes vît préféré par S. M. son travail. M. d'*Amecourt* sur-tout, en sa qualité de rapporteur de la cour, a dit que ce mémoire étoit trop long pour être mis dans cet état fous les yeux du roi, & s'est chargé de le rédiger & de l'abréger.

Enfin dans l'assemblée des chambres, tenue avant-hier vendredi, le vœu de messieurs a été de supplier S. M. de supprimer les épices, & d'attribuer à leurs offices des gages porportionnés à la finance & au travail.

4 *Avril.* M. Bignon, bibliothécaire du roi, vient de mourir. Son fils, très-jeune, ne peut lui succéder. En conséquence S. M. ne lui a donné que la survivance, & a nommé à cette place M. le Noir, avec la survivance pour M. Bignon le fils.

Le bruit a d'abord couru que monsieur le Noir avoit cette place comme une retraite honorable; mais il est constant aujourd'hui que ce n'est qu'une marque de faveur du roi & un encouragement, car S. M. a dit qu'elle avoit encore besoin de lui à la police, & qu'elle espéroit qu'il lui continueroit ses services.

4 *Avril.* La chanson de M. de Boufflers dont on a parlé, a pour titre : *les on dit.* Elle est sur l'air ; *Phslis demande son portrait*, en

quatre couplets & très-agréable effectivement; la
voici :

CHANSON.

Air : *Philis demande son portrait.*

Voulez-vous savoir les on dit ,
    Qui courent sur *Thémire !*
On dit que par fois son esprit ,
    Paroît être en délire.
      Quoi ! de bonne foi ?
      Oui , mais, croyez-moi ,
    Elle fait si bien faire ,
      Que sa déraison ,
      Fussiez-vous *Caton* ,
    Auroit l'art de vous plaire.

On dit que le trop de sens
    Jamais ne la tourmente ;
On dit même qu'un grain d'encens
    La tavit & l'enchante.
      Quoi ! de bonne foi ?
      Oui , mais croyez-moi ,
    Elle fait si bien faire ,
      Que même les dieux
      Descendroient des cieux
    Pour l'encenser sur terre.

Vous donne-t-elle un rendez-vous ,
    De plaisir ou d'affaire,

On dit qu'oubliant l'heure & vous ,
Pour elle c'eſt miſere,
Quoi ! de bonne foi !
Oui , mais croyez-moi,
Se revoit-on près d'elle ,
Adieu tous ſes torts ;
Le temps même alors ,
S'envole à tire-d'aile.

Sans l'égoïſme rien n'eſt bon ,
C'eſt-là ſa loi ſuprême ;
Auſſi s'aime-t-elle , dit-on ,
D'une tendreſſe extrême.
Quoi ! de bonne foi !
Oui , mais croyez-moi ,
Laiſſez-lui ſon ſyſtême ;
Peut-on la blâmer ,
De ſavoir aimer
Ce que tout le monde aime !

5 *Avril.* L'auteur des *Lettres Secretes* , &c. dans
ſa treizieme reprend la plume à l'inſtigation de
ſon correſpondant. Il a peine à remuer la fange
dans laquelle M. l'évêque d'Autun eſt plongé
tout entier. Il le diſculpe de ſon acharnement contre
le prélat , miniſtre de la feuille , ſur ſon zele pour la
religion, ſur ſon amour de la vérité. Tout chrétien
eſt obligé de défendre l'une; tout homme doit chercher l'autre. Il n'a point fait une déclamation , mais
une peinture trop fidelle des maux qui affligent
l'égliſe & de ceux qui la menacent. Qui oſeroit
juſtifier M. d'Autun ? qui oſeroit condamner ſon
accuſateur ? C'eſt le ſeul moyen de faire par-

venir la vérité à *Louis XVI*. Au reste, il s'étaie
de la décision du célebre *Arnaud*, qui justifioit
les *Lettres Provinciales*, qui regardoit cette audace d'attaquer les chefs de la religion lorsqu'ils
la mettent en péril par leur doctrine ou par leurs
scandales, comme louable & sainte.

M. l'archevêque de Toulouse, dans sa lettre
prétendue interceptée, datée de son diocese, où
il s'étoit retiré pour laisser passer l'orage, & qui
n'est qu'une tournure nouvelle pour rendre la
correspondance plus piquante, après avoir loué
M. d'Autun de sa fidélité à exécuter d'abord le
concordat, le blâme d'avoir gauchi, d'y avoir
même manqué. Il regarde comme une fausse démarche d'avoir fait rechercher avec fureur l'auteur des *Lettres Secretes*, ce qui leur a donné
plus de véhicule & de publicité. Il finit par
l'exhorter à être plus scrupuleux sur ses engagements, & par lui offrir une réconciliation sin-
cere. Cette lettre contient des anecdotes très-cu-
rieules, mais qui ne sont qu'indiquées, & que
peu de gens peuvent deviner.

Le critique dans la XIV. lettre se félicite de
sa justification dont on a senti la justesse. Elle est
encore mieux confirmée par les faits. Ses pamphlets ont intimidé M. d'Autun au point de se
tenir en bride, lors de la nomination insérée dans
la gazette de France du 3 février dernier, à laquelle la religion a applaudi. Au surplus, il
veut prouver à monseigneur qu'il n'est pas son
ennemi, & lui donner des conseils salutaires.
Ils sont plaisants, & le dernier sur-tout ne
sera pas suivi. C'est d'écrire au roi une lettre,
dont il lui envoie le modele, pour donner sa
démission à sa majesté.

La quatrieme & derniere piece de ce recueil est une réponse fictive de M. l'évêque d'Autun à M. l'archevêque de Narbonne, où il bourre d'importance son mentor. Il se justifie de tous les griefs que lui reproche celui-ci, & fait voir qu'il ne pouvoit faire de meilleur choix pour exécuter le plan concerté entre eux. Il finit par lui annoncer qu'il va proposer un prix pour le meilleur traitement de la *folie de famille intermittente, mêlée de quelques crises de fureur.* Telle est la cruelle plaisanterie, qui est comme le coup de massue que l'écrivain assène sur son héros.

En général, cette troisieme partie n'est point indigne des premieres. C'est le même ton, la même légéreté ; ce sont des tournures fines & piquantes. Ce qu'on peut reprocher à l'auteur, c'est d'être trop peu serré de faits & d'anecdotes, de revenir souvent sur les mêmes objets, tels que la folie de son héros, & d'être plus fécond en mots qu'en choses.

5 Avril. Le roi a décidément acheté 600,000 liv. la salle de l'opéra de la porte *Saint-Martin*, dont on payoit un loyer fort cher & qui appartenoit à la compagnie qui l'avoit fait élever à ses frais. Elle servira aux répétitions des ballets & formera un dépôt pour les machines & décorations, &c. lorsque l'on en construira une nouvelle.

6 Avril. Extrait d'une lettre de Bordeaux, du 30 mars.... Le parlement est toujours en combustion, & les affaires des plaideurs ne finissent point.

1. L'insurrection des procureurs & avocats contre M. *Dupati* n'est point ralentie, & ce président de la tournelle, pour n'avoir pas l'humiliation

ſe voir ſon tribunal déſert, reſte à Paris depuis
ce temps.

2. Le parlement perſiſte à ne pas vouloir reconnoître M. *Dudon* fils, pour adjoint à ſon pere,
& malgré tous les coups d'autorité frappés en ſa
faveur, ne ſe ſoumet point aux volontés du roi. Il a
même fait de vigoureuſes remontrances qui reſtent
ſans réponſe, & la cour eſt dans l'inaction à cet
égard.

3. Une nouvelle conteſtation s'éleve en adminiſtration. L'intendant ayant rendu une ordonn-
nance concernant les corvées, le parlement en a
empêché l'exécution par un arrêt de défenſe, &
cela ne peut qu'engager une querelle très - ſé-
rieuſe.

4. La premiere chambre des enquêtes ayant
mulcté fortement un avocat qu'elle a décrété d'aſ-
ſigné pour être ouï, avec injonction de dépoſer
le plaidoyer qu'il venoit de débiter au greffe,
tout l'ordre a pris fait & cauſe pour lui.

6. *Avril.* Il paroît que M. l'abbé *Maury* a été
ſoupçonné d'être l'auteur des *Lettres ſecretes ſur
l'état de la religion & du clergé en France*, & qu'il
a été obligé d'aller chez M. d'Autun ſe juſtifier.
Quoi qu'il en ſoit, il faut qu'on ſoit aujourd'hui
convaincu que l'ouvrage n'eſt pas de lui, puiſqu'il
brigue la place d'académicien, vacante par la
mort de M. de *Cöetloſquet*, & paroît aſſuré de la
majorité des ſuffrages, malgré les concurrents
très-accrédités qu'il a dans le premier ordre du
clergé, tels que l'ancien évêque de Senez, l'évêque
de Leſcar, &c. concurrents qui ne manqueroient
pas de faire valoir contre lui le crédit de M. d'Autun, ſi celui-ci ne le regardoit comme innocent.

6 *Avril.* Les *Mémoires pour ſervir à la vie de*

M. *de Voltaire* paroissent imprimés, au grand scandale de toute l'Europe ; car on n'y a rien omis de tout ce qui concerne le roi de Prusse. Le ministre des affaires étrangeres en est furieux. On ne doute pas que le sieur de *Beaumarchais* ne soit l'auteur de cette publicité. Au moins ne peut-il se disculper de l'infidélité d'avoir manqué à la volonté du testateur, en ouvrant le paquet qui devoit rester clos jusqu'après la mort du roi de Prusse.

7 *Avril*. Extrait d'une lettre de Bourges, du 3 Avril..... A ce que je vous ai écrit dans ma lettre du 14 février, concernant les états du Berry, il faut ajouter que dans ce temps où les hommes ne se conduisent que par des vues d'intérêt, on a cru devoir annoncer trois prix de 600 livres chacun, à décerner aux trois meilleurs mémoires sur les questions suivantes :

1°. Quels sont les meilleurs moyens de diminuer les frais de récolte, qui sont tres-dispendieux ?

2°. Quelle est la marche la plus utile à suivre pour ramener à Bourges & dans la généralité, la fabrication & le commerce de la bonneterie, & d'encourager l'emploi des laines, une des matieres premieres les plus précieuses de la province ?

3°. Quels sont les moyens les plus propres à y favoriser la population, en procurant aux habitants, & sur-tout à ceux des campagnes, l'aisance qui leur manque ?

L'Administration provinciale jugera du mérite des ouvrages, durant la tenue de ses séances en 1785, & décernera les prix.

7 *Avril*. Extrait d'une lettre de Rome, du 15 mars 1784..... Les actions du vénérable *Benoît-Joseph Labre*, qui n'est pourtant pas encore béatifié, après avoir baissé pendant quelque temps,

commencent à remonter beaucoup. Les merveilles
qu'on dit s'opérer par son intercession continuent
d'attirer l'attention de M. le cardinal-vicaire qui,
suivant ce que dit le cardinal de Bernis, recueille
avec soin les faits propres à contribuer à sa béatifica-
tion, à en constater l'authenticité & les degrés de
croyance qu'ils méritent. On parle plus que jamais
de l'enfant mort, ressuscité; ce qui est le miracle
des miracles. Il étoit tombé d'une fenêtre, & le
pere ayant invoqué le nouveau saint, il est
revenu vivant, garni de tous ses membres & en bon
état.

Le vénérable a fait des menaces contre Rome,
dont on redoute fort les effets. On craint que ce ne
soient des malheurs semblables à ceux de Messine
& de la Calabre. Ce n'est point que Labre en vou-
lût à la capitale du monde chrétien : mais c'est
par un excès de zele contre la corruption des mœurs
& le débordement des cardinaux. Ce qu'il y a de
certain, c'est que le pape en a été effrayé & a ordonné des prieres de quarante heures & des proces-
sions solemnelles comme à la Fête-Dieu. D'autre
part, les bonnes gens comptent sur la protection
du saint & récitent souvent ces deux vers, comme
une antienne en son honneur :

La terre engloutissant Messine & la Calabre,
Dieu nous préservera par le bienheureux Labre.

On assure que le saint-pere a hérité du lit sur
lequel couchoit le vénérable, & couche dessus ....
7 Avril. Les *mémoires du comte de Saint Germain* ont paru en 1779, & c'est en 1780 qu'ont
été publiés des *commentaires* sur ces mémoires qui,

jusqu'à préfent, avoient été prohibés avec le plus
grand foin de la part du gouvernement, en
forte qu'ils étoient exceſſivement rares. Ces *commentaires*, avec le texte, forment un gros in-8°
très-fourni. Ils font extrêmement curieux & mé-
rirent d'être placés dans la bibliotheque de tout
militaire, & fur-tout de quiconque aſpire aux
places éminentes de cet état.

7 Avril. Extrait d'une lettre de la Haye, du ≥
avril. On dit qu'il s'eſt vendu à la vente des
livres de M. le duc de *la Valliere* un petit livre
très-rare & fort cher par conféquent, intitulé : *de
la Tyrannie des François.* Il fut compoſé lors de
l'invaſion de *Louis* XIV & des démêlés violents
qui s'éleverent & fubfiſterent juſqu'à fa mort entre
la France & la république. C'eſt aujourd'hui l'in-
verfe. On a fait imprimer ici en hollandois & en
anglois une eſpece de catéchifme qu'on diſtribue
dans toutes les écoles & qu'on fait apprendre à
tous les enfants. Il roule fur la tyrannie de la Grande-
Bretagne. De long temps cette haine ne s'éteindra.

8 Avril. M. le contrôleur-géreral, qui a beaucoup d'eſprit & conroît parfaitement les hommes, fait qu'en politique, comme en médecine,
un peu de charlatanerie eſt d'un grand fecours ;
qu'au défaut de foulagements réels, il faut au
moins faire acte de bonne volonté, donner de
l'eſpoir par des adouciſſements apparents & féduire
l'imagination. On a vu ce qu'il a déjà fait en conféquence. C'eſt ainſi qu'il vient de faire rendre une
déclaration (en date du 31 mars 1784, regiſtrée
en la cour des aides le 3 de ce mois) portant
réduction d'un dixieme dans l'évaluation des droits
fur le fucre, le café & la cire. Cette réduction,
qui n'eſt qu'une fuppreſſion d'une injuſtice, puifque,

que, fuivant l'exacte équité, le droit n'auroit pas
dû porter fur la tare, a produit le meilleur effet ;
la déclaration a été publiée avec emphafe dans les
rues, & reçue avec reconnoiffance.

C'eft dans le même efprit que M. le contrôleur-
général a annoncé qu'il vouloit accélérer le paiement des rentes, qu'il a fait ouvrir les fix derniers
mois de 1783, quoiqu'on n'eût pas fini le paiement des fix premiers ; que fans donner plus de
fonds il fait pafler au C, avant que l'A foit terminé, & qu'il annonce qu'il veut qu'on foit à
jour en juillet, & qu'on commence à acquitter
alors les fix premiers mois 1784.

Il profite avec non moins d'adreffe de la cir-
confiance des Hollandois, qui s'empreffent de
retirer leurs fonds de la banque d'Angleterre, &
les verfent en France, pour faire valoir le crédit
& l'augmenter par la hauffe de tous les papiers
royaux. On ne doute pas qu'il ne fe trouve néceffité de rouvrir l'emprunt de 200 millions, fermé
à 100, pour fatisfaire ces républicains, qui en
étoient très-contens, y donneroient beaucoup, &
le redemandent à corps & à cris.

Outre les grandes qualités du miniftre, M. de
Calonne a celles du courtifan & de l'homme de
fociété. Il eft très-bien avec les *Polignac*, les
Vaudreuil, qui le tutoient familiérement. Il eft
aimé de la reine ; il l'amufe, & quand il ne paroît
pas à fon cercle, il y fait faute & laiffe un vuide ;
on craint qu'il ne foit incommodé. En un mot, il
a tout ce qu'il faut pour fe foutenir long-temps en
faveur.

8 *Avril*. Les *Danaïdes*, ce fameux opéra du
chevalier *Gluck*, annoncé depuis fi long-temps &
qui avoit fouffert des difficultés de la part de

Tome XXV.   K

comité pour le paiement, en ce que ce muficien avouoit qu'il n'en avoit, de fait, compofé que le premier acte, eft fans doute aujourd'hui dans un enfemble très-fatisfaifant, puifqu'il eft accepté & annoncé avec emphafe comme fon chef-d'œuvre. Il n'eft cependant pas venu lui-même pour le faire exécuter, il eft hors d'état de fe déplacer, & c'eft le fieur *Saheri*, fon eleve, qui eft chargé de ce foin. On prétend que cet eleve vaut bien fon maître. On en jugera par *Sémiramis*, fa première production, qui doit avoir fon tour après les *Danaïdes*.

8 *Avril.* M. le baron de *Goltz*, miniftre plénipotentiaire du roi de Pruffe, a jeté les hauts cris lorfqu'il a été inftruit de l'impreffion & de la publicité des *Mémoires de Voltaire*. On dit qu'il en retire tous les exemplaires qu'il peut, ce qui les rend rares.

9 *Avril.* On raconte que ces jours derniers la reine avoit befoin de 900,000 livres pour nettoyer quelques dettes, & fur-tout pour fatisfaire à des actes de bienfaifance. S. M. a parlé avec confiance au contrôleur général. Celui-ci, après avoir témoigné à la reine qu'il étoit à fes ordres, lui a repréfenté que ce déplacement dans ce moment-ci, contrarieroit fort les autres arrangements. « A la bonne heure, a dit S. M. je veux bien attendre, mais à condition que vous viendrez tout-à-l'heure avec moi chez le roi, lui attefter combien je fuis raifonnable. » M. de *Calonne* a fuivi la fouveraine; le roi a été enchanté de la modération de fon augufte compagne, & en même temps de la fermeté réfléchie du miniftre des finances. Cette anecdote le met mieux que jamais auprès du monarque.

9 *Avril*. Le Mesmérisme n'est plus qu'un jeu. Hommes, femmes, enfants, tout s'en mêle, tout magnétise. On confirme de plus en plus que le soufre est le principal agent de ces merveilles. On écrit d'Amiens qu'un professeur de physique a enseigné cet art à ses écoliers, qui s'en amusent. Une Mad. de *Saint-Martin*, femme vaporeuse, après avoir été long-temps entre les mains d'un des docteurs de la nouvelle secte, lui a volé son secret & tient aujourd'hui école de magnétisme chez elle. Un augustin, fameux prédicateur, appellé *pere Hervier*, non content de guérir les ames, a voulu guérir aussi les corps. Il a acheté, du bénéfice de ses sermons, le secret de *Mesmer*. Sa réputation l'ayant fait appeller à Bordeaux pour la station du carême, il remplit aussi son second apostolat, & propage de son mieux la secte de son maître.

Le sieur *le Dru*, qui est aussi un *Magnétisant* dans son genre, est toujours chargé de l'hôpital que le gouvernement a confié à ses soins; mais plus que jamais brouillé avec la faculté dont les commissaires se sont retirés, il a fallu que S. M. donnât des lettres de cachet à quelques-uns pour continuer à suivre le traitement.

Les sieurs *Mesmer*, *Deston*, *le Dru*, on ne peut le dissimuler, opèrent quelques cures, mais en trop petit nombre pour pouvoir les attribuer à leur art, plutôt qu'au temps, à la nature, aux circonstances, ou aux remedes connus, dont ils font usage aussi.

10 *Avril*. L'auteur des *Commentaires des mémoires du comte de Saint Germain*, s'annonce pour un officier-général qui a été employé en 1779, & écrivoit alors. Il paroit qu'il connoissoit par

faitement ce ministre & son ouvrage ; qu'il en
parle en homme très-instruit , ayant approfondi
toutes les parties de l'art militaire, & le loue & le
blâme avec une parfaite impartialité. Tout ce qu'il
dit est clair , lumineux , & à portée des plus inep-
tes. Les commentaires font beaucoup mieux
goûter les mémoires.

Du reste, l'écrivain montre une ame forte,
courageuse , au deffus des préjugés & des craintes.
Il est curieux par ses anecdotes dont il nomme affez
les masques , & parle presque toujours comme
témoin ; ce qui donne beaucoup plus de poids
à ses affertions. M. le maréchal de *Broglio* est son
héros actuel. Il exalte quantité d'autres officiers-
généraux , colonels , &c. & s'accorde affez bien
avec l'opinion publique. Cependant il la contrarie
quelquefois. C'est ainsi qu'il fait cas d'un *Senac de
Meilhan* , d'un *Foulon* , dont le premier passe pour
un colifichet , & le second pour un bourreau ,
qui fait trembler la France toutes les fois qu'on
parle de l'élever au ministere.

M. *Necker* est aussi , suivant l'auteur , le plus
grand homme en administration qu'il connoisse ,
& il est très-possible qu'il l'ait cru , qu'il en ait
été dupe , comme beaucoup d'autres gens éclai-
rés , mais peu au fait de l'état des finances , peu
propres à découvrir le vice des manœuvres hypo-
crites de ce charlatan.

En général , il résulte des observations du nouvel éditeur , que les mémoires du comte de
Saint Germain font très-estimables , très-précieux ,
mais qu'il n'en a pas suivi le plan dans ses opérations ; qu'il n'a pas eu le courage de les exécuter
comme il les avoit conçues , & qu'il s'est souvent
trouvé en contradiction avec lui-même : ce qui

réfultoit en partie de fa foibleffe à confentir qu'on morcelât fon enfemble , de fa préfomption à croire qu'il voyoit mieux que perfonne , & de fa défiance de ceux qui auroient pu l'éclairer & lui faire prévoir les obftacles à vaincre. En un mot , il convient que ce réformateur avoit certainement des principes; mais il lui reproche d'avoir manqué de méthode. Il dit que fa marche étoit chancelante , incertaine; fes opérations découfues & fans liaifon.

Ces commentaires font écrits ; comme ils font penfés , avec beaucoup d'énergie. Le ftyle en eft pour l'ordinaire correct & noble ; cependant on y rencontre quelquefois des incorrections & des trivialités.

10 *Avril.* On a oublié de faire mention de l'abbé *Blanchet* , cenfeur-royal , interprete de la bibliotheque, & ancien garde des livres du cabinet du roi à Verfailles. C'étoit un littérateur très-inftruit dans plufieurs langues. Il étoit peu curieux de fe faire imprimer. Il venoit de publier tout récemment deux volumes de *Variétés morales & amufantes.* Il laiffe en porte-feuille des *contes Orientaux* , dont fes amis difent beaucoup de bien.

11 *Avril.* Extrait d'une lettre de Bordeaux, du 6 Avril. . . . . Je ne puis vous dire fi ce font des merveilles ou des preftiges , mais il eft certain que le pere *Hervier* eft fort étonnant. Voici ce qui m'a frappé le plus par les circonftances.

Il préche dans la paroiffe deftinée au plus célebre orateur , parce que c'eft l'églife de la cour; il y a ce qu'on appelle le banc du parlement. Un jour qu'il étoit en chaire , une femme de l'auditoire fe trouve mal , a des convulfions, & reffemble

K 3

beaucoup à une épileptique. Cet événement cause une grande rumeur : on s'effraie ; le prédicateur est obligé de s'arrêter : il descend, il s'approche de la malade, il dit qu'on ne s'inquiete point ; il la *magnétise* & la remet dans son état naturel. Il remonte en chaire & continue son discours. Les uns le prônent comme un saint homme, un faiseur de miracles ; les malveillants disent que c'est un sorcier. Les grands-vicaires qui régissent le diocese pour l'archevêque absent, instruits du fait, interdisent provisoirement le pere *Hervier*. Il jette les hauts cris, il demande ce qu'est donc la charité, l'humanité, la bienfaisance ; depuis quand on convertit en crime des actes de cette espece, les secours qu'on donne à son prochain, en un mot l'art de guérir? Il invoque tous les témoins de la cure ; il les somme d'articuler s'il s'est passé rien de malhonnête ou d'indécent dans son opération. Il supplie sur-tout les magistrats de le juger & de le justifier. Ceux-ci prennent fait & cause pour lui ; ils agissent auprès des grands-vicaires, qui sont obligés de rendre la parole à l'interdit, mais à condition qu'il ne magnétiseroit plus les femmes.

Le pere *Hervier* est remonté en chaire & a pris son texte de l'exemple de *Jesus-Christ* guérissant les malades, pour faire son apologie & la faire des grands-vicaires, mais d'une façon adroite ; en sorte que ceux-ci, sans pouvoir se venger, sont devenus la risée de la ville pour leur imbécillité. . . . . . .

11 *Avril*. Mad. la duchesse de *Prafin*, morte le 27 décembre 1783, a fait un testament olographe, bizarre & dénaturé, par lequel, quoiqu'ayant des enfants & des petits-enfants, elle institue son

légataire universel , un étranger , le maréchal
prince de *Soubife*, & à son défaut le fils cadet de
Mad. la princesse de *Guimené*. Le prince de *Soubife* s'est désisté du legs universel ; mais le jeune
Guimené étant encore mineur, il a fallu réclamer
le legs pour lui, ce qui a donné lieu à des plaidoiries aux requêtes du palais, où la cause a été
portée.

Me. *Boudet*, avocat du vicomte de *Choifeul*,
fils de Mad. la duchesse de *Praflin* , a prétendu
que ce testament , quelque bien fait qu'il fût ,
devoit se regarder comme un testament *ab irato* ;
& les juges en ont sans doute pensé de même ,
puisque le mineur *Guimené* a perdu & a été condamné aux dépens. L'arrêt est du 2 avril, & a été,
dit-on, unanime.

On assure que Mad. de *Praflin* imaginoit que
ses enfants n'étoient pas à elle, & que son mari
leur avoit successivement substitué ceux du même
sexe qu'il avoit eus de Mlle. *Dangeville*. Quelque
romanesque & absurde que fût cette supposition,
elle étoit tellement entrée dans la tête de cette
dame vaporeuse & singulière, qu'elle l'a portée à
une aversion soutenue de sa postérité , à laquelle
elle n'a jamais donné la plus légere marque de
tendresse. Elle avoit fait un premier testament,
daté du 7 janvier 1766 , qui manifestoit ses dif-
positions barbares , & les a confirmées dans un
second du 19 février 1779.

Mad. de *Praflin* n'aimoit pas plus son mari,
& elle ne parle de lui dans son testament, que
pour le persifler par un legs ridicule. L'article
porte :

« Je prie M. le duc de *Praflin* , mon mari,
» d'accepter le modele du cheval de bronze fur

K 4

» lequel eft *Henri IV*, que j'ai apporté de mon
» château de la Fleche. »

C'eft peut-être la premiere mere de famille ayant
des enfants & des petits-enfants, & raffemblant
fous fes yeux jufqu'à la troifieme génération, qui
ait conçu le projet de déshériter tous fes enfants
nés & à naître, qui l'ait exécuté autant qu'il étoit
en elle, fans aucun motif légitime ou apparent,
& avec le fang-froid, la réflexion de la raifon la
plus calme.

Une autre bizarrerie appartenant à cette caufe,
c'eft que la teftatrice ne connoiffoit pas le jeune
Guimené, appellé au défaut du prince de *Soubife*, qu'il y a deux cadets de ce nom, & qu'elle
le défignoit d'une maniere fi incertaine qu'il en
auroit enfuite réfulté néceffairement un procès
entre les deux freres pour faire prononcer par la
juftice quel étoit ce légataire qu'elle préféroit à
toute fa defcendance.

Madame la ducheffe de *Praflin* étoit *Champagne*
en fon nom, & avoit apporté plus de 150,000
livres de rentes à fon mari.

C'eft Me. *Treilhan* qui plaidoit pour le mineur,
& Me. de *Bonnieres* pour le vicomte de *Choifeul.*

11 *Avril.* Le jugement prononcé dans l'affaire
des chevaux-légers le 21 mars, porte exactement
que le fieur de *Villers*, major, eft condamné à
un an de citadelle & fufpendu : de *Montemain* à
fix mois d'abbaye (Saint-Germain, prifon des
militaires à Paris) & fufpendu pour trois ans ;
de *Sarrafin* à quatre mois d'arrêts & fufpendu jufqu'en 1785 ; de *Saint-Eloi* & *Stableton*, à trois
mois d'arrêts & même fufpenfion ; de *Grand-camp*,
à un mois d'arrêts. Celui-ci n'étoit point de l'af-

femblée, mais avoit figné depuis le procès-verbal
en forme de lettre au duc d'*Aiguillon*.

MONSEIGNEUR,

« Le confeil informé que *Renaud* a donné à
» monfeigneur un mémoire, dans lequel il inculpe
» la plupart des membres de ce confeil, & no-
» tamment le major, M. de *Montemain*, fupplie
» monfeigneur de prononcer entre cet homme &
» les accufés, qui de lui ou d'eux doit refter
» dans l'hôtel & dans fa place. *Renaud* interpellé
» de dire au confeil les motifs de ce mémoire,
» l'a nié & a été expulfé par M. de *Montemain*,
» à coups de plat d'épée, parce qu'il n'avoit pas
» de bâton.

» Le confeil demande pardon à monfeigneur de
» defcendre à la parité avec *Renaud*; mais la juf-
» tice eft pour tout le monde & le confeil ne
» demande rien de plus à monfeigneur; il eft
» certain de l'obtenir.

» P. S. Depuis cette délibération, le confeil a
» eu des raifons, & M. de *Montemain* lui-même
» de croire qu'on n'avoit pas fait l'honneur à ce
» dernier de le nommer dans le mémoire, mais
» feulement dans les propos qu'il méprife, dès
» qu'il peut croire qu'ils ne font pas parvenus
» à monfeigneur. Ceci ne change rien à la quef-
» tion, & le confeil ne perfifte pas moins à de-
» mander juftice. »

Cette lettre feule, dans laquelle il n'y a ni
efprit, ni fens, ni ftyle, prouve combien M. le
duc d'*Aiguillon* avoit raifon de leur donner un
tuteur.

12 *Avril. Mémoire pour fervir à l'hiftoire de*

K 5

fiege de Gibraltar. Tel eft le titre d'un ouvrage
profcrit févérement , fuivant l'ordre de M   e
garde-des-fceaux, aux imprimeurs & libraires de
Paris & de France, rapporté au mois de feptembre
dernier. Cette profcription en a ralenti feulement
la publicité. Il devient plus commun aujourd'hui.
On voit par l'annonce que ce mémoire avoit
paru autrefois, mais *mutilé*. On annonce que les
reftitutions font indiquées dans l'édition préfente par des accolades, dout le texte & les notes
fourmillent également.

13 *Avril.* On ne peut douter, en lifant le
mémoire pour fervir à l'hiftoire du fiege de Gibraltar,
que ce ne foit celui de M. d'Arçon, l'ingénieur,
auteur du projet & du plan des batteries flottantes.
Il ne répond nullement au furplus à l'idée qu'en
en avoit donnée. Il eft peu curieux; il ne contient que des anecdotes vagues, légérement indiquées & par confé uent denuées d'intérêt.

C'eft une répétition longue & faftidieufe de
tout ce qui a été dit fur cette matiere. On juge
bien que l'apologifte voudroit faire entendre que
l'amour-propre & la jaloufie de M. de *Crillon*
ont été la caufe véritable & fecrete du défaut de
fuccès; mais il n'attaque pas ce général avec la
vigueur annoncée que lui permettoit l'anonyme.
On ne voit pas pourquoi ce pamphlet a été fi
févérement profcrit & perfecuté.

13 *Avril.* Jamais *Turenne*, ou *Condé*, ou le
maréchal de *Saxe* ne furent mieux accueillis à la
cour que l'a été le bailli de *Suffren* depuis fon
retour de l'Inde. Comblé d'honneurs, de graces,
de faveurs, il a vu *Monfieur* l'embraffer & le ferrer
tendrement dans fes bras pendant quelques inftants.
Il a vu la reine le conduire elle-même chez

M. le Dauphin, le préfenter à ce jeune prince en lui difant: *Mon fils, apprenez de bonne heure à entendre prononcer & prononcer vous-même le nom des héros, défenfeurs de la patrie.*

On affure que c'eft *Monfieur* qui a le premier parlé au roi du mérite & des talents de M. de *Suffren*, qu'il avoit eu occafion de connoître lors de fon voyage à Toulon.

13 *Avril*. M. *Ravlin*, docteur en médecine, cenfeur royal, & membre de plufieurs académies nationales, vient de mourir. Il a écrit quelques ouvrages de fon état.

14 *Avril*. Un événement extraordinaire, fuite apparemment du long & rigoureux froid qui a régné dans toute l'Europe durant cet hiver, a jeté l'alarme en Bretagne, & eft aujourd'hui tellement conftaté, qu'on ne peut plus le révoquer en doute.

Le 7 mars, la grande marée jeta dans la baie d'Audiern trente trois monftres effroyables, ayant 43 pieds de long, mais peu filés, d'une groffeur prefqu'égale à leur longueur. Il y avoit fix pieds de diftance entre leurs yeux; la mâchoire inférieure étoit garnie de deux rangs de dents; ils en avoient au total 44, de la forme & de la groffeur de la corne d'un taureau fur 9 à 10 pouces de long. Quatre hommes auroient pu paffer de front & avoir leurs coudées franches dans la gueule de ces monftres. Ils approcherent en troupe, en s'élevant fur leur queue, dont chaque coup les jetoit 25 pieds en avant. Leurs mugiffements faifoient retentir les environs & donnerent l'épouvante aux payfans; mais ils fe trouverent enfablés quand la mer fe retira. Etendus fans eau fur le rivage, ils périrent bientôt. Une femelle mit bas.

K 6

plusieurs petits qui, tirant moins d'eau, décampérent; deux seuls resterent. Ils sont gros comme un cheval. Comme ils rendoient les derniers soupirs, un officier de marine & plusieurs autres monterent sur l'un d'eux qu'ils croyoient mort: d'un coup de queue le monstre les lança à dix pieds sur le sable. L'amirauté y est descendue, disant que c'est un *poisson-royal*, de petites *baleines*, des *souffleurs*, des *cacbalots*. On prétend que chaque poisson a dû rendre 30 ou 40 barriques d'huile.

Tous ces détails se trouvent dans une lettre de Quimper, en date du 9 mars, imprimée, & qui a été publiée à Rennes, sous l'inspection du parlement, ce qui en garantit l'authenticité.

14 *Avril.* On ne croiroit pas que le concert spirituel, spectacle si froid & si grave, pût dégénérer en opéra bouffon & même en farce: c'est ce qui est cependant arrivé hier mardi de pâques, malgré la sainteté du jour, afin de jeter apparemment plus de variété dans ce spectacle trop monotone.

On a terminé par une symphonie de *Hayden*, remplie de traits agréables qui n'ont pu être entendus, tant le public étoit en gaieté & éclatoit de rire. Successivement chaque musicien, après avoir fait sa partie, a éteint sa bougie, pris son instrument sous le bras & quitté l'orchestre ; ensorte que le premier violon s'est trouvé à la fin jouant seul.

On prétend que cette caricature harmonique tient à une anecdote qu'il faut savoir. C'est sans doute une énigme dont on nous donnera le mot. Quoi qu'il en soit, le directeur du concert a trouvé plaisant de l'appliquer à la circonstance, en ce que c'étoit la derniere fois que l'on exécutoit dans cette salle, & que le lieu de

la fcene fera déformais la falle des machines , dans
le même palais des Tuileries.

15 *Avril.* On a dit que l'auteur des *Liaifons
dangereufes*, pour fe difculper d'avoir compofé un
roman trop noir & trop atroce, avoit promis
d'en donner un d'un genre différent. C'eft ce qu'il
fait aujourd'hui en publiant les *Mémoires du vicomte
de Barjac*, en deux petits volumes très-fuccinct,
où tous les hommes font francs & généreux,
toutes les femmes & filles honnêtes , quoique cou-
chant par fois avec des hommes & faifant des
enfants; mais elles vont bientôt pleurer leur faute
& enfevelir leur honte dans une retraite , ou même
dans un cloître. Cependant *ce* fond de vertu générale pourroit devenir faftidieux. M. de *Laclo*
l'a varié de détails critiques en politique & en
littérature, de tableaux , de portraits, qui n'ont
fouvent que le trait. On peut lui reprocher malheureufement d'être dans les premiers, tranchant ,
dur & peu judicieux ; dans les feconds, obfcur &
inintelligible. Malgré ces défauts , ces *mémoires pour
fervir à l'hiftoire de ce fiecle*, ainfi qu'il l'annonce ,
fe font lire avec plaifir, par la rapidité des faits ,
la chaleur du ftyle & le très-bon ton qui y regne ;
mais ils n'ont pas le caractere original des *Liaifons
dangereufes.*

L'auteur s'eft ménagé une pierre d'attente pour
donner une fuite à ce roman, en cas que cela con-
vienne au public, ou qu'il lui en prenne fantaifie à lui-même. Au refte, de bons connoiffeurs
doutent encore que cet ouvrage foit réellement
de M. de *Laclo*.

15 *Avril.* Le procès du comte de *Mirabeau* ,
fur fa demande en caffation de l'arrêt du parlement de Provence du 5 juillet 1783 , qui le fé-

pare de corps & d'habitation d'avec son épouse, commence à prendre couleur, & l'on voit déjà dans le monde un *Mémoire à consulter & consultation pour M. le comte de Mirabeau fils*, qu'on dit être très-curieux & très-bien fait. Il est volumineux & a 155 pages. Quoiqu'il soit signé d'un Me. *Duport du Tertre*, avocat, ceux qui l'ont lu, n'y trouvent nullement le travail lourd & pesant du barreau, mais tous les caractères d'un ouvrage de littérature, & ne doutent pas qu'il ne soit en entier de la plume de M. de *Mirabeau*, sauf la consultation, signée de sept jurisconsultes, dont quelques-uns très fameux.

15 *Avril.* Les musiciens du prince d'*Esterhazy* ayant eu quelques difficultés avec les officiers de sa maison, donnerent leur démission, qui fut acceptée. Le jour de leur départ étoit fixé, & la veille ils exécuterent le dernier concert qu'ils devoient donner au prince. *Hayden* composa pour cette circonstance une symphonie, dont le dernier morceau est d'un genre très-extraordinaire. C'est un *adagio*, où chaque instrument récite, l'un après l'autre, un *solo*, après lequel *Hayden* avoit écrit sur la partie : *éteignez votre lumière & allez vous-en.* En effet, le premier hautbois & le second cor s'en vont les premiers; après eux le second hautbois & le premier cor; puis les bassons, puis les basses, & ainsi de tous les exécutants; il ne reste que deux violons seuls qui finissent la symphonie. Le prince étonné demanda à *Hayden* ce que cela signifioit; *Hayden* lui dit que les musiciens partoient & que leurs voitures étoient prêtes. Le prince eut la bonté d'aller les trouver, leur reprocha avec sensibilité la manière dont ils abandonnoient un si bon maître; les musiciens se jeterent à ses pieds, & rentrerent à son service.

Telle est l'origine de la symphonie qui termina avant-hier le dernier concert spirituel donné dans la salle actuelle. On l'exécuta avec toute la pantomime, & MM. *la Houssaye* & *Guénin* resterent seuls dans l'orchestre & finirent le morceau.

16 *Avril.* On a remis, il y a quelques jours, à beaucoup de portes cocheres, un *Mémoire* manuscrit pour le marquis de *Vaudreuil*, en réponse à ceux du comte de *Grasse*. Il a été donné de la part de la marquise & du comte de *Vaudreuil*. Il est assez volumineux & précédé d'une lettre du marquis de *Vaudreuil* au marquis de *Castries*, où il lui fait sentir la nécessité de répandre cet écrit justificatif.

16 *Avril.* M. le maréchal duc de *Richelieu*, gouverneur de Guienne, a jugé à propos de rendre une ordonnance de police, qui défend à qui que ce soit d'aller sur le théâtre pendant tout le spectacle, excepté aux deux jurats gentilshommes. Cette ordonnance qui blessoit les droits des jurats, prétendant avoir la police du spectacle exclusivement, a sur-tout déplu au maire, M. le vicomte de *Noë.* Il étoit à Paris & s'est rendu à Bordeaux ; il s'est présenté pour passer avec les jurats non gentilshommes, & a été arrêté par un Suisse à la livrée du roi ; sur un refus formel & soutenu, il a fait enlever cet homme & mettre en prison.

L'affaire, on ne sait pourquoi, a été portée au tribunal des maréchaux de France, qui ont condamné M. de *Noë* à faire des excuses au gouverneur en tels termes qui lui seront dictés, & l'ont suspendu un an de ses fonctions.

M. de *Noë* a eu peine à se soumettre à la sentence : il prétend qu'il y a partialité ; que plusieurs membres du tribunal étant gouverneurs, ne pouvoient être juges, & l'on croit que le parlement de Bordeaux interviendra.

16 *Avril.* Depuis cet hiver on parloit de difposer au château des Tuileries un appartement pour loger la reine, lorfque S. M. jugeroit à propos de coucher à Paris. Depuis l'arrêt du confeil du 14 mars, où S. M. declare qu'elle va fufpendre les conftructions qui devoient fe faire fur les fonds de fes bâtiments, on prefumoit que l'arrangement projeté cette année n'auroit peut-être pas lieu ; mais on ne regarde pas fans doute cette dépenfe comme affez confidérable pour y faire attention, & l'on préfume qu'il en eft férieufement queftion, puifque le concert fpirituel qui fe tenoit dans la piece devant fervir de falle des gardes, n'y doit plus être, à commencer de demain.

17 *Avril.* Mlle. *le Vaffeur* qui avoit acquis une grande réputation du temps des opéra du chevalier *Gluck*, au fuccès defquels elle avoit même contribué, nejouoit plus il y a du temps, & étoit devenue prefque inutile, fur-tout depuis que Mlle. *Saint-Huberty* l'avoit remplacée & éclipfée. Cependant elle ne parloit point de quitter le comité : on lui a fait fentir qu'il étoit temps qu'elle fongeât à fa retraite, & enfin elle a pris ce parti forcé, quoique pour ménager fon amour-propre on foit convenu qu'il feroit annoncé comme volontaire.

Mlle. *Peflin*, danfeufe, qui auroit dû difparoître auffi plutôt, a fa retraite également.

17 *Avril.* Le *Concert fpirituel* a été tranfporté hier à la falle des machines du château des Tuileries fur le théâtre où ont joué fucceffivement l'opéra & la comédie françoife. Il s'y eft rendu une foule immenfe, moins pour le fpectacle, que pour juger des arrangements de ce nouveau local. On a été fort furpris de trouver une falle horriblement enfumée, où l'on n'a remarqué d'autres changements que des banquettes dans le parterre,

Quant au théâtre, le fond en étoit tapiffé de planches en demi-cercle, non peintes, & figurant affez ces voiles qu'on met fur les autels & les tableaux dans les églifes durant le carême. La falle, en outre, étoit fort mal illuminée; en un mot, tout caractérifoit une mefquinerie affreufe. L'effentiel étoit de juger fi elle feroit fonore, & pour comble de défagrément on l'a jugée fourde ; ce qui n'a poit fait honneur au directeur, le Sr. *le Gros*.

Quant au concert en lui-même, il a été peu brillant : nulle nouveauté. Le feul morceau qui ait véritablement fait plaifir, quoique peu neuf, c'eft le ó *falutaris*, motet fans accompagnement, de M. *Goffec*, qu'on a redemandé. Il eft d'une fimplicité onctueufe & fublime. Il a été exécuté dans la plus grande perfection par les fieurs *Lais*, *Rouffeau* & *Chiron*. La *Sortie d'Egypte*, oratorio de M. *Rigel*, très-connu auffi, n'a pas eu le même fuccès, faute de voix.

Mlle. *Paradis* a continué de faire l'admiration du public par fa profonde intelligence & fon exécution favante, précife, rapide & fûie.

18 *Avril*. M. le marquis de *Paulmy* avoit demandé la place de bibliothécaire au roi. Il ne vouloit, dit on, que le titre & offroit de rendre les émoluments au fils de M. *Bignon* : à cette condition il auroit laiffé, après fa mort, au roi fa propre bibliotheque très-précieufe. S. M. qui étoit décidée à donner à M. *le Noir* cette marque de faveur & cette récompenfe, n'a point voulu changer la deftination qu'elle avoit faite. Dans tout autre cas l'offre du marquis de *Paulmy* auroit été acceptée. C'eft, en outre, un feigneur ami des lettres, les cultivant, & chez qui cette

paffion tient lieu aujourd'hui de toutes les jouiſſances.

18 *Avril.* Le mémoire de M. le comte de *Mirabeau* fils , eſt d'autant plus curieux qu'il y rend compte de toute ſa vie , en fixe les diverſes époques ,. & par les détails qu'il donne, conduit à éclaircir ou rectifier ce qu'on en a dit en pluſieurs endroits.

En juin 1772, il épouſa Mlle. de *Marignane*, qui rompit en ſa faveur d'autres engagements.

Le 8 octobre 1773 , elle lui donna un fils.

La modicité du revenu qu'on lui aſſigna , les dépenſes de ſon mariage , la dépenſe perſonnelle de madame de *Mirabeau* , lui firent contracter des dettes. Son pere en prit occaſion pour faire prononcer contre lui une interdiction de biens, au châtelet de Paris , & il obtint des ordres du roi pour fixer ſon ſejour au château de Mirabeau , & enſuite dans la ville de Manoſque. Sa femme l'y ſuivit.

Au mois de mai 1774 , ſon époux découvre une correſpondance imprudente : il en témoigne ſa jalouſie ; il pardonne & pouſſe la générolité juſqu'à continuer de rendre des ſervices à l'homme qui en étoit l'objet. Les intérêts de celui - ci exigent que le comte de *Mirabeau* faſſe un voyage aux environs de Graſſe. Il rompt ainſi ſon exil; une rixe imprévue divulgue le ſujet de ſon voyage; il eſt décrété de priſe - de - corps.

A la ſollicitation de ſon pere , afin de prévenir les ſuites de la procédure , il eſt enfermé au *Château-d'If*, le 13 ſeptembre 1774.

Le 11 février 1775, un cantinier du château l'accuſe de l'avoir volé avec ſa femme ; M. d'Alegre, le commandant du château , le juſtifie. Il eft transféré en mai au château de *Joux*, prifon plus douce : il obtient bientôt de n'avoir que les arrêts de la ville de *Pontarlier*. Tout-à-coup le comte de *Saint-Maurice* qui commandoit dans le château & la ville, ordonne la retraite du prifonnier au château. Il s'evade au mois de février 1776.

Le 25 août 1776, la marquife *le Monnier* difparoît de *Pontarlier*; on accufe le comte de *Mirabeau* de l'avoir engagée à venir le trouver en *Hollande*, où il s'étoit réfugié. Il eft condamné par une fentence de contumace à la mort.

Sa famille le fait arrêter en *Hollande* le 17 mai 1777, & il eft mis au château de *Vincennes* jufqu'au 17 décembre 1780.

M. de *Mirabeau* eft refté depuis feize mois auprès de fon pere, & il ne l'a quitté que pour faire anéantir, par fa repréfentation, la fentence de *Pontarlier*.

Le 11 août 1784, par une tranfaction paffée entre le marquis *le Monnier* & lui, toutes les difficultés nées & à naître entre eux font éteintes & terminées.

Il arrive enfin en *Provence*; il réclame fa femme. Après avoir tenté inutilement tous les moyens de réconciliation, il a recours à la juftice; il plaide fa caufe lui-même plufieurs fois, & le 17 juin 1783 en préfence de l'archiduc & de l'archiduchefle de *Milan*. Son pere & fon oncle le foutiennent dans cette affaire. Enfin intervient l'arrêt dont il demande la caffation, parce que fur-tout la féparation a été prononcée, fans ordonner la preuve des moyens de féparation, & fans qu'aucun de ces moyens ait été prouvé.

19 *Avril*. Les demoiselles danseuses de l'opéra viennent de faire un acte de police fort édifiant. Durant les vacances, il a été commis un assassinat & un vol, dont une demoiselle *Bourgeois* est accusée d'avoir été complice, ou témoin au moins. Elle est sœur d'une de leurs camarades, portant le même nom. Quand celle-ci est venue pour les répétitions, les autres n'ont point voulu communiquer avec elle, & l'ont expulsée.

19 *Avril*. Madame la marquise de *Cabris* la jeune, qui dans trois *Factums* vigoureux a déjà exposé fort au long au public le sujet de ses réclamations, vient de les reproduire dans un quatrième plus volumineux que les autres. Il a 191 pages, & porte pour titre : *Mémoire & consultation pour madame la marquise de Cabris, belle-fille, défendant l'interdiction de son mari; contre madame de Lombard de Saint-Benoît, marquise de Cabris, douairière, poursuivant l'interdiction du marquis de Cabris son fils, pour cause de démence.*

C'est un nouvel orateur qui se met aujourd'hui sur les rangs, comme le champion de cette dame. Il se nomme Me. de *Beauséjour*. Il a joint une *Consultation* en date du 19 mars 1784, signée de lui seul.

Il faut se rappeler que la jeune marquise de *Cabris* est *Mirabeau* en son nom, sœur du comte. On croit que celui-ci, infatigable au travail, occupé de sa propre défense n'a point négligé celle de sa sœur & a beaucoup de part à ce mémoire; ce qui le rend encore plus recherché.

20 *Avril*. Madame la comtesse d'*Artois*, quoique malade, & ne recevant personne, voulut cependant voir M. de *Suffren*, lorsqu'il fut pré-

fenté à la cour , & c'eft la feule perfonne qui
entra chez elle pendant toute la journée.

M. le duc d'*Angouléme* étoit à fon travail ,
lorfque l'amiral entra chez lui. Il fe leva &
s'avançant lui dit : *Je lifois dans ce moment même*
l'hiftoire des hommes illuftres ; je quitte mon livre
avec plaifir, puifque j'en vois un. On affure que
ce propos eft vraiment du jeune prince, rempli
de vivacité & d'efprit.

Le roi entretint M. de *Suffren* pendant plus
d'une heure de fes opérations de l'*Inde* , & ce
marin fut étonné de la maniere dont fa majefté
avoit les chofes préfentes , comme fi elle eût
été à côté de lui pendant fes opérations.

En entrant dans la falle des gardes , quelqu'un
ayant averti la fentinelle que M. le *Marechal*
de *Caftries* paffoit : « Meffieurs , dit le miniftre,
« c'eft Monfieur de *Suffren.* » A ces mots les
gardes - du - corps fe leverent , & quittant leur
moufqueton formerent le plus grand cortege à
cet amiral jufqu'à la chambre du roi.

A dîner , le 4 de ce mois chez le maréchal
de *Caftries* , où étoient beaucoup d'officiers de
la marine , & fur-tout le comte d'*Eftaing* , quelqu'un appelloit toujours celui - ci , général. Monfieur d'*Eftaing* , défignant M. de *Suffren* , lui répondit : « Monfieur , voilà le feul général qu'il y
» ait ici. »

Quelqu'un difant à M. de *Suffren* : « voilà
» bien des honneurs ; mais y a-t-il quelque
» penfion ? Il repondit : *Je me foucis bien*
» *de penfion, je fuis plus riche qu'eux tous.* » En
effet , il a 54,000 livres de rentes en comman-
derie , & dans peu il lui en revient une à-peu-
près auffi forte. Sa place de vice - amiral lui vaus

étra 14,000 livres ; le cordon du *Saint-Esprit*
3,000 livres. Il jouit outre cela de 6,000 livres
d'anciennes penſions. Il aura pour ſa part plus
de 100,000 livres de ſes priſes ; & les préſents
d'*Hyder-Aly*, avec ce qu'il lui a laiſſé par teſtament, forment un objet de plus de 30,000 liv.

20 *Avril.* On ne peut ſe diſſimuler que le
Mémoire de madame de Mirabeau ſigné d'elle ſeulement , & auquel étoit jointe la conſultation
de ſix avocats , publié à *Aix* le 6 avril 1783 ,
ne contînt des griefs ſuffiſants , s'ils étoient
prouvés.

Elle y propoſe la vie entière de ſon mari comme
un moyen de ſéparation.

Il n'a jamais connu de devoirs , s'eſt joué de
l'honneur , de la bonne foi , de la vertu ; il
n'a reſpecté ni les liens du ſang , ni ceux de la
nature.

Il a attenté à la propriété d'autrui, & ſon caractere féroce a menacé la ſociété.

Flétri par des décrets , par des procédures , par
des ſentences infamantes , il a toujours été dans
des maiſons de force ou ſous la main de la juſtice ; il a ſouſcrit une tranſaction flétriſſante qui
écarte à jamais toute idée d'abſolution.

Il a été mauvais fils , mauvais époux , mauvais
pere , mauvais citoyen , ſujet dangereux.

Mauvais fils : il a attenté à l'honneur de ſon
pere par d'infames libelles.

Mauvais mari : il a accablé ſa femme de ſoup-
çons & de coups , & profané la ſainteté du mariage par des crimes.

Mauvais pere : des exemples funeſtes, un nom
avili & dégradé. Voilà ce qu'il préparoit à ſon
fils.

Mauvais citoyen, fujet dangereux : il eft infame & flétri.

Enfin la confultation dit qu'un homme qui raffemble tous les vices, qui ne refpecte rien & qui, couvert d'opprobre & d'infamie, les feroit partager à la femme, n'a pas droit de la réclamer.

Les mémoires refpectifs ont été fupprimés par l'arrêt.

10 *Avril*. Relation de la féance publique de l'académie royale des infcriptions & belles-lettres, tenue aujourd'hui pour fa rentrée d'après pâques.

M. *Dacier*, fecretaire, a d'abord annoncé que l'académie avoit été affez heureufe pour pouvoir diftribuer deux prix à cette époque. Que le premier fujet étoit de déterminer *l'influence des loix maritimes des Rhodiens fur la marine des Grecs & des Romains, & l'influence de la marine fur la puiffance de ces peuples*. Que c'étoit M. *Pafforet*, confeiller à la cour des aides, qui l'avoit le mieux rempli. Il a pris occafion de-là pour faire l'éloge d'un jeune magiftrat à qui cette matiere auroit dû naturellement être fort étrangere. M. *Pafforet*, préfent, étant venu recevoir la médaille des mains du prince de *Beauveau*, directeur, M. *Dacier* a dit que le fujet du fecond prix étoit de comparer entr'elles *la ligue des achéens, 280 ans avant Jefus-Chrift ; celle des Suiffes en 1307 de l'ere chrétienne ; celle des Provinces-unies en 1579, & de développer les caufes l'origine, la nature & l'objet de ces affociations*. Ce fecond prix extraordinaire a été remporté par M. *Jean*, baron de *Meerman*, feigneur de *Dalem*, réfident à la Haye, & l'on n'a pas été furpris qu'un homme libre eût le mieux traité cette matiere.

Enfin le fecretaire a propofé au nom de fa compagnie pour le fujet du prix à délivrer à la faint
Martin 1785, de rechercher *quel fut l'état de l'architecture chez les Egyptiens, & ce que les Grecs
paroiffent en avoir emprunté.*

Faute d'éloges à lire, le refte de la féance a
été rempli par la lecture de quatre mémoires.

M. *Dutheil* a commencé le premier. Beaucoup
de gens ont été furpris de voir reparoître cet
académicien, dont ils ignoroient la deftinée. Il
nous a appris qu'il avoit été faire à *Rome* les mêmes
recherches que M. de *Brequigny*, fon confrere,
avoit été faire à *Londres*. Il faut favoir que M.
Bertin miniftre, cherchant toutes fortes de moyens
d'agrandir fon département, qui n'étoit compofé
qu'aux dépens des autres & de divers petits détails, avoit adopté le projet qu'on lui avoit fuggéré d'un bureau de correfpondance & de dépôt
pour recueillir les matériaux propres à éclaircir
l'hiftoire de France. M. *Dutheil*, curieux de
voyager en Italie, offrit en 1776 fes fervices à
M. *Bertin*, qui les accepta & lui donna fes inftructions au mois d'août.

Depuis ce temps, M. *Dutheil* eft refté à Rome,
occupé à fouiller dans la bibliotheque du Vatican,
dans celles de *faint Pierre* & du château *faint-
Ange*, & dans d'autres particulieres. La premiere
eft toute remplie de manufcrits, au nombre de
15,000, mais fi connus des favants, qu'il n'a
guere trouvé qu'environ 60 ouvrages à copier.
Les deux autres, qui contiennent les lettres des
papes, font moins fréquentées. Il en a extrait
5,000 lettres & 5,000 par fragments, par fom-
maires & par dates. Il a compofé deux ouvrages
pendant fon féjour à Rome. La traduction d'un
traité

traité de Plutarque à l'ufage des nouveaux mariés,
& une vie de Raphaël Meng, peintre efpagnol.

Outre l'énumération que M. *Dutheil* a faite de
fes longs travaux, il a rendu compte enfuite
de tous ceux qui lui ont fourni des fecours pour
réuffir dans une entreprife où il y avoit des difficultés de plus d'un genre. Il a terminé par un
éloge du cardinal de *Lernis*, auquel il a mis
le comble en difant que c'étoit le meilleur des
hommes.

Il paroît que M. *Dutheil* n'eft pas au bout de
fes recherches, & compte retourner pour reprendre
le cours de fes travaux : c'eft aujourd'hui fous les
aufpices de M. le garde-des-fceaux, qui a fuccédé
à M. Bertin, pour cette partie.

A ce mémoire, aff.z ennuyeux dans fes détails,
en a fuccédé un beaucoup plus intéreffant, de M. de
Keralio, *fur les loix & ufages militaires des Grecs*
& des Romains. Il a réfervé la derniere partie pour
une féance particuliere, & n'a traité que la premiere. Il a divifé celle-ci en deux ; il a parlé fucceffivement d'Athenes & de Lacédémone. On ne
peut croire qu'il ait dit des chofes bien neuves fur
une matiere dont ont écrit tant d'hiftoriens; mais
il en a rapproché les détails d'une façon tout-à-fait
piquante. Son mémoire eft précis, rapide & très-
plein. Son but eft de faire voir principalement
combien l'éducation de la jeuneffe & la difcipline
militaire donnoient de force à ces républiques ;
que c'eft elles feules qui engendrent & forment les
bonnes troupes & les heros.

Quand cette difcuffion ne ferviroit qu'à nous
apprendre ces grandes & importantes maximes,
elle feroit très-utile. M. de *Keralio* infinue en outre,
que notre tactique pourroit y gagner, & que

tout récemment nous avons emprunté de celle des
Grecs & des Romains ce qu'on appelle l'*Ordre
profond.*

M. *Bouchaud*, qui s'occupe depuis long temps
de travaux fur le droit Romain, a fait lire le
troifieme mémoire par M. *Anquetil*, fon confrere.
Il eft à la fuite de fes recherches.& roule fur la *feconde
table de la loi des douze tables.* Il y eft queftion
uniquement d'un paffage au fujet duquel les com-
mentateurs fe font donné la torture. Après en avoir
rapporté les opinions abfurdes & ridicules, l'académicien fait voir que le meilleur fens eft le plus
naturel, celui qui fe préfente le premier.

M. de *Rochefort* a terminé la feance par un quatrieme mémoire fur le poëte *Menandre, & fur l'art
qui régnoit dans fes comedies.* On fait que c'eft à ce
poëte qu'a commencé le moyen age de la comédie.
Il n'y avoit pas un fiecle d'écoulé depuis *Arifto-
phane*, & il l'avoit déjà purgée des perfonna-
lités, de la licence & des groffieretés qui l'infec-
toient dans fon berceau fous le premier des comiques. On juge, quoiqu'il ne refte que des fragments de cent cinq comédies qu'il avoit com-
pofées, qu'il avoit même pouffé cet art à un
grand point de perfection : par des inductions
amenées avec beaucoup de fineffe, M. de *Rochefort*
prétend découvrir dans ces lambeaux épars les
principes d'*Arifiote* fur la comédie, traité qui eft
auffi perdu. Il paroît qu'une grande fimplicité
caractérifoit les plans de *Menandre*, dont *Terence*
a beaucoup emprunté, mais en les compliquant
davantage d'incidents. Cette differtation eft pleine
d'excellentes vues fur l'art, de jugements pronon-
cés avec goût, & peut-être lue avec fruit par les
jeunes gens qui entrent dans la carriere. M. de

Rochefort défend fur tout fon héros du reproche qu'on lui a fait de n'avoir pas de *vis comica*, & en rapportant l'avis de celui qui a dit que *Menandre* étoit le poëte le plus philofophe après *Homere*, on voit qu'il penche de ce côté & eft affez difpofé à le croire.

21 *Avril*. Relation de la féance publique de l'académie-royale des fciences, tenue aujourd'hui pour fa rentrée d'après pâques.

M. le duc de *la Rochefoucault*, préfident, fans doute pour foulager M. de *Condorcet* qui, en qualité de fecretaire, auroit dû lire les annonces d'ufage, les a faites lui même. Elles font ainfi :

Le prix de phyfique fur la queftion concernant les cotonniers, propofé pour 1781, & remis à 1784, a été accordé au mémoire N°. I, ayant pour devife : *Deus bone*, qui avoit été envoyé au premier concours, & qui l'a été de nouveau avec des additions importantes. L'auteur eft monfieur *Quatremere d'Isjonval*, le même qui a remporté en 1777 un prix, dont le fujet étoit *l'analyfe & l'examen chymique de l'indigo*, & qui a aufli obtenu en 1781 celui de l'académie de *Rouen*, fur les *terres calcaires*.

Quant au prix, dont le fujet étoit « de déter-
» miner la nature & les caufes des maladies des
» ouvriers employés dans la fabrique des chapeaux,
» particuliérement de ceux qui *fecrettent*, & les
» meilleurs moyens de les préferver de ces mala-
» dies, foit par des moyens phyfiques ou mé-
» chaniques, foit par des changements avan-
» tageux dans les différentes opérations de leur
» travail. » Il a été remis à l'année prochaine, &
la proclamation ne s'en fera que dans la féance publique d'après la Saint-Martin 1785.

Dans le nombre de mémoires envoyés au concours , il y en avoit plufieurs, contenant des recherches intéreffantes & des expériences tendant
à remplir l'objet de l'académie ; cependant ils ne
fatisfont pas à ce qu'elle a particuliérement demandé fur l'objet effentiel. Le directeur a enfuite
indiqué des détails particuliers à faire pour fatisfaire véritablement la queftion principale.

L'académie a remis encore pour la même affemblée de 1785 , un autre prix, dont le fujet étoit
« de perfectionner la conftruction des moulins à
» eau , fur-tout de leur partie intérieure , de
» maniere qu'ils foient plus fimples , s'il eft pof-
» fible ; qu'ils donnent plus de farine & des
» produits plus diftncts dans la qualité de ces
» farines; que par la réunion & le jeu des blute-
» ries, à mefure que la farine eft extraite du grain
» ils deviennent propres à la nouvelle efpece de
» mouture adoptée depuis quelques années dans les
» moulins de Corbeil & dans quelques autres, voifins
» de la capitale. Enfin qu'ils renferment différentes
» méchaniques, pour qu'elles puiffent, au moyen
» de la force qui les fait mouvoir , produire les
» divers effets néceffaires à leur fervice. »

Deux mémoires ont été diftngués par l'académie. L'un annonce un auteur très-inftruit fur la
conftruction des moulins & fur la mouture des
bleds. S'il releve les avantages de la mouture économique , & la regarde comme préférable à toute
autre qu'on a employée jufqu'à préfent , il prétend
auffi que les procédés qu'on y fait font défectueux
à quelques égards, & rompt les moyens de les
rectifier mais en s'expliquant fur quelques-uns,
il garde le filence fur un autre très-effentiel, en
convenant que ce moyen , auquel il attache un

grand prix, demande une suite d'expériences dont il est occupé.

L'auteur du second mémoire a présenté d'une maniere très-exacte tout ce qui concerne la mouture des grains, & principalement les procédés qui sont propres à la mouture économique; mais ces connoissances rassemblées avec autant d'ordre que de clarté, ne sont proprement qu'un précis des meilleurs ouvrages publiés sur cette matiere.

Après ces annonces, M. le marquis de *Condorcet* a lu l'éloge de M. *Hunter*. Cet éloge, très-court, a intéressé, quoique roulant sur un étranger, par la nature du personnage. C'étoit un médecin anglois, qui devoit d'abord entrer dans l'église, & s'y refusa pour ne pas mentir à sa conscience en signant des formules contraires à sa maniere de penser. Dégagé des préjugés, il paroît qu'il n'étoit pas fort croyant à rien, & son panégyriste s'est lui-même expliqué à cet égard d'une façon assez libre; ce qui ne lui est pas ordinaire : il s'est sans doute trouvé entraîné par la force de son sujet; il n'a pas même dissimulé que la mort très-philosophique du docteur a répondu au reste de sa vie.

La franchise de M. *Hunter* s'étendoit jusques à sa doctrine; il ne faisoit pas grand cas de sa profession; il croyoit que les empiriques, les charlatans pouvoient réussir aussi par hasard; il n'excluoit personne de l'art de guérir, bien loin de se l'attribuer exclusivement, comme fait le médecin ignorant ou médiocre.

A la lecture de cet éloge, a succédé celle de plusieurs mémoires, qui sont:

1°. Celui de M. d'*Aubenton* sur des draps fa-

L 3

briqués avec de la laine superfine de France , provenue de son troupeau de Montbard. On sait qu'il s'occupe depuis très long-temps d'expériences tendantes à améliorer nos laines. Son grand moyen est de faire parquer les moutons , & de les tenir à l'air au moins pendant neuf mois de l'année. L'académicien prétend qu'il est d'autant plus nécessaire de généraliser ce travail , que nous sommes à la veille de manquer des laines que nous fournissoit l'Espagne. Ce gouvernement commence à s'éclairer, & pourroit établir incessamment chez lui des manufactures pour lesquelles il conserveroit cette matiere premiere.

2°. Celui de M. *Tenon* sur les moyens que la nature a donnés aux oiseaux & aux poissons pour se diriger dans l'air & dans l'eau. Son objet, dans un temps où l'homme veut franchir les limites prescrites à ses facultés , & marcher dans les eaux , s'élever dans les airs , est de prouver que la structure des ailes ou des nageoires tient à des principes tels qu'il seroit difficile & même impossible d'en imiter & d'en appliquer utilement le méchanisme.

3°. Celui de M. *Meusnier* sur la décomposition de l'eau & sur les moyens de faire l'air inflammable en grand. Il prouve par des expériences faites en commun avec M. *Lavoisier* , que le fluide dont il s'agit n'est point une substance simple , & indique comment il est parvenu à le reconnoître: découverte bien essentielle dans un temps où l'on a un si grand besoin de cet air inflammable , agent du nouvel art de s'élever dans les airs. Celui qu'on obtient de la décomposition de l'eau est dix à douze fois plus léger que l'air atmosphérique.

Il auroit été fait part au public de plusieurs autres mémoires intéressants, si le restant de la séance n'eût été destiné à l'éloge de M. d'*Alembert*. M. *Haudon*, dont le ciseau paroît plus particuliérement consacré à perpétuer l'image des hommes célebres, a fait présent à l'académie du buste du défunt. On venoit de le placer, & c'est devant cette image que M. de *Condorcet* a fait fumer son encens.

Quoique le panégyriste eût déjà ébauché deux fois l'éloge de M. d'*Alembert*, il n'a pas craint de se répéter en un sujet où il se complaisoit si fort, & s'est donné carriere pendant plus d'une heure. Il a très-noblement traité l'anecdote de sa naissance; il a observé que les grands hommes n'avoient pas besoin d'aïeux pour être illustres, ni de postérité pour perpétuer leur mémoire immortalisée par leurs ouvrages. A l'égard de ceux ci, il s'est étendu principalement, ainsi que l'exigeoit la circonstance sur les scientifiques. Il a cependant encore trop exalté en M. d'*Alembert* l'homme de lettres. En faisant un éloge pompeux du discours préliminaire de l'*Encyclopédie*, il n'a pas dissimulé la part qu'y avoit M. *Diderot*, & a osé le louer, quoiqu'il ne soit d'aucune académie. En définissant assez bien le caractere des éloges d'académiciens françois composés par son héros, il a eu l'adresse de les présenter sous un point de vue avantageux, & de les priser beaucoup plus qu'ils ne le méritent réellement.

Il n'a pas dissimulé les défauts personnels de M. d'*Alembert*; il est convenu qu'il étoit aigre dans la dispute, dénigrant, exclusif; mais il a encore adouci cet aveu, en disant que c'étoit en lui vivacité, franchise & zele. Cette tournure

de l'amitié fait d'autant plus d'honneur au pané-
gyrifte, qu'il effuyoit fouvent des bourrafques de
l'humeur de fon maître, fur-tout durant les derniers mois de fa maladie, lorfqu'il l'accompagnoit
aux Tuileries, & portoit le bourrelet pour affeoir
moins douloureufement le philofophe fouffrant ;
car la vénération de l'illuftre éleve le portoit jufqu'à lui rendre ce petit fervice,

On a cru que la tête de M. d'*Alembert* s'étoit
affoiblie fur la fin; on s'eft trompé : il ne pouvoit plus s'occuper des hautes méditations qui
l'avoient toujours agité ; mais il fe livroit à la
littérature ; il aimoit à en entendre parler dans
fon lit de mort, & il s'eft endormi avec ces idées
agréables.

M. de *Condorcet* n'a pas ofé aller plus loin
& s'étendre fur l'anecdote de l'enterrement, qui
auroit néceffité de fa part une fortie trop vigou-
reufe contre les prêtres.

21 *Avril.* Quand on a lu le volumineux mémoire de Mad. de *Cabris* la jeune, on eft en effet
très-porté à la croire innocente. Il paroît qu'elle
y établit affez bien la fauffeté des imputations de
fes ennemis, ou plutôt qu'elle y dévoile avec
beaucoup d'adreffe la malignité par laquelle ils
font parvenus, en mêlant le vrai & le faux, à la
faire juger coupable & à en impofer même aux
magiftrats.

Ce mémoire, d'ailleurs, eft très-précieux, en
ce qu'il jette un grand jour fur plufieurs endroits
de la vie du comte de *Mirabeau*, fon frere, fi
intéreffant par fon nom, par fes malheurs, par
fon courage & par fes écrits.

22 *Avril. Sconde fuite des Lettres curieufes &*
édifiantes. Il paroît que le projet de l'auteur ou

des auteurs de ce pamphlet feroit de le convertir
infenfiblement en ouvrage périodique, qu'ils fub-
ftitueroient à la gazette eccléfiaftique, devenue
fi infipide depuis la deftruction des jefuites. Outre
plufieurs lettres de correfpondance entre les divers
prélats qu'on a déjà mis en fcène, & dont la
plus récente eft datée du 17 janvier 1764, on
y trouve deux pieces plus remarquables.

1. *Mandement de monfeigneur l'évêque de Rennes,
en faveur des vœux de l'églife.* Perfiflage affez plaifant, où on lui fait annoncer à fes ouailles le projet
du gouvernement de faire rendre, par les évêques,
aux pauvres la portion qui leur étoit réfervée
autrefois fur les revenus des gros bénéficiers. En
conféquence il ordonne des actions de graces au
tout-puiffant, des prieres pour le roi, &c.

2. *Troifieme partie du mémoire des bénédictins
des Blancs-manteaux,* où ce profond théologien,
canonifte & homme d'état, indique de quelle maniere on peut ramener l'ufage des biens eccléfiaftiques à leur deftination primitive, & à quels
établiffements d'utilité publique, conformes à l'efprit des faints canons, on peut employer la portion qui n'eft pas néceffaire à l'entretien des miniftres de l'églife & de fes temples.

Ces lettres ne font pas auffi plaifantes & auffi
méchantes que celles contre l'évêque d'Autun &
autres prélats adminiftrateurs : mais elles tendent
vifiblement à un but plus utile. Le gouvernement
dont elles fervent parfaitement les vues, doit les
favorifer fous main.

22 *Avril.* Quoique dans les quatre derniers
volumes du *Tableau de Paris* de M. *Mercier*, il
n'y ait pas plus de plan, de liaifon, d'ordre que
dans les précédents ; quoiqu'il y ait encore quan-

tité d'articles hétérogenes, croqués, bas, plats, on y en trouve aussi d'intéressants, de piquants, & ils sont en général plus soignés & plus amusants. Mais c'est toujours un ouvrage de libraire, qu'on grossit comme l'on veut. C'est une encyclopédie entiere, où l'on ne trouve que des matieres effleurées, aucune d'approfondie. Il contient en tout 674 chapitres ; ce qui fait environ quatre pages pour chacun, & il en est qui exigeroient des volumes. On ne peut disconvenir pourtant qu'il n'ait un certain succès, sur-tout dans les provinces & chez l'étranger, & c'est à son titre qu'il le doit principalement.

23 *Avril.* On a sans doute été content de l'administration actuelle de l'opéra : malgré tous les bruits de changements & les intrigues des aspirants à la direction, on l'a conservée sur le même pied. Quoi qu'il en soit, pendant l'année dramatique derniere, on n'a donné sur le théatre lyrique que cinq ouvrages nouveaux, mais on en a remis neuf.

Produit des Capitations.

Premiere *Castor....* 7,569 liv.
Seconde *Iphigénie*
en Aulide. 8,626
Troisieme *Didon...* 7,603 } 38,930 livres.
Quatrieme *Iphigénie*
en Aul. & la Carav.... 15,127

Il faut déduire de cette derniere somme 4,894 liv. provenant de gratifications qu'ont coutume de donner à la fin de l'année, pour leurs loges, les princes & autres personnes considérables ; reste toujours celle de 10,253 liv. à laquelle n'a jamais åtteint aucune recette de capitation faite dans la salle actuelle.

24 *Avril*. Le fieur *de Beaumarchais*, ainfi qu'on l'avoit prévu, a fi bien intrigué qu'il l'emporte enfin, & fa piece eft annoncée pour mardi 27 fous le double titre de *la Folle journée* ou *le mariage de Figaro*, comédie en cinq actes & en profe.

24 *Avril*. Les travaux des comédiens françois, cette année, fe réduifent à quatre tragédies nouvelles, & trois remifes, quatre comédies nouvelles, & cinq remifes; un mélodrame: en tout dix-fept ouvrages. Il y faut ajouter l'*Inconftant*, comédie en cinq actes & en vers, jouée à la cour.

Ceux des comédiens italiens font toujours extraordinaires : ils ont joué dix drames ou comédies, quinze opéra comiques, ou pieces en vaudevilles. Ils ont remis trois ouvrages: en tout vingt-huit ouvrages.

Ils ont en outre joué à la cour les cinq ouvrages fuivants : *les deux Soupers*, comédie lyrique en trois actes; *l'Amant fylphe*, comédie lyrique en trois actes ; *le Dormeur éveillé*, comédie lyrique en quatre actes; *les Quatre coins*, opéra comique en vaudevilles : *les Payfans patriotes*, comédie lyrique en trois actes.

24 *Avril*. Ce qui prouve à quel point M. le duc de *Chartres* eft embarraffé pour la location de fes nouveaux bâtiments, c'eft l'accès qu'il donne à tous les charlatans qui, fous fes aufpices, cherchent à faire des dupes, par l'annonce faftueufe d'inftitutions nouvelles. On parle aujourd'hui d'un *Lycée de Paris*, club littéraire, fous la protection immédiate de S. A. S. monfeigneur le duc de *Chartres* & fous la direction de M. *Baffi*. On doit en répandre inceffamment le *profpectus*.

L 6

24 Avril. Jamais le tombeau de *faint Médard* n'attira plus de monde & n'opéra des chofes plus extraordinaires que le mefmérifme. Il mérite enfin l'attention du gouvernement. Pour favoir le tolérer & jufqu'à quel point , S M a nommé quatre commiffaires de la faculté, quatre de l'académie des fciences & autant de la focieé royale , chargés de fuivre les traitements du docteur *Deflon* , & de lui en rendre compte.

Cela devient un fpectacle. Derniérement madame la princeffe de *Lamballe* , avec une dame de fa fuite, eft allée chez le docteur *Deflon* , comme il magnétifoit. Il n'y avoit pas moyen de refufer une princeffe, & malgré la parole donnée par ce médecin aux malades, S A. les a eus entourant le baquet myftérieux & s'y livrant à toutes les fimagrées qu'il leur fait faire. Les femmes fur tout ont été très-fcandalifées d'une femblable curiofité, car ce font elles qui éprouvent les plus fingulieres convulfions, tenant beaucoup des extafes du plaifir ; auffi font-elles les plus ardentes à prôner le mefmérifme.

25 Avril. C'eft demain décidément qu'on joue fur le théâtre lyrique les *Danaïdes* , opéra en cinq actes, dont les paroles font du feu baron de *Tfchudi* , revues & corrigées par M. le bailli du *Rollet*. Quant à la mufique , dans l'annonce on la donne en commun au chevalier *Gluck* & à M. *Saliéri* , maître de mufique de S. M. l'empereur & des fpectacles de la cour de Vienne. Aux répétitions on n'a remarqué aucune difparate qui ait pu faire connoître la différence des deux manieres : ce qui doit faire fuppofer que l'eleve eft digne du maître.

De grands effets tragiques, peu de chant, de mauvais airs de danfe, voilà le réfultat du jugement des connoisseurs qui ne font pas fanatiques.

25 *Avril*. M. de *Vermont*, accoucheur de la reine, pour rétablir fa mauvaise réputation, pour repousser les reproches qu'on lui a fait de dureté, d'inhumanité, de barbarie vient de faire annoncer un nouveau prix qu'il a fondé, confistant en une médaille d'or de 30 liv. deftinée au meilleur mémoire ou aux obfervations les plus utiles aux progrès de l'art des accouchemens envoyé dans le courant de l'année: comme de raifon, le jugement remis à l'académie royale de chirurgie.

Dans cette annonce M de *Vermont* eft qualifié pour la premiere fois de *confeiller d'état*. Ainfi le voilà *haut & puiffant feigneur*, de même que M. *Nicolas Beaujon*. Il faut fe rappeller à ce fujet la fenfation que fit dans Paris le billet d'enterrement de la femme de celui-ci.

26 *Avril*. Aucun ouvrage du chevalier *Gluck*, même la premiere *Iphigénie*, n'a attiré autant d'affluence que celui d'aujourd'hui. La reine n'a pas manqué de l'honorer de fa préfence.

M. le bailli de *Suffren*, qui paroiffoit pour la premiere fois en public, ayant été apperçu au balcon où il avoit pris place, a été applaudi univerfellement, avec tranfport & pendant très-longtemps, malgré la gène effroyable où étoit le parterre. L'orcheftre, excité par cet enthoufiafme, l'a falué d'une fanfare avec les timbales & trompettes. Le public a crié *bis*, & la fanfare a recommencé.

Les actes des *Danaïdes* font heureufement fort courts, car on ne pourroit fupporter long temps cet affreux fpectacle, dont les ballets mêmes, parfaitement analogues au genre, ne font que des jeux atroces, que des pantomimes repréfentant allégoriquement ce qui doit bientôt fe paffer en action. C'est fur-tout au troisieme acte appellé *l'acte du festin*, qu'est le comble de l'horreur. par la perfidie de ces femmes danfant avec leurs maris, les careffant, les agaçant, lorfqu'elles ont décidé, dès le fecond acte, de les maffacrer durant leurs embraffements fecrets, & que le fpectateur est déjà confident de cet exécrable complot.

Il n'eft point d'ouvrage, malgré la noirceur du fujet, qui préfente un enfemble auffi riche & auffi impofant. La multiplicité des perfonnages, le nombre des décorations & leur genre pittorefques, la belle exécution des machines, le brillant des coftumes, tout contribuoit à faifir l'imagination & à frapper le fpectateur d'étonnement.

M. *Gardel* a mis beaucoup d'intelligence dans fes ballets & s'eft montré digne de marcher fur les traces de M. *Noverre*. Il a fenti qu'il ne falloit pas trop diftinguer entre eux les freres, & les fœurs entre elles ; il en eft réfulté que les premiers fujets font corps avec les figurants, ce qui donne beaucoup plus de vérité à la pantomime, malgré la confufion qui a régné un moment, mais qui s'éclaircira par une exécution plus répétée.

Le jugement déjà annoncé fur la mufique s'eft confirmé. On y pourroit ajouter que l'ouverture ne répond nullement au fublime d'horreur qu'elle devroit rendre. Au refte, un tel ouvrage mérite qu'on y revienne.

26 *Avril*. Le parlement a repris fes féances pour les affaires publiques, interrompues pendant les vacances de pâques. On ne croit pas qu'il s'en tienne encore à la feconde réponfe du roi à fes remontrances, concernant les bénédictins, la commiffion des réguliers, & l'affaire des Quinze-

vingts, qui lui défendoit *de se mêler de ces affaires, sa majesté s'en étant réservée la connois-
sance.*

Quant aux réflexions de la cour sur les lettres
d'extinction en faveur du sieur de *Sainte - Foy*, on
regarde cela comme une affaire finie par la réponse de sa majesté qu'elle réfléchiroit sur cet
objet, & qu'elle feroit connoître à son parlement
ses intentions à cet égard.

26 *Avril.* On dit aujourd'hui que la principale
raison qui a empêché d'accepter l'offre de M. de
Paulmy, c'est qu'il est ministre d'état, caractere
indélébile qui, s'il avoit été bibliothécaire du
roi, lui auroit donné le droit de travailler avec
sa majesté, sans l'intervention du ministre de Paris,
démembrement auquel le baron de *Breteuil* s'est
opposé.

27 *Avril.* Ç'a sans doute été aujourd'hui pour
le sieur de *Beaumarchais*, qui aime si fort le
bruit & le scandale, une grande satisfaction de
traîner à sa suite, non - seulement les amateurs
& curieux ordinaires, mais toute la cour, mais les
princes du sang, mais les princes de la famille
royale; de recevoir quarante lettres en une heure
de gens de toute espece qui le sollicitoient pour
avoir des billets d'auteur & lui servir de *battoirs*;
de voir madame la duchesse de *Bourbon* envoyer
dès onze heures des valets de pied au guichet,
attendre la distribution des billets, indiquée pour
quatre heures seulement; de voir des cordons
bleus confondus dans la foule, se coudoyant,
se pressant avec les savoyards, afin d'en avoir;
de voir des femmes de qualité, oubliant toute
décence & toute pudeur, s'enfermer dans les
loges des actrices dès le matin; y dîner & se

mettre fous leur protection , dans l'efpoir d'entrer les premieres ; de voir enfin la garde difper-
fée , des portes enfoncées , des grilles de fer même
n'y pouvant réfifter & brifées fous les efforts des
affaillants. Mais le triomphe véritable pour lui ,
ç'a été de faire lever une defenfe du roi de jouer
fa piece , donnée par écrit il n'y a pas un an ,
& fignifiée avec une folemnité qui fembloit en
faire & caractérifer une affaire d'état. Et dans
quelle circonftance ? Lorfque l'auteur le plus hon-
néte n'auroit ofé propofer une pareille piece , par
la crainte d'allafion à des bruits qui ont affligé
cet hiver la famille royale , & qui pouvoit rappeller le fouvenir d'une calomnie atroce , lorfque
du moins aucun cenfeur n'auroit pris fur lui de
laiffer fubfifter un incident prêtant fi fort à la malignité du fpectateur.

Quoi qu'il en foit , on juge bien qu'avec cet
empreffement général la falle a été remplie de
bonne heure. A ces féances tumultueufes il arrive
toujours quelque diftraction qui occupe le public.
C'eft ainfi que M. le bailli de *Suffren* ayant paru ,
il a été applaudi avec les mêmes tranfports
qu'hier à l'opéra ; mais ce qui a beaucoup di-
minué le mérite d'cet enthoufiafme & indigné
les vrais patriotes, ç'a été de voir la dame *d'ar-*
gazon qui , rétablie de fa honteure maladie , ne
s'étoit pas encore montrée au fpectacle , occafion-
ner les mêmes tranfports que le heros

Quant à la comédie , le plus grand nombre
des fpectateurs s'attendoit bien qu'elle feroit
mauvaife , mais non auffi longue. On croyoit
qu'elle occupoit la durée ordinaire du fpectacle ,
puifque les comédiens n'avoient point annoncé
de petite piece. On ne s'imaginoit pas qu'elle feroit

prolongée depuis cinq heures & demie jufqu'à dix
heures. Et pourquoi faire ? Pour nous peindre un
grand feigneur au milieu de fa valétaille qui le
dupe, le joue & le baffoue durant tout ce temps.
La feule préfomption d'occuper le public françois
pendant plus de quatre heures avec une farce auffi
dégoûtante méritoit d'être fifflée. Il y a bien eu
des huées, des fifflets même, mais très-modérés,
quoique fréquents, & l'on ne fait ce qu'admirer
le plus, ou de l'impudence du fieur de BEAU-
marchais, ou de la patience des fpectateurs !

Monfieur a paru s'ennuyer beaucoup de cette
folle journée. Quant au comte d'*Artois*, on fait
qu'il s'étoit déja en quelque forte oppofé à la repréfentation, en difant au roi que c'étoit une vilainie,
une infamie.

Malgré cela, comme la piece, bien inférieure
encore au *Barbier de Séville*, n'a pas éprouvé,
à beaucoup près, les mêmes contrariétés, on ne
feroit pas furpris qu'à la faveur fur-tout des acceffoires, du chant, de la danfe, des décorations,
de la fatire vive, des obfcénités, des flagorneries
pour le parterre, dont cette nouvelle facétie comique eft mélée, elle allât loin, & eût beaucoup de
repréfentations.

28 *Avril.* C'eft à l'inftar du fameux *Club
Littéraire* du café de *Saint-James*, établi à
Londres par *Willis, Steele, Adiffon, Swift*, où
a été compofé le fameux *Spectateur*, que M. *Baffi*
veut inftituer le *Lycée de Paris*. Il a déjà donné à
Lyon l'idée d'un femblable établiffement, ouvert
en 1777 fous le nom de *Lycée de Lyon*, & ce fut
fur celui-ci que le fieur de *la Blancherie* imagina
fon mufée. C'eft fur les ruines de ce dernier que
M. *Baffi* fonge à élever le fien, mais plus étendu,
plus utile & plus général.

Il y aura quatre falles pour le fervice des membres : la premiere pour la lecture, la feconde pour l'étude, la troifieme pour les conferences, & la derniere pour les exercices.

Dans l'une, on trouvera une bibliotheque bien affortie en nouveautés fur-tout de tous les genres ; dans l'autre, des maîtres de toutes les langues étrangeres. La falle des conférences indique par fon nom feul ce qu'elle doit être. La quatrieme offrira des inftruments de phyfique, de méchanique, des modeles, des plans, des deffins, des cartes, des objets d'hiftoire naturelle, des morceaux de peinture, fculpture, gravure, architecture, que les artiftes feront invités à expofer. Enfin parmi les *Clubiftes* on choifira vingt membres formant academie. C'eft au premier novembre prochain que le lycée doit s'ouvrir.

28 *Avril.* Extrait d'une lettre de Dijon, du 20 avril.... Des trois canaux de navigation entrepris par nos états, l'un s'étendra depuis la ville de *Châlons* fur *Saone* jufqu'au bourg de *Digoin*, durant une longueur de vingt-quatre lieues, & opérera la jonction des deux mers par celle de la Saône & du Rhône avec la Loire. Il s'appellera *Canal de Charolois.* Comme il fera compris en entier dans la *Bourgogne*, la province en fera les frais en totalité.

L'autre, appellé *Canal de Bourgogne*, commence à la ville de *Saint-Jean-de-Lone* jufqu'au village de *la Roche*, & fera long de cinquante-deux lieues. Il ouvrira une feconde communication des deux mers par celle de la *Saone* & du *Rhône*, avec l'*Yonne* & la *Seine.* La partie qu'en conftruira la province ne fera que de fix lieues, & pourra être navigable indépendamment du refte.

Enfin le troisieme, sous le titre de *Canal de Franche - Comté*, s'étendra depuis le village de *Saint Symphorien* jusqu'auprès de la ville de *Dole*. De-là il sera continué jusqu'au dessous de *Strasbourg*, & opérera une troisieme jonction des deux mers par celle de la *Saône* & du *Rhône* avec l'*Ill* & le *Rhin*. La partie qui concerne les états de *Bourgogne* est de plus de trois lieues, & sera navigable, indépendamment du surplus.

Ces trois canaux sont déjà commencés & ouverts en plusieurs endroits, & l'on espere que toutes les parties aux frais des états de Bourgogne seront entierement achevées en 179 .

La premiere pierre de ces trois canaux doit être posée solemnellement cette année par le prince de *Condé*, au nom du roi, durant l'assemblée des états.

Il a en conséquence été frappé une médaille qui porte d'un côté le buste du roi, avec cette légende: *Ludovici XVI Franciæ & Navarræ Regi Optimo*, Et l'exergue : *Comitia Burgundiæ*. Au revers, la figure de la *Saône*, ayant sur sa tête la couronne ducale de *Bourgogne*, & à ses pieds l'écusson des armes de cette province, portant dans ses mains les emblêmes du commerce & de la prospérité, & mêlant ses eaux à celles de la *Loire*, de la *Seine* & du *Rhin*, avec cette légende : *Utrasque Maris junctio triplex*, & à l'exergue : *Fossis ab Arari, ad Ligerim, Sequanam & Rhenum simul apertis*, 1783.

Cette médaille multipliée en proportion, a dû être présentée au roi & à toute la famille royale, par les élus généraux des états de Bourgogne.

28 *Avril*. Suivant un *Avertissement* mis à la tête du poëme des *Danaïdes*, l'auteur, qu'on sup-

pofe être le bailli du *Rollet*, annonce qu'après les fuccès nombreux & multipliés que ce fujet a obtenus fur nos différents théâtres, il n'auroit pas ofé le faire reparoître fur celui de l'opéra, s'il n'avoit imaginé de l'y montrer fous une forme nouvelle. Du refte, il déclare que ce mérite ne lui appartient pas tout entier; qu'il s'eft beaucoup aidé d'un poëme manufcrit de M. de *Calzabigi*, auteur de l'*Orphée* & de l'*Alcefte* italiens; qu'il a emprunté quelques idées du ballet des *Danaïdes* de M. *Noverre*, & qu'enfin un de fes amis, pour accélérer l'ouvrage, a mis en vers une partie de fa compofition. Il prend de-là occafion, fans le nommer, de faire l'éloge de l'illuftre défunt, le baron de *Tfchoudi*, excellent homme, connu par plufieurs ouvrages en profe & en vers également eftimés, auffi recommandable par fes vertus fociales, fon mérite militaire & fa haute naiffance, que par fon efprit & fes talents littéraires.

29 *Avril*. Il paroît que les demoifelles danfeufes de l'opéra, malgré leur répugnance à fraternifer avec la Dlle. *Bourgeois*, n'ont pu l'expulfer de leur fociété, puifqu'on la trouve encore au nombre des figurantes dans les cinquante *Danaïdes*; mais par une délicateffe fort finguliere, dans la lifte de ces demoifelles, mife au-devant des paroles de cet opéra, on ne l'a défignée que fous la premiere lettre de fon nom, avec des points. B...

29 *Avril*. Depuis l'ouverture de la nouvelle falle de comédie françoife, on avoit fait différents effais pour la bien éclairer, qui n'avoient pas réuffi. On a eu recours à une invention de MM. *Lange* & *Quinquet*. Cette lumiere, d'un genre plus parfait, quoiqu'elle laiffe encore bien des chofes à défirer, a été jugée ce qu'on avoit

centé de mieux. Elle eft vive, douce, nette, fans la moindre fumée & peu difperdieufe.

30 *Avril*. Au premier acte des *Danaïdes*, le théâtre repréfente le bord de la mer & un temple. Les préparatifs des ferments de la Paix & de l'*Hymen*; les fils d'*Egyptus* defcendant de leurs vaiffeaux dans la ville d'*Argos* où eft la fcene; les ferments, des danfes & une explofion de tendreffe entre *Lyncée* & *Hypermneftre* rempliffent tout cet acte.

La fcene au fecond acte eft un lieu fouterrain du palais de *Danaüs*, confacré à *Nemefis*. La ftatue de la déeffe eft au milieu. Au devant eft un autel. Ici le roi révele à fes filles fon projet de vengeance. Il l-ve un voile cachant un faifceau de poignards dont il les arme. Serment effroyable qu'elles font. *Hypermneftre* feule s'y refufe & réfifte à toutes les menaces de fon pere. Monologue de cette princeffe, où elle peint la fituation horrible de fon cœur.

Le troifieme acte, plus en danfes & en fêtes qu'en paroles, n'a que trois fcenes, dont deux très-courtes. On voit un jardin orné pour une fête confacrée à *Bacchus* & aux dieux d'hyménée. On y voit ce qui fuivoit chez les anciens, le banquet du foir au jour des noces : orgie, où les époufes affifes à côté des nouveaux époux, paroiffent vouloir les plonger dans une double ivreffe & leur verfent inceffamment à boire. *Lyncée* préfente fa coupe à *Hypermneftre*, qui recule d'horreur, fans pouvoir lui apprendre la caufe de ce changement. Elle fort : *Danaüs* raffure l'époux, & lui promet de la ramener plus docile. Il exhorte les autres à la joie : on chante un hymne à *Bacchus*. Des *Hymens*, avec leurs flambeaux, précedent chaque couple d'époux que des *Génies* enchaînent avec des guirlandes & paroissent conduire dans la chambre nuptiale.

De-là l'ouverture du quatrieme acte, dont la décoration offre une galerie qui communique à l'appartement d'*Hypermnestre*, & à celui de ses sœurs. Nouveau combat entre *Danaüs* & celle-là. Il la quitte en renouvellant ses menaces, si elle n'obéit pas, ou si elle parle. Scene d'inquiétude, de tendresse, de jalousie, d'horreur entre *Lyncée* qui survient, & *Hypermnestre*. Enfin elle le remet à un officier qu'elle a gagné & chargé de ménager sa fuite. Il ne peut s'y déterminer sans avoir vengé ses freres, dont on lui apprend la catostrophe. Cris des époux. *Hypermnestre* s'évanouit.

La même décoration qu'au quatrieme acte continue au cinquieme. *Hypermnestre*, inquiete sur le sort de *Lyncée*, goûte un moment de joie en apprenant de la bouche même de son pere qu'il ne se trouve pas au nombre des victimes. Il la fait charger de chaînes. On lui fait annoncer que *Lyncée* reparoit armé & à la tête de ses soldats. Le barbare veut tuer au moins sa fille & est prévenu par l'un de ses sujets. *Lyncée* entre: il se reunit à *Hypermnestre*: ils quittent ensemble ce palais horrible que la foudre écrase.

La tragedie finit par le spectacle des enfers, où l'on voit le supplice de *Danaüs* & de ses filles.

En général, ce pöeme n'est point mal fait. Les paroles en sont mâles, énergiques & pittoresques. A la représentation, on y a fait un heureux changement au quatrieme acte: on a supprimé la fin. La mort des époux est caractérisée par une musique rompue, brisée, dans le genre terrible, à laquelle fuccede un filence plus affreux. Les *Danaïdes*, en Bacchantes, entrent en foule & en défordre, & par-tout leur enfemble confirme le crime qu'elles viennent de commettre. *Danaüs* vient les féliciter, mais fe plaint qu'une victime, que *Lyncée* lui échappe. Avides de fang, elles fortent & courent pour la chercher & l'immoler.

Du refte, on ignore pourquoi l'on a jugé à propos de changer le fupplice des *Danaïdes*, imaginé dans la fable, qui pourroit prêter tout autant à la pantomime & offroit un genre d'attitudes plus neuf, & pourquoi l'on y punit *Danaüs* de celui de *Promethée*.

30 *Avril*. Extrait d'une lettre de Nantes, du 26 avril . . . . J'ai fait ce que j'ai pu afin de prendre une idée jufte de ce qui eft depuis fi long-temps l'entretien du public, & depuis plufieurs mois le confeil de guerre de l'*Orient*. 1. J'ai lu tous les mémoires publiés par les divers accufés, & je n'y ai vu que mauvaifes manœuvres, infubordination, défordre. 2. J'ai interrogé quantité de matelots, d'officiers mariniers, d'officiers de la marine, d'officiers de terre employés fur les différents vaiffeaux de l'armée navale à l'affaire du 12 avril, & je n'ai trouvé que partialité, animofité & dénigrement réciproques. Chacun attaché au capitaine de fon vaiffeau & à fa divifion, les défendoit pour inculper les autres. 3. Voulant me déterminer par les pieces mêmes, je me fuis fait repréfenter les mêmes journaux de différents pilotes qui, deftinés par leurs fonctions à configner fur le champ chaque fignal, ne peuvent en être diftraits par aucun ordre étranger, & de tout ce que j'ai lu, il ne m'eft refté que l'image d'une confufion générale ; en forte que je regarde comme impoffible

aux juges de démêler la vérité à travers ce chaos de contradictions.

30 *Avril. Histoire raisonnée des opérations militaires & politiques de la derniere guerre, suivie d'observations sur la révolution qui est arrivée dans les mœurs, & sur celle qui est sur le point d'arriver dans la constitution d'Angleterre.* Tel est le titre d'un ouvrage nouveau qui, quoique daté de 1783, ne commence à paroître que de ce moment-ci. On n'attribuera pas sa lenteur à percer & sa clandestinité à sa méchanceté, car il est très-louangeur du gouvernement & des généraux françois, très-dépréciateur du gouvernement & des généraux anglois.

Pour mieux juger de ce livre, il faut d'abord en connoître l'auteur qui y a mis son nom. Il s'appelle *Joly de saint-Valier*, & se qualifie de lieutenant-colonel d'infanterie. Il nous apprend qu'il a déjà composé des *reflexions sur l'éloge de M. de Voltaire, par M. d'Alembert ;* un *traité sur l'éducation des deux sexes* & autres opuscules.

M. de *Saint-Valier* convient lui-même que, pour vivre, il a été obligé d'aller en 1778 offrir ses services à l'*Angleterre*, ce à quoi il ne put parvenir. De là sans doute déjà une grande prévention de sa part contre un peuple qui a refusé son bras & ses lumieres, puisqu'il déclare modestement que si on l'avoit écouté, les affaires de la Grande-Bretagne seroient sur un tout autre pied. On présume que c'est au chevalier *Yorck* qu'il s'adressa, & il cite là-dessus un *mémoire* qu'il a publié sur ce qui se passa entre ce ministre & lui. Il attribue à ce même personnage sa détention à Londres, où il fut mis à *Bridwell* le 13 novembre 1782, & y resta jusqu'au 11 janvier 1783. Il a été acquitté

de

de la maniere la plus honorable : mais malgré sa pro-
testation d'impartialité, de sang froid, on conçoit
qu'après un pareil traitement, il est difficile de
voir ses persecuteurs de bon œil.

M. de *Saint-Valier* prétend que jusqu'à présent
personne n'a su écrire l'histoire parmi les anciens
& les modernes. Il en veut donner un modele
dans celle-ci. Indépendamment du peu de justesse
de ses reflexions, malgré sa brièveté ou plutôt sa
sécheresse, on trouvera ce sommaire encore trop
long & trop bavard. Beaucoup de choses mal vues,
tout indiqué, rien d'approfondi, plusieurs ana-
chronismes, quantité d'erreurs. Tels sont les principaux reproches qu'on peut lui faire.

A ce qu'on a rapporté de la présomption de
l'écrivain, il faut ajouter qu'il n'aime ni *Voltaire*,
ni l'abbé *Raynal*, ni Me. *Linguet* : qu'il appelle le
premier un *ignorant*, qu'il réprouve le ton *tranchant & décisif* du second, & traite le troisieme de
sot discoureur.

Au reste, le style de M. de *Saint-Valier* n'est
pas mauvais ; il est clair, simple, ferme & assez
noble. Sa méthode seroit excellente, si son plan
étoit bien rempli, si les assertions étoient prou-
vées par les faits, & ses digressions enrichies d'anecdotes & de portraits propres à leur ôter ce ton de
monotonie & de pédantisme, qui sent moins l'histoire qu'un traité dogmatique.

1 *Mai* 1784. Ce qu'on avoit prévu vient d'arriver. L'abus fait des *Ballons* en a découvert le danger & a forcé le gouvernement de s'opposer à ces
jeux, ou du moins de les modifier. Par une *ordonnance de police*, du 23 Avril, il est défendu de
fabriquer & faire enlever des *ballons* & autres *machines aérostatiques*, auxquels seroient adaptés des

réchauds à l'esprit de vin , de l'artifice & autres matieres dangereuses pour le feu. Il est ordonné en outre que tous autres *Ballons aérostatiques* ne pourront être enlevés sans en avoir préalablement obtenu la permission. Elle ne doit, 'uivant le prononcé , être accordée qu'à des personnes d'une expérience & d'une capacité reconnues , & contiendra le lieu, le jour & l'heure auxquels pourront se faire lesdites expériences , à peine contre les contrevenants de 500 livres d'amende.

1 *Mai.* Il paroît un arret du conseil, du 13 avril , contenant *Réglement pour l'académie royale de musique* : il est en 19 articles.

1 *Mai.* Les comediens , pour satisfaire l'avidité du public , ont joué jeudi & vendredi *le Mariage de Figaro.* Tout le monde veut voir cette piece , & il n'est personne qui n'en dise du mal en sortant. Les plus modérés s'en tiennent à la trouver excessivement longue. Cependant elle est raccourcie d'environ une demi-heure. L'intrigue n'en est pas plus claire ; elle est tellement compliquée qu'aucun spectateur ne peut s'en rendre compte, & qu'il n'est point de journaliste qui ait osé l'entreprendre. Du reste , elle se passe , comme on l'a observé, entre des personnages si bas & si méprisables , qu'elle ne peut exciter aucun intérêt , même de curiosité , sur-tout pendant un espace de temps qui embrasse le double de la durée d'une comédie ordinaire. Le comte *Almaviva* , qui veut débaucher la fiancée de *Figaro* , femme de chambre de la comtesse sa femme ; la comtesse qui veut séduire un jeune page , & ce jeune page voulant trousser le cotillon à toutes celles qu'il rencontre ; & pour comble de turpitude, *Figaro* qui se trouve avoir couché avec une vieille sorciere de *Mar-*

celine , qu'il découvre être fa mere : tel eft le
canevas de la piece , dont les incidents , quelquefois ingénieux & piquants , s'ils étoient neufs ,
font empruntés de fept ou huit comédies , entre
autres de la *Gageure imprévue* de M. *Sedaine* , &
du *Barbier de Séville* même. Tout ce fond eft
couvert d'une infinité de détails , où certaines
gens trouvent beaucoup d'efprit , mais où les connoiffeurs , plus exercés & plus difficiles , ne remar-
quent qu'un abus continuel de l'efprit. Q ant au
ftyle , il eft tout-à-fait vicieux & deteftable.
L'auteur , fuivant qu'il lui convient , rajeunit de
vieux mots , ou en forge de nouveaux , mêle des
expreffions d'un perfifflage fin & délicat avec les
propos groffiers & triviaux des halles ; d'où il
réfulte une bigarrure vraiment originale & qui
n'appartient qu'à lui. En un mot , dans cette
piece , tenant beaucoup de la vieille comédie ,
bouffonne & non gaie , fatirique & non critique ,
où l'on prêche le vice , loin de chercher à en
corriger , le poëte paroît avoir eu pour but véritable d'infulter à la fois au goût , à la raifon &
à l'honnêteté publique , & en cela il a pafaite-
ment réuffi.

1 *Mai*. Il paroît que le confeil de M. le duc de
Penthievre, pour eluder les réclamations de nom
& d'état du comte d'*Arcq*, n'a trouvé d'autre tournure que d'empêcher d'abord que la caufe fût
plaidée à l'audience , ce qui la déroberoit à la publicité & à l'éclat que redoute S. A. & enfuite de
la faire appointer ; ce qui rend ordinairement une
affaire interminable. C'eft fur cet incident que la
cour doit prononcer inceffamment , & ce qui a
donné lieu à deux nouveaux écrits très bien faits :
l'un , *Réfumé* , & l'autre , *Obfervations par le*

M 2

comte d'Arcq, fuivis de *Confultations*, en date des
19 & 30 avril 1784.

2 *Mai*. Extrait d'une lettre de l'Orient, du 28
avril..... « Le 26 avril le confeil ordonne que
l'affaire du *Zélé* & de l'*Aftrée* n'eft pas relative
au combat du 12 avril & point de fa compétence. »

2 *Mai*. MM. *Matthieu Johannot* font très-renom-
més dans l'art de la papeterie. En 1760 ils avoient
déjà obtenu le prix des arts de l'académie de
Befançon, deftiné à celui qui perfectionneroit les
manufactures de papier de ce royaume. En 1762
ils découvrirent l'apprêt de l'*échange*, ou *relavage*,
qui avoit fait la réputation des papiers de *Hollande* ; & l'emploi qu'ils en firent leur mérita en
1764 le fuffrage de l'académie royale des fciences.
Ce font eux qui ont aufli introduit les premiers
en *France* la fabrication du *papier vélin*, qui fert
actuellement aux fuperbes éditions des ouvrages
deftinés à l'éducation du dauphin.

Sur le compte rendu au contrôleur général des
heureux établiffements de MM. *Matthieu Johannot*,
ce miniftre s'eft déterminé à leur accorder le prix
inftitué par l'ordonnance du 28 octobre 1777, en
faveur de ceux qui auront frayé de nouvelles
routes à l'induftrie nationale, ou qui auront
mérité, en la perfectionnant, quelque marque
publique de l'approbation du confeil.

2 *Mai*. En attendant qu'on voie au fallon le
bufte de M. le bailli de *Suffren*, où fans doute
nos artiftes ne manqueront pas d'y expofer, on
lui a fait l'infcription fuivante, très-jufte & qui
n'eft point un lieu commun :

Dans l'Inde ce héros déployant fon grand cœur
Contre l'Anglois altier qu'il eftime & qu'il brave,
Combattit quatre fois, & quatre fois vainqueur,
Vengea fon roi, la France, l'Inde & le Batave.

2 *Mai.* Extrait d'une lettre de Dijon, du 28 avril.... Le *Ballon* de M. de *Morveau*, tant & depuis si long-temps annoncé, est parti avec succès. Il avoit pour compagnon de voyage monsieur *Bertrand.* Ils se sont rendus à six lieues d'ici, près d'Auxonne, en une heure & demie. Ils prétendent s'être servis avec succès de rames qu'ils avoient imaginées ; mais cette derniere circonstance n'est pas bien claire. De quatre ils n'en avoient plus que deux en état d'agir & le gouvernail déboîté. Cette circonstance particuliere rend cependant l'expérience plus curieuse que les précédentes, & par-là nos navigateurs aériens ont enchéri sur les autres. Ils estiment avoir été à une élevation de deux mille toises.

On travaille actuellement avec beaucoup d'activité au bassin de Dijon, pour la communication du canal de *Bourgogne.* Cet ouvrage sera très-utile au commerce & fera beaucoup d'honneur à ceux chargés de son exécution.

2 *Mai.* On assure que M. le marquis de *Montesquiou Fezensac* a été élu jeudi membre de l'académie françoise, à la place de M. l'ancien évêque de Limoges. On critique beaucoup ce choix, en ce que ce seigneur n'a pour tout mérite littéraire que d'avoir fait des bouts-rimés ; ce qui ne lui donnoit pas le droit de l'emporter sur les concurrents nombreux qu'il avoit, tous gens de mérite & ayant fait leurs preuves. Les académiciens s'excusent & gémissent eux-mêmes d'avoir eu la main forcée par le protecteur auguste de M. de *Montesquiou*, premier écuyer de *Monsieur.*

3 *Mai.* C'est par une lettre de M. de *Calonne*, en date du 18 avril, que MM. *Matthieu Johannot*, pere & fils, d'*Annonay*, ont été instruits de la

M 3

récompenſe qui leur a été accordée. Elle conſiſte en une médaille envoyée à l'intendant de *Languedoc* pour leur être remiſe.

3 *Mai.* Non content de nous aſſommer du *Tableau de Paris*, faiſant aujourd'hui une maſſe énorme de huit gros volumes, on a eu la friponnerie de le reproduire en trois autres volumes non moins gros, ſous le titre du *Tableau de Paris critiqué par un ſolitaire du pied des Alpes.* Bien des gens ſuppoſent que cet ariſtarque n'eſt autre que M. *Mercier* lui-même, faiſant ainſi la demande & la réponſe, & ſi l'on ne connoiſſoit ſon honnêteté, on ſeroit tenté de le croire ; car outre que ce ſolitaire ne dit preſque mot , & ſe contente de reproduire le texte , le plus ſouvent ſans contradiction, c'eſt que le peu de critique qu'il ſe permet, eſt très-ménagé, & conſiſte en un dialogue entre lui & l'auteur, dans lequel ce dernier a toujours raiſon. Il faut tout au moins ſuppoſer que c'eſt une tournure imaginée par la cupidité des imprimeurs, pour gagner plus d'argent ſans ſe donner de peine. S'il ſe trouve des dupes, l'ouvrage n'en reſtera pas là , car il n'embraſſe que la première partie de l'œuvre de M. *Mercier.*

4 *Mai.* Extrait d'une lettre de Bordeaux, du 27 Avril... M. le garde-des ſceaux, pour tirer monſieur *Dupaty*, où il ſouriert ... de la poſition fâcheuſe où il étoit ici , a imaginé de lui faire donner par le roi une commiſſion de travailler à la réforme de la juſtice criminelle ; de comparer la juriſprudence des divers parlemens en cette matière & de mettre ſes obſervations ſous les yeux de S. M. afin de rédiger un nouveau code criminel où l'on réforme les abus de l'ancien. M. *Dupaty* travaillera ou ne travaillera pas à cet ouvrage, mais en

gardant fa charge & fon hôtel ici , c'eft un prétexte pour n'y pas revenir & refter à Paris.

M. *Dudon* le fils, jufqu'à préfent s'en eft encore
mieux tiré. En partie par le fecours de l'autorité,
en partie par l'aftuce de fon pere, il a vaincu
tous les obftacles. On étoit réfolu de n'admettre
fes conclufions dans aucune affaire : la premiere
chambre des enquêtes s'en étoit fait une loi ex-
preffe. Il a d'abord triomphé à la grand'chambre,
puis à la tournelle. Enfin jufqu'à cette premiere
chambre des enquêtes tout a molli & il eft en
pleine activité par-tout. Au mois de mais dernier
il a cependant encore été rédigé & envoyé à la
cour des remontrances contre lui ; mais je crois
qu'on n'y a pas répondu , & puifqu'il a la poffef-
fion , ce débat devient inutile.

Notre intendant ne s'en tirera pas fi bien.
L'affaire eft bien évoquée au confeil, mais le parlement a rendu un fecond arrêt, où, malgré celui
du confeil qui caffe le fien, il ordonne de plus
fort, *fous le bon plaifir du roi*, l'exécution du
premier. Il s'agit d'extorfions, de vexations com-
mifes dans les corvées. Un de fes fecretaires avoit
été décreté de prife de corps & s'eft enfui à Paris.
Un fubdélégué a été décreté d'affigné pour être
oui. Par les dépofitions entendues , il a tranfpiré
une anecdote affez gaie, qui ne fait rien au fond
de l'affaire, mais donne mauvaife opinion des vie
& mœurs de M. *Dupré de Saint-Maur*. On a découvert qu'il menoit avec lui dans fes tournées une
fille, fa maitreffe, déguifée tantôt en dragon,
tantôt en abbé, tantôt en capucin.

Quant à notre maire, M. le vicomte de *Noë*,
il a refufé de faire les excufes au gouverneur, &
a préfenté au roi un mémoire, où il fait voir que

M 4

le tribunal des maréchaux de France eſt incom-
pétent dans cette matiere. On croyoit que le
parlement s'en mêleroit & prendroit fait & cauſe
pour les officiers municipaux ; mais la cour regarde
cette affaire comme miniſtérielle , & l'on croit
qu'elle reſtera telle. On aſſure que l'évêque de
L'Eſcar , frere du vicomte , a beaucoup travaillé
au mémoire de ſon frere.

Quant aux autres petites tracaſſeries ſubalternes
qui agitoient notre parlement , on les regarde
comme finies , ou du moins comme aſſoupies.

4 *Mai.* Il y a dans la ville de Châtelleraut un
prince de *Naſſau - Siegen* , reconnu tel par
Louis XV , qui en a même une penſion ; mais
dans une ſi grande détreſſe , malgré cela , qu'il
y exerce la profeſſion de maître d'école. Il eſt âgé
& a trois garçons. Le prince de *Naſſau* qui eſt
ici & veut s'attribuer excluſivement ce nom en
France , l'a fait aſſigner pour qu'il eût à quitter le
ſien. Comme le premier s'y refuſe , cela va faire
l'objet d'un grand procès.

4 *Mai.* Le public ayant beaucoup murmuré
depuis l'ouverture de la nouvelle ſalle de comédie
italienne , contre une foule d'incommodités ,
d'irrégularités & d'abſurdités de cet édifice , on a
profité du temps de la vacance de pâques pour
corriger ces défauts. M. *Heurtier* s'étant refuſé à
ce travail , ſoit par amour-propre , ſoit par im-
puiſſance , on a eu recours à M. de *Wailly* , l'un
des auteurs de la ſalle de la comédie françoiſe.
Au moyen d'une dépenſe d'environ 15,000 liv.
cet habile artiſte a tiré tout le parti poſſible de ce
local. D'abord l'enſemble de la ſalle , dont la
forme oblongue n'a pu être changée , offre du
moins plus de régularité & d'elegance , & les

spectateurs sont moins pressés & gênés dans les
loges. La corniche énorme qui masquoit toutes
les loges & autres places des quatriemes, a disparu,
ou plutôt est attachée au cintre & ne fait plus
qu'ornement. On a ramené le paradis, formé
aujourd'hui d'un amphithéâtre immense, & pouvant contenir cinq cents personnes ; en outre,
beaucoup plus de loges & en si grand nombre,
qu'on calcule que la recette de ce spectacle pourra
être augmentée d 40 mille écus par an.

5 Mai. On ne répand que dans ce moment-
ci des *Observations sur un imp* ... *en huit pages*,
intitulé : *Mémoire à consulter & consultation pour
la dame marquise de Cabris, belle-fille ; contre la
dame marquise de Cabris douairiere*, quoiqu'elles
eussent dû être antérieures au grand mémoire de
la premiere. Ces observations ne sont précieuses
que par les notions qu'elles donnent sur le défenseur de la douairiere, Me. *Robin de Moras*. On
y apprend qu'il a été pendant dix ans avocat au
parlement de Grenoble ; qu'il s'est présenté depuis
1781 au barreau de Paris. Il paroîtroit que les
défenseurs ne kroient de part & d'autre du personnel dans cette affaire. La jeune marquise de
Cabris dit dans l'écrit qu'on allegue : *Je connois
déjà l'esprit, l'inventeur & le rédacteur de votre
memoire. C'est une nouvelle piece ajoutée à leurs
annales scandaleuses.* Cette phr. se ambiguë réveille
l'attention à propos d'annales & d'annales scandaleuses : on songe à Me. *Linguet*, qui est aussi
avocat. Est-ce qu'il auroit mis la main au mémoire ? Est-ce qu'il auroit des relations avec
Me. *Robin* ? C'est l'énigme à résoudre.

5 Mai. Les comédiens italiens, en retard depuis pâques pour les nouveautés, n'ont donné

M 5

qu'hier la premiere. C'est une comédie en deux actes & en vers, ayant pour titre : *la Confiance dangereuse*. L'auteur, M. de la *Chabeaussiere*, a sans doute peu de mérite du côté de l'invention, puisque la piece, originairement angloise se trouve traduite dans les œuvres de Mad. *Riccoboni*. Ceux qui connoissent ces deux sources, assurent qu'il a fait peu de changemens. L'ouvrage est médiocre. Il y a quelque chose dans les rôles principaux du *Fat* & de la *Coquette* : mais c'est tout & en général on devoit attendre mieux de l'auteur des *Maris corrigés*.

5 *Mai*. Il paroît ici des remontrances imprimées du parlement de Bordeaux, datées du mois de mars 1784. Elles sont dirigées contre M. D. x fils, reçu en survivance de son pere, procureur-général de cette compagnie : ce qui, comme on l'a dit, a causé beaucoup de trouble. Elles sont, à ce qu'on assure, de la plus grande force.

6 *Mai*. Un M. *Squire*, fils d'un pair d'Angleterre, entré dans le commerce, s'est trouvé, par une suite de complots, de fraudes & d'escroqueries, non-seulement ruiné, lui & son associé, mais par une perfidie plus infâme encore, entraîné en France. Il a été arrêté & constitué prisonnier à Calais, à la requête de ces mêmes traitres qu'il avoit soustrait par pitié au châtiment qu'ils méritoient & où ils alloient subir à Londres. Le détail de tant de noirceurs est consigné dans un mémoire très intéressant, suivi d'une consultation de Me. *Target* en date du 2 avril, & dans un autre écrit en forme de *réponse* pour l'accusé à l'exposé sommaire du sieur *Clossen* & du marquis de *Carabacho*, ses adversaires.

Le procès a fait grand bruit, & parce que ces

deux aventuriers semblent n'avoir agi qu'à l'instigation du prince de *Salm Kirbourg*, qui vient d'entrer en cause & qui a dû être assigné au Châtelet, & par l'intérêt vif que l'ambassadeur d'Angleterre y a pris.

Le sieur *Squire* a été élargi provisoirement, & le procès va se discuter au fond. Il faut attendre de plus amples éclaircissements pour savoir jusqu'à quel point le prince de *Salm-Kirbourg*, très-dérangé dans ses affaires, a trempé dans ce complot d'iniquités & en a été l'ame.

6 *Mai*. Outre les affaires dont on a parlé dans la lettre de *Bordeaux*, on sait que le parlement de *Guyenne* en a plusieurs autres avec la cour, si graves, qu'elles sembleroient devoir causer la chûte de M. le garde-des-sceaux, où la cassation de ce parlement, s'il ne mollit pas.

1. Les négociants de Bordeaux en faillite s'étant soustraits à l'article de l'ordonnance de 1673, qui ordonne le dépôt du bilan, à peine d'être poursuivi comme banqueroutier frauduleux, lorsqu'on manque à cette formalité ; arrêt qui les y assujettit.

2. Le contrôleur des actes a voulu assujettir les billets à ordre au contrôle dans cette ville. Arrêt du parlement qui défend cette innovation, & la regarde comme une concussion.

3. La régie des domaines a voulu s'emparer des alluvions au nom du roi, quoique les alluvions aient été jusqu'à présent & doivent être au profit des propriétaires des terres. Arrêt du parlement, qui ordonne que la loi reste en vigueur & défend à la régie de pareilles usurpations.

4. On a dénoncé enfin aux chambres assemblées l'ordonnance du gouverneur concernant les jurats, la sentence du tribunal des maréchaux de France

M 6

contre le vicomte de N**. Cette affaire ci ne paroît
pas encore mûre; mais dans toutes les autres, il y a
eu des arrêts du conseil qui ont cassé ceux du parlement qui, *sous le bon plaisir du roi*, ordonne de plus
fort l'exécution des siens. Dans quelques-unes même,
autre arrêt du conseil cassant de nouveau le second
du parlement, comme attentatoire à l'autorité du
roi, &c.

La contestation qui fait le plus de tort à M. le
garde-des-sceaux, est celle concernant l'intendant,
en ce que l'arrêt casse des décrets lancés d'après
des charges & informations, sans en avoir préalablement ordonné l'apport, ainsi que quelques magistrats l'avoient observé à M. le garde-des-sceaux,
irrégularité manifeste, qui rend nul l'arrêt de
cassation.

Peut-être le parlement fléchira-t-il sur tous ces
objets, mais on doute qu'il le fasse à l'égard des
alluvions; ce qui touche essentiellement les intérêts de messieurs, tous ou presque tous propriétaires de terres.

6 mai. *Lettre de M. l'évêque de *** à madame
la duchesse de *** sur cette question importante:*
« S'il est permis d'exposer à la censure publique
» les excès dans lesquels tombent les ministres de
» la religion? » Tel est le titre d'une brochure
nouvelle de 55 pages, petit caractère. On se doute
bien qu'elle a pour but de justifier l'auteur qui,
depuis le mois d'octobre 1782, où parurent les
premières lettres contre l'administration de monsieur
l'évêque d'*Autun*, n'a cessé de décrier ce prélat &
ses adhérents. On a déjà traité en passant la question
dans ces lettres; on la traite ici *ex professo* & très-
amplement. On y fait voir non seulement qu'elles
ne méritent point la dénomination de *libelle*; mais

qu'elles ne font en rien contraires à la charité que la religion commande, & à la modération ou à la tolérance, qui est la grande vertu de notre siecle.

Cette dissertation n'est point de la même main que les lettres. Elle est noblement & noblement écrite, sans aucune plaisanterie, appuyée & nourrie de citations de l'écriture & des peres qui lui donnent un grand poids. A les préjuges vagues, fort repandus & non moins nuisibles à la chose publique, le prelat substitue des principes lumineux & des regles certaines pour diriger nos sentiments & notre conduite dans une infinité de circonstances.

7 Mai. A la salle provisoire de l'opéra, s'est comme cé une heureuse révolution dans ce rideau qui ferme le théatre avant l'ouverture; on y a substitué un tableau qui s'éleve & se perd majestueusement dans le haut. On a imité cet exemple dans les nouveaux changements de la comédie italienne. Sur le rideau qui avoit autrefois l'air d'un vilain panneau doré, on a marqué avec art ici un temple peint, où se fait une offrande, un sacrifice au dieu du goût, par les muses de la *comédie*, de la *musique* & du *drame*. De chaque côté du temple on voit deux obélisques, où sont attachés par des génies les bustes & medaillons des auteurs & musiciens célebres à ce théatre, avec leurs noms, tels que *Goldony*, *Monsigny*, *Sedaine*, *Gretry*, &c.

L'idée de ce tableau allégorique est de monsieur *Monnet*: il en a dessiné l'esquisse. L'exécution est de M. *Chays*. L'effet en sera peut-être peu solide, mais il est pour le moment agréable, pittoresque, distinct & très bien senti.

7 Mai. Le parlement de Bordeaux, dans ses

remontrances , s'éleve d'abord contre les furvivances ; abus que la fageffe des rois a fouvent profcrit , & que l'importunité & l'intrigue ont toujours fait renaître. Il difcute enfuite les provifions du fieur *Dudon* fils , déterminées par les grands & importants fervices de fon pere. Mais le premier n'a aucun titre qui lui donne des droits à cette place. Au contraire, une foule de motifs fe réuniffent pour l'en exclure. Il a été jurat de Bordeaux ; fonctions peu propres à le former à la place de procureur général. Il a été avocat général durant le parlement intermédiaire ; fonctions qui , au contraire , le rendent incapable de fraternifer avec les magiftrats rétablis , & il eft le premier qui ait conçu le projet de franchir la barriere qui l'éloigne à jamais du temple de la juftice. L'enquete de vie & de mœurs eft un préambule indifpenfable pour tout magiftrat. M. *Dudon* a furpris des lettres-patentes qui l'en difpenfent ; & elles étoient plus néceffaires à fon égard, puifque le public l'accufe d'avoir eu les mœurs les plus dépravées.

Le jour où le parlement refufa d'enregiftrer ces difpenfes, & delibéra des remontrances au roi , tous les officiers reçurent des lettres de cachet pour fe rendre le lendemain au palais , avec défenfe de delibérer. Le fieur *Dudon* y fut inftallé par le porteur des ordres du roi ; mais le parlement protefta contre cet enregiftrement illégal.

Tels font les objets de ces remontrances contre un homme qui fe vante d'avoir un appui auprès du trône , qui, couvert d'une telle égide, infulte aux efforts du parlement , & annonce hautement qu'il eft fûr que l'autorité le foutiendra. Elles finiffent par ces queftions foudroyantes :

« Comment, SIRE, le sieur *Dudon* pourroit il
» défendre la propriété de vos sujets ? Il a été
» lui-même un usurpateur ! Comment oseroit-
» il invoquer les loix de l'état ? Il les a violées !
» Comment enfin pourroit-il censurer les mœurs
» de vos sujets ? Les siennes sont aux yeux du
» public un objet de scandale ! »

7 Mai. Pour une nouvelle preuve de l'impudence du sieur de *Beaumarchais*, on cite un de
ses propos à M. *Amelot*, qui, l'an passé, lors de
la défense, poussé à bout par cet auteur qui se
lavoit de tous les reproches faits à sa pièce,
lui dit : « Enfin, Monsieur, la grande raison
» pour que votre comédie ne soit pas jouée, c'est
» que le roi ne le veut pas. » Il reprit : « *Si ce
» n'est que cette raison, Monsieur, ma pièce sera
» jouée.* »

8 Mai. Jeudi, à la cinquieme représentation
du *Mariage de Figaro*, avant que l'on commen-
çât la pièce, il se détacha des quatriemes loges
des imprimés qui volerent dans la salle. Ce fut
à qui en auroit. Les femmes en demandoient à
grands cris ; les gens du parquet au bout des
cannes en présentoient aux loges ; des plaisants
y mettoient du papier blanc ou même des po-
lissonneries ; tous les crayons étoient en l'air pour
copier : c'étoient des cris de joie, des brouhahas,
un tumulte, une farce qui valoit mieux que
celle de *Figaro*, & qui amusoit tellement le public, que la représentation en a été reculée pendant plus d'une demi-heure. Au surplus, voici
ces vers :

Je vis hier du fond d'une coulisse,
    L'extravagante nouveauté,

Qui triomphant de la police
Profane des François le spectacle enchanté.
Dans ce drame horreux chaque acteur est un vice
Bien personnifié dans toute son horreur.

 Bartolo nous point l'avarice,
 Almaviva, le suborneur ;
 Sa tendre moitié , l'adultere ;
 Le Double-main , un plat voleur ;
 Marceline , une M... ere ;
 Ba..le , un cal....eur ;

Fanchette . . . l'innocence est trop apprivoisée !
Et tout brûlant d'amour , tel qu'un vrai *Chérubin* ,
Le page est , pour bien dire , un niais libertin ,
Protegé par *Suson* , fille plus que rusée ,
Prenant aussi sa part du gentil favori ,
Greluchon de la femme & mignon du mari.
Quel bon ton ! qu'elles mœurs cette intrigue rassemble !
 Pour l'esprit de l'ouvrage. . . il est chez Bride-oison :
 Et quant à *Figaro* . . . . le drôle à son patron
  Si foncierement ne ressemble ,
  Il est à frapper , à la fait peur.
Mais pour voir à la maison les vices ensemble
Le parterre en chorus a demandé l'auteur.

Vraisemblablement ce qui avoit déterminé
l'auteur de cette épigramme à choisir ce jour-
là , c'est que les partisans du sieur de *Beaumarchais* avoient fait courir le bruit que la reine y
viendroit , & que la revue qui, contre l'usage ,
a eu lieu à midi n'avoit été avancée que pour
cela. Ce bruit s'est trouvé faux.

8 *Mai.* On parle beaucoup d'un pamphlet très-

court , intitulé : *Teſtament de l'abbé Pommier.*
Ceux qui ont lu cette facétie , aſſurent qu'elle
eſt très-plaiſante. Elle eſt imprimée , mais fort
rare. Heureuſement ſa briéveté permet de la copier & de la multiplier à l'infini.

9 *Mai.* M. le prince *Ferdinand* , archevêque de
Cambray , qui a déjà brigué l'évêché de Liege ,
ſe met de nouveau ſur les rangs , & a dû partir
pour s'y rendre. Peut être la politique enga-
gera-t-elle cette fois-ci la *France* à le ſoutenir.
Quoi qu'il en ſoit , il n'ignore pas à quel dangereux compétiteur il a affaire. Il n'ignore pas
les ſommes énormes déjà conſacrées à gagner les
ſuffrages pour ſon rival. Mais il dit qu'il eſt beau,
même en ſuccombant , d'avoir lutté contre la
maiſon d'*Autriche.* Cet événement va gâter davantage les affaires des créanciers du prince de *Gui-
mene.* On ne doute pas que toute la maiſon de
Rohan ne faſſe des efforts pécuniaires & ne s'épuiſe
en cette occaſion.

9 *Mai.* On aſſure que le roi , laſſé de ne point
voir arriver le mémoire qu'il avoit demandé au
parlement ſur la réforme de la juſtice , en a fait
dimanche dernier des reproches au premier préſident , mandé à cet effet , & lui a dit qu'il eût
à le lui apporter aujourd'hui.

9 *Mai.* Les comédiens italiens ont joué hier
pour la première fois une piece à ariettes , ayant
pour titre : *les deux Tuteurs* , en deux actes. Les
paroles ſont de M. *Fallet* , & la muſique de
M. d'*Alairac.* Tous deux ont fait plaiſir. La piece
eſt gaie & bien intriguée , & la muſique eſt pittoreſque, agréable & variée. On reproche aux deux
auteurs des réminiſcences.

9 *Mai.* Le comte de *Graſſe* a répondu au ſe-

cond mémoire du marquis de *Vaudreuil* par de *Nouvelles Observations* , en dix ou douze pages, terminées par une *Lettre au roi*

Voici les deux paffages des lettres écrites au comte de *Graffe* par le marquis de *Vaudreuil* , qu'on trouve abfolument contradictoires avec ce qu'il a écrit au gazetier de *Leyde* , pour fe difculper d'avoir rien dit contre M. de *Bougainville*.

Dans la lettre du 18 juin 1782 , il mandoit : « Il paroît que vous avez été auffi mécontent de l'efcadre de M. de *Bougainville* que vous avez été content de la mienne. La plus grande partie de fes vaiffeaux fe font pourtant bien battus; mais il n'a pas fu les faire manœuvrer, & lorfque j'étois fous le vent à vous, j'ai été étonné de les voir à portée de vous fecourir & ne point le faire. »

Dans fa lettre du 15 feptembre , il mande : « On peut dire que chaque vaiffeau s'eft bien battu, même M. de *Bougainville* , dont vous avez eu lieu de fouçonner le courage dans les autres combats. *Mais il ne fait pas manœuvrer; ce n'eft pas fa faute.* »

10 Mai. *Le Teftament de M. l'abbé Pommier* n'a que deux pages d'impreffion au rouleau, mais en exigeroit dix de commentaire pour le commun des lecteurs. Cette facetie , qui comprend plufieurs anecdotes déjà renfermées dans les pamphlets de l'année dernière , ne peut guere être bonne qu'aux yeux des gens du palais. Ainfi , malgré fa brieveté , on fe difpenfera de la rapporter. On n'en citera que le trait fuivant, comme le plus à la portée de tout le monde. . . . . . Il roule fur la vilenie de M. le premier préfident qui je difant de fon, en livres de rente , regale affant foit mal meffieurs dans les repas d'apparat. On

fait dire au teſtateur : « Je donne & legue à M. d'*Aligre* toute ma bibliotheque ſouterraine, tout mon vin de *Bourgogne*, de *Champagne*, de *Bordeaux*, de liqueurs & autres, le priant ſur-tout de le verſer à *Meſſieurs*, pour qu'il ne ſoit plus taxé à l'avenir *d'empoiſonner la cour des pairs.* »

10 *Mai.* On cite un bon mot de Mlle. *Arnoux* à l'occaſion du *Mariage de Figaro*, qui ſeul vaut mieux que toutes les plaiſanteries de cette ennuyeuſe facétie, parce qu'il peint d'un trait & la nature de l'ouvrage & le ſot engouement des badauds. Après la premiere repréſentation on diſoit: « Mais c'eſt une piece qui ne peut ſe ſou-» tenir. Oui, répondit-elle, *c'eſt une piece qui* » *tombera.....* quarante fois de ſuite. »

11 *Mai.* M. de *Montgolfier* a réclamé contre l'attribution faite au ſieur *Johannot*, de l'introduction des procédés hollandois dans l'art de la papeterie & celui de la fabrication du papier vélin. En conſéquence, il a obtenu par arrêt du conſeil le titre de manufacture royale pour l'établiſſement qu'il a formé à *Annonay*, & il a reçu, ainſi que le ſieur *Johannot*, la médaille d'or deſtinée à ceux qui ont frayé de nouvelles routes à l'induſtrie nationale, où perfectionné une fabrication déjà connue.

11 *Mai.* On compte que le ſéjour du roi de Suede ici ſera de trois ſemaines au moins. Il y aura quelques opéra ſur le grand théâtre de Verſailles, entr'autres *l'Armide* du chevalier *Gluck*, qu'on prépare à cet effet. Les comédiens joueront auſſi ſur le même théâtre la tragédie d'*Athalie*, qui ſera miſe dans toute ſa pompe, c'eſt à-dire, avec les chœurs. Il y aura bal paré, appartement & petites fêtes à Trianon.

11 *Mai.* On croit avoir enfin découvert la trame des lettres qui désolent depuis si long-temps l'évêque d'Autun & ses adhérents. Du moins on soupçonne véhémentement un trio d'abbés, manœuvrant, écrivant, colportant sous les auspices d'un prélat de cour ambitieux, & qui voudroit bien supplanter le ministre de la feuille. C'est M. de *Conzié*, évêque d'Arras. Comme il est très-répandu, qu'il épie avec soin toutes les démarches, toutes les intrigues, tous les détails de la vie de M. de *Marbœuf*, on a jugé que certaines révélations ne pouvoient venir que de lui. Il communique ses découvertes à l'abbé de *la Sejonsie*, son grand-vicaire, qui les transmet à l'abbé de *Roufmont*, qui les rédige & y jette son vernis académique. Le prélat, vraisemblablement, les fait imprimer dans son diocèse ou ailleurs. Enfin l'abbé *Maury* les distribue.

12 *Mai.* Par un arrêté du premier mars 1784, le parlement de Provence, instruit de l'abus introduit par les négocians en faillite qui ne déposent point à la chambre consulaire leurs livres & écritures de commerce, après s'être fait remettre sur ce sujet des mémoires des juges-consuls, & avoir consulté les députés de la chambre du commerce de Marseille, a ordonné que les ordonnances & déclarations du roi, concernant les faillites, seroient exécutées suivant leur forme & teneur, & en cas de contravention, que le négociant seroit réputé banqueroutier frauduleux, & sujet comme tel aux peines portées par les ordonnances.

12 *Mai.* Il n'est point étonnant que les livres se multiplient aujourd'hui si prodigieusement par

l'impudence des plagiaires d'une part, qui copient dix fois les mêmes ouvrages & se contentent d'en changer le titre, & la bonhommie des lecteurs qui, oubliant le lendemain ce qu'ils ont lu la veille, achetent la même chose autant de fois qu'on la reproduit. C'est ainsi que fait fortune un livre prétendu, nouveau, intitulé : *Les Entretiens de l'autre monde sur ce qui se passe dans celui-ci*, ou *Dialogues grotesques & pittoresques entre feu Louis XV, feu le prince de Conti, feu monsieur Turgot, feu l'abbé Terray, feu monsieur de Clugny, feu le comte du Muy, feu le comte de Saint-Germain, feu le Duc de la Vrillière, feu le comte de Maurepas & autres personnages.* Le premier des onzes Dialogues dont est composé ce livre, est pris mot-à-mot de *l'Espion Anglois* : plusieurs autres en sont également empruntés, moins évidemment. Le compilateur a aussi mis à contribution les *Anecdotes sur la comtesse Dubarri*, les *Mémoires pour servir à l'administration des finances* de l'abbé Terray, le *Tableau de Paris*, les *Annales* de Mc. Linguet, le commentaire sur les *Mémoires du comte de Saint-Germain*, & tout cela forme une bigarrure de stye vraiment originale, à travers laquelle on démêle quelquefois celui du plagiaire, saillant de platitudes & de grossièretés. Telle est la rapsodie que l'on vante, que les colporteurs vendent fort cher sous le triple manteau, & que les amateurs achetent avec avidité & prônent avec enthousiasme.

13 MAI. M. le comte de *Mirabeau* n'ayant pu obtenir la permission de distribuer le Mémoire dont on a rendu compte, & dont plus de 2,000 exemplaires ont été saisis, en a porté ses plaintes à M. le garde-des-sceaux, avec lequel il a eu une

converfation très-vive à ce fujet. N'ayant pu faire
revenir ce chef de la juftice, M. le comte de
Mirabeau a pris le parti d'écrire une lettre très-
forte au roi, où il fe plaint du déni de juftice de
M. de *Miromefnil*, & il eft en même temps parti
pour le pays étranger, où il va faire réimprimer
fon Mémoire, précédé de fa converfation avec le
garde-des-fceaux, auquel il joindra fans doute
d'autres anecdotes.

M. le prince de *Poix*, de fon côté, qui fe trouve
de fervice auprès de S. M. en ce moment, a cru
devoir faire une démarche de politeffe vis-à-vis
du garde-des-fceaux, qui s'eft obftiné à ne vouloir rien accorder au comte de *Mirabeau* de ce
qu'il demande. Il paroît même qu'il le regarde
comme fon ennemi perfonnel, comme l'auteur
des pamphlets publiés contre lui; & l'on s'attend
à voir les fuites de cette exploíion. M. le comte
de *Mirabeau* a pour lui tous les *Noailles*, tous
les *Vaudreuil*, tous les *Polignac*, la reine même.
M. le garde-des-fceaux a beaucoup d'ennemis &
de rivaux; cette nouvelle agreffion pourroit lui
devenir funefte.

De fon côté le marquis de *Mirabeau* vient
d'effuyer une nouvelle mortification de la part de
fa femme qui, malgré fon oppofition, féparée de
corps & de biens, a obtenu tout récemment au
parlement de vendre une terre. Il paroît même
qu'elle triomphe de ce redoutable époux, qui
follicitoit une lettre de cachet pour la faire ren-
fermer.

14 *Mai*. Sur les *Danaïdes* & le *Mariage de
Figaro*, qui depuis un mois attirent une fi grande
affluence à l'opéra & au théâtre françois, on a

fait l'Epigramme fuivante, qui les caractérife à merveille :

Pour les deux nouveautés de Paris idolâtre,
Excitant les bravo, l'incroyable fureur,
Moi, je déferterois à jamais le théâtre :
L'une me fait pitié, l'autre me fait horreur!

14 *Mai. Apologie de la juftice d'alors*, 1784. Tel eſt le titre qu'on a donné au mémoire préfenté par le parlement au roi, & réfultat du travail des commiſſaires pour la réforme de la juftice, fuivant lequel tout feroit bien à-peu-près, il n'y auroit rien à critiquer que les frais exceſſifs oc- cafionnés par les impofitions du roi ; ce qui ne dé- pend pas des magiſtrats. On croit que ce mémoire eſt celui rédigé par M. d'*Amecourt*.

15 *Mai. M. Court de Gebelin*, l'auteur du *Monde primitif*, vient de mourir: quoique proteſtant, il étoit cenſeur royal.

15 *Mai.* Le vendredi 7, aux chambres aſſem- blées, quand il fut queſtion de lire le mémoire de M. d'*Amecourt*, à préfenter au roi & d'y don- ner la dernière main, des membres des enquêtes s'y oppoſèrent & prétendirent qu'on avoit exclus mal à propos celui de M. d'*Ormeſſon*. Il réfulta de violents débats. Les grands-chambriers décla- rèrent qu'ayant été difcuté & rejeté dans l'aſſem- blée des commiſſaires, il n'en devoit plus être queſtion. Les défenfeurs de ce mémoire vouloient qu'ayant éprouvé le feu de la contradiction, & revu par l'auteur, il fût le meilleur. En un mot, ils foutenoient que le mémoire de M. d'*Amecourt* n'étoit que l'ouvrage des commiſſaires & de la

grand'chambre au plus ; que celui de M. d'Outremont ayant au contraire le vœu des enquêtes &
requêtes, devoit être celui de la compagnie. Sur
quoi l'on convint d'aller aux voix, & que celui
qui en auroit le plus feroit réputé le mémoire
du parlement. Il s'eft trouvé cinquante fix voix
pour M. d'*Amecourt*, contre trente-huit pour monfieur d'*Outremont*.

16 *Mai*. Un nouveau défenfeur des proteftants
s'éleve & plaide leur caufe d'une manière très-
piquante dans une brochure qui paroît depuis peu.
Elle a pour titre : *Le vieux Cevenol, ou Anecdotes
de la vie d'Ambroife Porely, mort à Londres, âgé
de cent trois ans, fept mois & quatre jours, re-
cueillies par W. Jefterman.*

L'auteur a joint à cette efpece de *Roman* moral des *Réflexions fur les loix relatives aux proteftants*.

16 *Mai*. Enfin on fait à quoi s'en tenir fur la
mufique des *Danaïdes*, par une lettre datée de
Vienne le 16 avril 1784, écrite à M. le bailli
du Rollet. Le chevalier *Gluck* déclare qu'elle eft
entièrement de M. *Saliéri* ; qu'il n'y a d'autre part
que celle des confeils, que ce nouveau débutant
à Paris a bien voulu prendre de lui, & que fon
eftime pour fon éleve & fon peu d'expérience lui
ont infpiré.

M. le bailli *du Rollet*, muni de cet aveu, a
vraifemblablement voulu attendre qu'à l'abri du
grand nom qu'elle portoit, la mufique des *Danaïdes* eût bien pris, avant de publier ce qui en
étoit. Ce n'eft que par une lettre aux journaliftes
de Paris, datée d'hier 15 mai, qu'il a jugé à propos de révéler ce fecret.

17 *Mai*. Les motifs d'évocations & attribution

tions fondés fur l'énormité des frais de juftice, paroiffent, fuivant le début du mémoire du parlement, avoir en effet déterminé les magiftrats à s'empreffer d'examiner fi ces bruits étoient fondés. Le coup de fouet donnné au parlement le 22 juillet dernier, par des ordres du roi directs à cet égard, les ont forcés à ne point abandonner leur travail, malgré fon inutilité prévue.

L'on convient dans le mémoire, que les frais de juftice font énormes. Cela tient à des caufes particulieres & à des caufes générales.

Les caufes particulieres font les abus qui naiffent de l'inexécution des loix faites pour les prévenir. Il dépend des magiftrats de les mettre en vigueur, de les exécuter, & c'eft ce qu'ils font à l'égard de tous les fuppôts qui font fous leur difcipline : mais on ne peut punir que des délits prouvés, & les prévaricateurs ont grand foin de s'envelopper d'une nuit falutaire. Au furplus, ces cas font rares. Les greffiers avides font contenus par la furveillance des chefs; les procureurs font honnêtes pour le plus grand nombre, & les fecretaires, réduits à un fimple méchanifme, ne peuvent guere exercer l'arbitraire des falaires.

Il n'en eft pas de même des caufes générales qui influent également fur toutes les affaires, frappent fans diftinction toutes les efpeces, & dont l'effet eft d'autant plus funefte, qu'il eft le réfultat inévitable des loix qui les produifent, & dont l'exécution eft abfolue & journaliere. Les magiftrats n'y peuvent rien ; ils font les premiers à en gémir, & à plaindre le fort du malheureux plaideur.

C'eft ainfi que l'auteur du mémoire, en rejettant toute la plus grande énormité des frais fur le compte du roi , lie la caufe des magiftrats à celle de fa majefté, & rejette fur le gouvernement tout l'odieux qu'on voudroit leur imputer.

Ce n'eft pas fans doute fans malice que dans la longue énumération des impôts dont on a grevé tous les détails & toutes les opérations de la juftice , l'auteur cite les déclarations de juin & de juillet 1691 , où *l'état fe plaint de ce qu'on met dans une page ce qui pourroit en occuper plufieurs ; & pour prévenir la diminution que le droit du timbre en fouffriroit , fixe le nombre des lignes de chaque page & des fyllabes de chaque ligne.* Paflage burlefque , révoltant , qui verfe à la fois le ridicule fur l'adminiftration d'alors , & fouleve l'indignation contre elle.

L'auteur du mémoire paffe légérement fur les vacations & épices, autre impôt mis fur la juftice, accordé aux magiftrats pour leur fournir un traitement proportionné à la finance de leurs offices, & à leurs travaux. Quoiqu'il foit arbitre pour tous les membres du parlement *modérément* & non *exceffivement* , leur vœu commun eft qu'il foit fupprimé.

Tel eft le précis du mémoire , fupérieurement bien fait , mais avec beaucoup d'aftuce & qui ne refteroit pas fans réplique fi l'on y vouloit répondre. Il eft clair , ferré , précis , méthodique ; le ftyle en eft ferme , noble & auftere : c'eft un petit chef-d'œuvre dans fon genre , où le menfonge même a l'air d'ingénuité , & la cupidité eft artificieufement cachée fous les apparences du zele & du défintéreflement.

17 *Mai.* On apprend de *Bordeaux* qu'un aéroftat qu'on y devoit lancer, fpectacle pour lequel nonfeulement toute la ville , mais tous les environs

s'étoient rassemblés, n'ayant pas eu lieu, il s'en
est suivi une révolte si considérable, qu'il y a eu
des gens morts, beaucoup de blessés & un tel désordre, qu'on a été obligé de demander les troupes
du *Château-Trompette*. . . . On a saisi quelques
mutins. Par arrêt du parlement, deux ont été
pendus sur le champ, un banni à perpétuité, &
deux condamnés seulement à assister à la potence.
C'est le 3 de ce mois qu'est arrivée l'émeute.

17 *Mai*. Extrait d'une lettre de Besançon, du
17 mai. . . . Depuis six semaines environ notre
parlement est dans l'inaction, & ne juge aucune
affaire, par la scission nouvelle des avocats. En
voici l'origine :

L'ordre venoit de rayer du tableau Me. *Marguet*. C'étoit un fait notoire que lui ni les magistrats ne pouvoient ignorer. Jusqu'à présent on ne
connoissoit point encore d'exemple d'un avocat
qui eût osé se montrer au palais, & parler dans cet
état. Celui-ci, peu après, a paru à la grand'chambre pour plaider dans une cause dont il étoit chargé
précédemment. Son adversaire, avant qu'il ou-
vrît la bouche, prévient les magistrats de la radia-
tion de Me. *Marguet*, & leur déclare qu'il ne
peut défendre contre lui. L'on va aux voix, &
sous le prétexte sans doute que le bâtonnier n'a-
voit pas prévenu les présidents des chambres de la
délibération de l'ordre, l'on opine de passer outre,
& l'on permet au rayé de plaider : l'autre se retire ;
les avocats qui devoient plaider dans diverses
causes ce jour-là, désertent aussi le palais : on
mande le bâtonnier, qui déclare le motif de la
cessation des fonctions de son ordre. La tournure alors de cette querelle devient juridique, &
l'on décrete le bâtonnier d'*assigné pour être ouï.*

Tous ses confreres rassemblés conviennent de renvoyer les sacs aux procureurs, & non-seulement de ne pas aller au palais, mais de ne donner aucune consultation par écrit ou verbale.

Depuis ce temps tout est en fomentation. Cependant Me. *Monnot*, avocat, député de son ordre, est aujourd'hui à Paris, pour concilier l'affaire avec le garde-des-sceaux.

18 *Mai*. On ne sait s'il a existé un *Cevenol* mort à *Londres*, âgé de cent trois ans, sous le nom d'*Ambroise Borely*; mais sa vie n'est certainement pas traduite de l'anglois; elle est même fictive, & à la lecture de l'ouvrage on le juge aisément. C'est la production d'une imagination exaltée; tournure heureuse pour peindre d'une façon nouvelle & plus frappante la monstrueuse légiflation qui existe encore en France contre les *proteftants*, suivant laquelle ils sont tourmentés par des déclarations du roi depuis le moment de leur naiffance, jusqu'à leur mort & après. Ils ne peuvent ni croître, ni s'éduquer sous les yeux de leurs parents, ni prendre un état ou profeffion, ni se marier, ni quitter le royaume, ni hériter ni tefter, ni être enterrés, &c.

Ces loix barbares, il est vrai, ne sont pas toutes en vigueur aujourd'hui; elles sont même, pour le grand nombre, tombées en défuétude; mais enfin elles fubfiftent, & sont fréquemment invoquées par des gens intéreffés à leur exécution.

On ignore quel est l'auteur de ce roman moral, plein de chaleur, de fenfibilité, de mouvement. Il s'annonce pour être revenu depuis quatre ans des cours du nord, ce qui fembleroit indiquer quelqu'un employé dans le corps diplomatique. Son style est vigoureux & rapide, mêlé de facſaſmes à la *Voltaire*, mais ſur tout de ces élans d'une ame forte & énergique, profondément émue à la vue des maux, des injuſtices, des cruautés & des atrocités qu'éprouvent nos ſem‑blables & nos freres.

Dans la diſſertation qui ſuit la *vie du Cevenol*, le même écrivain expoſe ſes réflexions relatives à la néceſſité de révoquer les loix qui s'oppoſent au droit naturel de la nation. Il répond à quel‑ques objections qu'on pourroit faire ſur ſa pro‑poſition ; il examine les avantages réels qui ré‑ſulteroient de la tolérance des proteſtants ; & ſans rien dire de neuf ſur cette matiere, il remet ſous les yeux des vérités qu'il ne faut pas ſe laſſer de répéter juſqu'à ce qu'elles aient opéré l'heureux effet qu'en attendent les philoſophes.

18 *Mai*. Pendant qu'on entreprend des canaux de toutes parts, M. *Tellès d'Acoſta*, grand‑maître des eaux & forêts de France, dans un ſupplément à l'inſtruction ſur les bois de marine & autres, donnée en 1778, ſe plaint qu'on ait diſcontinué les travaux du canal ſouterrain de la *Picardie* ou de *Saint‑Quentin*, que le célebre *Laurent* avoit com‑mencé, dont l'objet étoit de joindre la *Somme* qui paſſe à *Saint‑Quentin*, à l'*Eſcaut* qui paſſe à *Valenciennes*. Ce canal, non‑ſeulement eût été des plus intéreſſants en temps de guerre, pour des munitions navales, mais on pourroit à préſent tirer des charbons de terre de *Valenciennes* & au‑tres mines, & même des bois pour tous uſages.

18 *Mai*. M. d'*Aubenton*, de l'académie des ſciences, a été choiſi par M. de *Calonne*, pour préſider à différents établiſſements utiles. Ce mi‑niſtre a ſur‑tout accueilli celui des bergeries, dont on a l'obligation au philoſophe. Selon ſon projet,

les moutons passeront neuf mois de l'année dans les champs, & au moyen des grosses sonnettes que chaque mouton portera au cou, il assure qu'il n'aura rien à craindre des loups, le bruit de ces sonnettes étant suffisant pour les effrayer.

Les intendants de plusieurs provinces du royaume ont reçu des ordres de faire des essais en ce genre, & il a été envoyé aux subdélégués des instructions pour les faire exécuter dans les campagnes.

Fin du vingt-cinquieme Volume.

www.ingramcontent.com/pod-product-compliance
Lightning Source LLC
Chambersburg PA
CBHW071904020726

47502CB00003B/895